Quién esconde tu secreto

Toni Aparicio

QUIÉN ESCONDE TU SECRETO

AdN Alianza de Novelas

Los derechos de la obra han sido cedidos mediante
acuerdo con International Editors & Yáñez' Co.
Agencia Literaria.

Diseño de colección: Estudio Pep Carrió

PAPEL DE FIBRA
CERTIFICADA

Madrid, 2023
Valentín Beato, 21
28037 Madrid
www.AdNovelas.com

ISBN: 978-84-1148-413-8
Depósito legal: M. 23.852-2023
Printed in Spain

Para mis dos amores:
María José y Rebeca

El infierno está vacío;
todos los demonios están aquí.

William Shakespeare

Primera parte

Hasta que amé nunca viví.

EMILY DICKINSON

1

¿Crees que conoces a tu marido?

¿Y si te dijera que es un asesino?

El mensaje aparece en la pantalla y Nadia lo mira fijamente. Desbloquea el móvil y pulsa el icono de MENSAJES para volver a mirarlo. Lee cada palabra despacio mientras siente una punzada de inquietud. Está claro que se han equivocado. O mejor, que es una broma de muy mal gusto. Algún niñato habrá escogido su número al azar y ahora se estará partiendo de risa con sus amigos, pensando que esa persona debe de estar temblando de miedo.

Enfadada, borra el mensaje dándose cuenta de que le tiemblan las manos.

Daniel, su hijo de catorce meses, descansa dentro de su trona y ya ha arrojado al suelo todos los juguetes que le ha dejado para que se entretenga mientras ella coloca la compra. El móvil vibra de nuevo y teme que el gracioso que la ha elegido para hacer sus bromitas de mierda siga teniendo ganas de jugar. Pero no. En su lugar un corazón bien grande y la palabra «AMOR» iluminan la pantalla.

—Hola —saluda una voz de hombre al otro lado después de descolgar.

—Hola —contesta al mismo tiempo que exhala un resoplido. Le cuesta espantar el mal humor que todavía siente.

—¿Pasa algo?

—Nada —responde evasiva—. He visto a Olivia en el aparcamiento del súper y me ha vuelto a recordar lo de la invitación del otro día.

Nadia pulsa el botón del altavoz, deja el móvil sobre una encimera de granito negro y comienza a sacar la compra del interior de las bolsas.

—No sé, deberíamos aceptar. Ya les hemos dado largas muchas veces.

Daniel comienza a llorar reclamando la atención inmediata de su madre y lo saca de la trona.

—Bueno, no han sido tantas... —Sonríe a su hijo y lo besa en los mofletes—. ¿A ti te apetece?

—No mucho, la verdad.

Nadia abre el frigorífico y comienza a colocar la compra. El pequeño Daniel, en brazos, quiere ayudar su madre y se pone muy serio.

—Pues ya está, solucionado —resuelve de mejor humor.

—Cariño, ¿qué tal Daniel?

—Mejor. —Sonríe y le hace cosquillas a su hijo bajo la barbilla, y este suelta una carcajada. Le encantan las cosquillas bajo la barbilla—. ¿Crees que deberíamos hablar con su pediatra?

—Solo son los dientes. A todos los niños les pasa.

A continuación, se produce un largo silencio al otro lado.

—¿Cariño?

Se escucha un suspiro.

—Estoy aquí.

—¿Qué pasa?

Mario no contesta inmediatamente.

—Pues pasa que estamos acojonados con lo de la migración al nuevo servidor. Lo que más miedo nos da es que los usuarios se queden sin servicio, o se cuelgue la web. No tardarían ni un minuto en machacarnos en Twitter.

—Seguro que todo va a ir bien, ya lo verás. Tienes un buen equipo.

—Ya te contaré —contesta algo desanimado.

La conversación se estanca en otro largo silencio. Nadia se queda mirando el teléfono fijamente.

—Podríamos comer juntos en el jardín. Hace un día muy bueno —propone Nadia.

—Hoy va a ser imposible. Tenía pensado tomar algo rápido cerca de la oficina y aprovechar más tarde para ir a nadar un poco.

—De acuerdo. —De algún modo le molesta que su marido saque tiempo para nadar y no para estar una hora con su mujer y su hijo.

—Con todo este follón apenas he tenido tiempo de ir a nadar y lo necesito.

De repente, Nadia se siente decepcionada, tal vez sin motivo. Intenta espantar esa sensación, y al mirar por la puerta que da al jardín trasero ve una cabeza rubia apareciendo y desapareciendo por entre los poblados setos que delimitan una casa con la otra. Ahora recuerda que tiene que hablar con él.

Consigue dejar a Daniel de nuevo en su trona sin que proteste y le entrega uno de sus peluches favoritos para que se entretenga. Tiene tres segundos o menos antes de que lo arroje al suelo.

—Estás muy callada —responde Mario tras unos segundos en silencio.

—Es que he visto a Michal fuera y me ha venido a la memoria lo del césped.

—Ah, Michal. Vale.

Nadia se detiene en su quehacer y, apoyada sobre la isla que domina la cocina, suspira.

—Tal vez salga más tarde.

—¿A pasear?

—O a correr. Debería salir a correr.

Mario se ríe.

—¿De qué te ríes? ¿Crees que eres el único que puede hacer deporte?

—No, pero va a llover.

—No es verdad. —Se asoma por la ventana y mira al cielo. Unos sucios nubarrones se mueven empujados por el viento del noroeste.

Pero sí, le gustaría volver a retomar el hábito de salir a correr. Antes lo hacía a menudo, se pasaba horas corriendo, no importaba si llovía o no. Su mente se vaciaba de pensamientos. Pero desde que nació Daniel todo eso se acabó. Aunque lo echa de menos, lo que descansa ahora en la cuna lo compensa con creces. Se pregunta si llegará un momento en el que desee hacer otra cosa que no sea cuidar de su familia.

—Igual te viene bien dar un paseo.

—Tú quieres que coja una pulmonía.

Mario ríe de nuevo.

—Antes te gustaba.

No le dice que los paseos bajo la lluvia son privilegio exclusivamente de ellos dos, pero lo sabe. Un día bajo la lluvia comenzó su romance. Otro día, bajo truenos apocalípticos que rasgaban el cielo, supo que estaba embarazada de Daniel.

—Voy a ver si conseguimos que todo esto funcione. Cruzaremos los dedos.

—Seguro que todo va a ir bien. Te quiero.

—Yo también a ti.

La llamada finaliza y Nadia se queda mirando el fondo de pantalla donde están los tres, felices y sonrientes, mirando a la cámara. Mario, con su densa cabellera de pelo negro y su bonita sonrisa. Adora su sonrisa, fue lo primero que le atrajo de él cuando lo conoció.

Sí, suena cursi, pero fue amor a primera vista. Lo conoció y ya sabía que era el hombre que había estado buscando media vida.

Nadia abre la puerta corredera que da al jardín trasero. Al final, Mario va a llevar razón: el cielo se está llenando de más nubes oscuras que solo pueden presagiar tormenta. Además, se ha levantado un ligero viento que agita las ramas de los árboles. Escucha el ruido mecánico de una podadora al otro lado del seto.

—¿Michal? —Levanta la voz y, casi al instante, una cara agradable surge por un hueco. Se trata de un hombre de unos cuarenta años, con el cabello corto, hirsuto y algo despeinado. Tiene la frente brillante por el sudor y, bajo ella, dos ojos azules que destellan amabilidad. Su rostro está ligeramente bronceado y luce una barbita rubia de pocos días. Es un hombre realmente guapo.

—Buenos días, Nadia —sonríe.

—Ayer se me olvidó hablar contigo.

—Ah, ya. Pero ayer no vine —explica arrastrando ligeramente las erres. Mueve la cabeza y echa un vistazo al césped del jardín—. El césped, ¿no?

—Sí, por favor. ¿Cuándo crees que podrías cortarlo?

Michal tuerce el gesto y se limpia el sudor con el dorso del brazo.

—¿Qué tal hoy? Pero a última hora. Mañana tengo que marchar por viaje. Viene primo mío de Polonia y tengo que ir a recogerlo a Valencia. ¿Te viene bien así?

—Me viene perfecto. Muchas gracias, Michal.

El hombre asiente con una sonrisa y vuelve a lo suyo. Nadia entra de nuevo en casa. Daniel estira sus bracitos y ella lo coge entre arrumacos. De repente, piensa en el mensaje que recibió en el móvil hace solo un momento. Mira la pantalla. No hay nada. Dentro de unos minutos será historia.

En lo primero que Mario se fijó cuando decidieron alquilar esas oficinas fue en la tranquilidad. A pesar de que se encontraba en pleno barrio de Chamberí y muy cerca de una de las arterias más importantes y concurridas de la capital, el tiempo transcurría ajeno al bullicio adyacente. Desde la ventana de su despacho solo puede ver la fachada de un edificio, pero qué fachada: señorial y algo austera. Imponente pero delicada al mismo tiempo. Propietarios con estilo, cuyas vidas parecen satisfechas, y a los que no les falta de nada, salen y entran todo el día, envueltos en ese halo que solo poseen los de clase muy privilegiada. Se pregunta qué esconden esas miradas esquivas envueltas en ropa de diseño y relojes caros. Siempre ha soñado con parecerse a ellos. Llevar una buena vida. Ser alguien distinguido y respetado. Y ahora la lleva, se supone que ya es uno de ellos y los problemas que antes lo acuciaban deberían ser cosa del pasado. Sin embargo, anoche no durmió bien. De hecho, son ya varias noches. Nadia no le preguntó ni dijo nada, pero no es tonta y seguro que intuye que algo le preocupa.

Y no se equivoca.

Nadia es de esas mujeres que prefieren ofrecer una imagen frágil de sí mismas. Que sea menuda acentúa esa percepción. Algunos hombres creen que es la típica mujer que necesita a un hombre que la proteja. Qué imbéciles son. Además, tiene que reconocer que es bastante más lista que él. Sabe que a muchos hombres no les gusta que su mujer sea más lista que ellos. Los pobres no saben que su mujer casi siempre es más lista que ellos.

Alonso, su socio, entra por la puerta sin llamar. Hace tiempo que dejó de reprenderlo. Y ahora se planta delante de él con esa sonrisa amarilla, herencia de sus intensos años de fumador y juerguista noctámbulo. Tiene aspecto de vendedor de coches usados, pero nunca se lo ha dicho a la cara, porque igual soltaba una carcajada y te daba uno de sus abrazos pegajosos, o se lo tomaba a mal y no te volvía a hablar en la vida. Con él nunca se sabía.

—Tío, ¿qué te pasa? Estás más blanco que el papel de fumar.

Se acerca y le aprieta en el hombro a modo de pinza con sus manos, pequeñas y nudosas. Sí, es un hombre que tiene que tocar todo el rato a los demás.

—¿Por qué no bajamos al bar de la esquina y tomamos un cafelito? Dice Teo que la migración va para rato.

Lo mira con sus ojillos despiertos de buscavidas. No sabe si Alonso es el socio perfecto, pero sí el mejor para ese proyecto que comenzó hace dos años. No supo cómo lo hizo, pero reclutó al mejor equipo de diseñadores, programadores y expertos en marketing, con el que apostaron fuerte para dar vida a su criatura: Niobe, un portal inmobiliario llamado a competir con los más fuertes del mercado. Sin embargo, después de esos dos años de gracia, las expectativas altamente optimistas se han vuelto crudamente realistas.

—En serio, tío. Tienes mal aspecto —insiste.

Mario lo mira y pacientemente le dice:

—Estoy bien. Es Daniel. Lo está pasando mal con los dientes y no pegamos ojo por las noches.

Alonso tuerce el gesto.

—Joder. Mis hijos lo pasaron fatal. Pero se le pasará pronto, ya lo verás.

Sin embargo, no es el dolor de su hijo lo que le está quitando el sueño y las ganas de comer, sino Nero. Solo pensar en él y se echa a temblar.

—Tengo que revisar unos documentos legales que me ha pasado el abogado esta mañana. Ve tú si quieres.

Alonso lo mira fijamente sin decir nada durante varios segundos.

—Me lo contarías, ¿verdad?

—¿El qué?

—Si tuvieras problemas. Antes que socios somos amigos, ¿no?

—Claro que somos amigos.

Alonso sonríe. Se incorpora de un salto rebosante de energía y le da una palmada en la espalda.

—¡Y anímate!

Abandona el despacho y Mario exhala el aire de sus pulmones pensando en cómo va a salir de esa.

Desde la amplia puerta corredera de la cocina de Blanca la luz entra sesgada incidiendo sobre el suelo de mármol negro. Daniel está sentado ahí mismo y, con sus manitas, trata de atrapar los rayos de sol que se filtran a través del cristal. Nadia no pierde ojo de su hijo. Lo mira todo el rato. Aún todavía no puede creer que sea suyo, que ese milagro de la vida se haya producido. Lo ama tanto que siente hasta dolor físico. Daniel estira sus bracitos rollizos y aprieta la nada, pero sonríe como si hubiera conseguido su objetivo.

—Está para comérselo —comenta Blanca acercándose a Nadia y dejando un café sobre la mesa donde está sentada—. Ya ni me acuerdo de cómo era mi Joel a su edad.

—Los años pasan volando.

Blanca exhala un triste suspiro.

—Más de lo que te imaginas. Un día eres una mujer a la que los hombres devoran con la mirada, y, al siguiente, una vaca gorda y fofa en la que nadie se fija.

Nadia suelta una risa.

—Qué exagerada. Eres una mujer muy guapa. No tienes a alguien porque no quieres.

Una nube tapa el cielo, eclipsando el eventual juego de Daniel, que de repente se queda sin diversión, y estira las manos en busca de su madre. Nadia lo coge y lo sienta sobre sus rodillas.

—A veces lo he pensado —prosigue Blanca tras suspirar—. Echo de menos el sexo y todo eso, por supuesto, pero lo que más echo de menos es un hombre que me quiera de verdad. —Sonríe a Nadia—. Amor del bueno.

Nadia sonríe, pero no dice nada. Aprieta con afecto la mano de Blanca y se queda mirándola. Blanca es una mujer que se acerca a la cincuentena, pero todavía posee un físico más que atractivo. Su cabello, de color castaño claro, desciende con elegancia sobre sus hombros. Sus piernas son firmes y sus muslos son prietos y contundentes. Está segura de que muchos hombres estarían más que dispuestos a gozar todavía de sus formas rotundas.

Cuando se compraron esa casa ella fue la primera vecina que la visitó, hace ya tres años, y desde entonces son buenas amigas.

—Hay gente que busca pareja en estas aplicaciones. ¿Sabes lo que te digo?

Blanca la mira con fingida reticencia.

—Claro que lo sé. ¡Todo el mundo habla del dichoso Tinder! Incluso Joel me ha animado a usarlo.

—¿Y?

—Que hasta que no encuentre a un chico como Mario Casas o Brad Pitt no creo que me anime.

Se ríen. La puerta de la calle se abre en ese momento y entra Joel, el único hijo de Blanca: diecisiete años, alto y tan delgado que parece que vaya a doblarse por la mitad. Camina con esa dejadez propia de la adolescencia. Lleva las manos en los bolsillos de un anorak enorme y la capucha de la sudadera puesta.

Joel cruza el salón y llega a la cocina por el pasillo que comunica ambos. Nada más entrar besa a su madre en la mejilla y sonríe a Daniel en cuanto lo ve. Se acerca a él y comienza a hacerle carantoñas.

—Hola, hola, hola...

—Joel, hijo, pero quítate la capucha dentro de casa.

Joel obedece dejando a la vista un cabello rizado, oscuro y despeinado. Daniel se ríe a carcajadas por las caras que pone Joel. Realmente tiene un don para los niños, piensa Nadia.

—¿Quieres que te prepare algo para comer?

Joel se incorpora y se mete las manos en los bolsillos con la misma indolencia de cuando llegó.

—No, ya he comido algo esta mañana.

Su madre niega en desacuerdo.

—Ya me lo imagino: pizza o patatas fritas. Así no vamos a ninguna parte, hijo.

Joel se encoge de hombros y se gira para marcharse.

—Voy a mi cuarto.

Joel sonríe a Daniel y él le devuelve la sonrisa, encantado.

—Adiós, pequeñajo —se despide con la mano—, y adiós, Nadia.

—Hasta luego, Joel —responde.

Joel vuelve a desaparecer por el pasillo que da al salón y sube las escaleras.

Entonces un coche se aproxima por el otro extremo de la calle. Es un reluciente Porsche Cayenne de color negro. Se detiene en la entrada del garaje de la casa de enfrente y Blanca pone toda su atención en el coche recién llegado. Su mirada es de total expectación.

Del asiento del acompañante sale una joven mujer. Alta, despampanante, con un peinado de peluquería cara. Su figura, delgada y estilizada hasta el extremo, se desliza embutida en unos pantalones estrechísimos. Camina con soltura con unos zapatos de tacón muy alto. Sus ojos —cómo no— permanecen ocultos tras unas gafas de sol ahumadas. Parece contrariada o enfadada, nadie podría asegurarlo. Con indiferencia, saca un móvil de la nada y mira la pantalla.

Un hombre alto y con buena percha desciende del asiento del conductor. Posee una abundante cabellera plateada y luce una barba ensortijada y muy poblada. Es un hombre ciertamente elegante que rondará los setenta años. A juego con la joven que le acompaña, también oculta sus ojos tras unas gafas de sol ahumadas. Su semblante es de total seriedad. La mujer camina delante de él. Abre una puerta que da al jardín trasero y entra sin esperarle.

Y mientras todo eso ocurría, Nadia y Blanca no han abierto la boca. Parecían embelesadas por esa pequeña actuación de lo cotidiano.

—Hablando de parejas felices… —murmura Blanca con mordacidad.

Nadia no dice nada. El mundo de cada pareja es único y miles de dudas y secretos revolotean continuamente sobre quienes las componen.

—La otra noche tuvieran una de órdago —continúa Blanca con una sonrisa maliciosa.

Nadia asiente sin añadir nada. Mira a Blanca pensando que pasa demasiado tiempo sola en casa.

—Está claro que ya se ha cansado de él. Habrá encontrado a alguien con más dinero. Estas son así; buscan a un idiota que no sabe mantener la bragueta cerrada y, cuando lo han dejado seco, van a por el siguiente.

—Algo de amor habrá, digo yo —responde como si le doliera.

Y Blanca mira a Nadia como si fuera muy ingenua, mientras sus ojos brillan con maldad.

—No todas tienen la suerte que tú, Nadia —suspira—. Aunque seguro que la pobre se consuela con una maleta llena de dinero. A falta de pan, buenas son tortas, ¿no dicen eso?

Antes de cerrar la puerta, el hombre de cabello plateado mira hacia la ventana de la cocina de Blanca. Nadia juraría que sus miradas se han encontrado durante una breve fracción de segundo.

2

Daniel duerme profundamente y es un alivio verlo así después de pasar algunas noches complicadas. Para una madre, y especialmente para una primeriza, lo peor es no poder hacer nada por evitar el dolor de tu hijo. Sin querer, piensa una y otra vez en si estará a la altura, si será buena madre, si responderá a las expectativas de su hijo cuando este la necesite.

Mario cree que lo sobreprotege excesivamente, y tal vez tenga razón, pero ella tiene sus motivos. Motivos que nunca ha compartido con él y que, probablemente, nunca hará.

Todos hacemos lo que hacemos por una razón.

Abre la puerta del dormitorio con suavidad. Desde la cocina en la planta de abajo Mario la espera para cenar con una selección de temas de música relajante, velas e incienso con olor a canela. Así la recibía cada noche en su primer nido de amor: un diminuto y oscuro apartamento en el ruidoso barrio de Tetuán. Nunca imaginó que conocería a alguien como él, ni que aquel amor perduraría hasta los cuatro años de hoy.

Las cosas buenas de la vida surgen de repente. No se planean, simplemente suceden. Pero del mismo modo pasa lo mismo con aquellas que más tememos.

> ¿Te has preguntado quién es en realidad tu marido? ¿O acaso no quieres conocer la verdad? ¿Eres de esas que prefieren mirar para otro lado, Nadia?

Al coger su móvil, que había dejado sobre la mesita de noche, aparece ese mensaje. Nadia se queda inmóvil, incapaz de reaccionar, y una sensación de miedo comienza a inundar todo su ser. Tiene que sentarse en el borde de la cama con las manos temblorosas.

«Esto es absurdo. ¿Quién...?», piensa mientras cierra los ojos, y siente que la habitación le da vueltas a la vez que la música que promete una velada perfecta se desliza por la puerta entreabierta. Intenta tranquilizarse, pero hay algo en el enunciado que le provoca un subidón de pánico. Ha mencionado su nombre: Nadia. O sea, su acosador o acosadora la conoce. Aunque eso necesariamente no signifique nada. Cualquiera puede conseguir datos personales de otras personas usando internet. ¿Se trata de eso? ¿Alguien conoce aspectos de su pasado? ¿Aspectos que ni siquiera su marido conoce?

—¿Cariño?

La voz de Mario se proyecta hacia el piso de arriba y Nadia no puede evitar sobresaltarse. Sin pensarlo, borra el mensaje, se incorpora y entra deprisa en el aseo del dormitorio. Se mira al espejo. Está temblando y la mirada que le devuelve la imagen es la del puro terror.

Alguien ha descubierto algo. Lo presiente, y esos mensajes son el preludio de lo que esconden en realidad. Ya había pasado por eso una vez y lo había superado.

O eso creía ella.

Abre uno de los cajones del mueble de baño. En un lado hay toallas perfectamente colocadas según su tamaño. En el otro, compartimentos donde guarda sus productos de higiene personal. Levanta varias cajas de tampones y, de debajo del todo, saca un frasco de cristal marrón y pequeño. No lleva etiqueta. Lo desenrosca y coge un comprimido. Se lo traga.

Mario cambia de *playlist* desde su iPhone. Elige una selección de temas de jazz. Le encanta el jazz: Eddie Harper, Miles Davis, Chet Baker... Suspira y se pregunta cómo es capaz de disfrutar de la música con la que se le viene encima. No tiene hambre y siente un nudo en el estómago de forma constante. Le gustaría salir a dar un paseo y despejarse, pero entonces Nadia le preguntaría qué le pasa. Y, de manera convincente, le mentiría. Porque sabe fingir muy bien. Es una de sus mejores virtudes, al fin y al cabo. Podría haber sido un gran actor o un político, se lo han dicho mucho. Se pregunta cuántas veces habrá mentido a lo largo de su vida. Las que han hecho falta, se contesta. Sobrevivir no es fácil, y hay que hacer lo necesario en esta jungla, cada vez más peligrosa, donde solo resisten los más fuertes.

Minutos más tarde, Nadia desciende los escalones y llega a la cocina. Mario está con el móvil en la mano. Despega la vista de él cuando la ve aparecer y sonríe. Mario es tan guapo. Esa sonrisa no puede esconder nada perverso, se dice. Su mirada no revela nada extraño.

—¿Qué estabas haciendo? Llevo un rato esperando. —Hace un gesto en dirección a la lubina del plato—. Esto tiene que haberse enfriado ya.

—Estaba demasiado caliente cuando la he sacado del horno, así que ahora estará perfecta.

Nadia se acerca a Mario y lo besa en los labios. No rehúye su contacto, ni la mira de manera extraña. Ha pensado muchas veces en cómo se sentiría si eso llegara a ocurrir alguna vez y ha enloquecido con solo imaginarlo.

—Tú eres la cocinera —contesta él asintiendo.

Ambos se sientan a la mesa y, durante unos instantes, solo se escucha el tintineo de los cubiertos y una voz rasgada de mujer que supura versos melancólicos de un amor perdido. Los dos comen en silencio.

—Tenías razón, está mejor así.

Nadia asiente estando de acuerdo. Y, tras una sonrisa, se pregunta si él habrá notado en su mirada el pánico que ha sentido hace tan solo unos minutos.

En la casa de enfrente, Fernando Castañeda aprieta con fuerza los nudillos de ambas manos, tanto que casi le sangran, aunque no siente dolor. La verdad es que no siente nada desde hace tiempo, salvo tristeza. Ese es el único sentimiento que se permite. Valeria nunca le ha querido, esa es la dolorosa verdad, y repetírselo le hace sentirse más miserable. Y en la oscuridad de aquel salón bebe solo y se lamenta solo, pero es que además es un idiota de los pies a la cabeza.

Cuando se enamoró de Valeria todo el mundo le advirtió que debía recapacitar, que debía pensar en lo que estaba haciendo. Al fin y al cabo, él siempre había obrado con juicio, y si había llegado a algo en la vida era porque siempre había mantenido los pies bien pegados al suelo. Aunque bien mirado no se sorprende. Siempre imaginó que su bajada a los infiernos sería de la mano de una mujer de piernas largas y codicia inagotable.

Ha cometido errores. Sí, todos cometemos errores, pero los suyos solo pueden considerarse como imperdonables. Aún no sabe cómo se dejó arrastrar por lo que comenzó siendo un excitante juego hasta convertirse en algo peligroso. Por Dios, estaba cometiendo un delito con el que podía ir a la cárcel. No sabe cómo pudieron salirse con la suya durante tanto tiempo. No se reconoce. Ya no es el hombre al que muchos admiran. Ya no queda nada de lo que fue un día. Ya no queda nada de él.

Apura su vaso de whisky lleno de rabia con la intención de arrojarlo contra la pared, pero no lo hace porque eso es lo que ocurre: no tiene huevos ni para estampar un puto vaso contra la pared.

Valeria está llorando desde que llegaron, pero no llora por él, y eso es lo que más lo enfurece. Nunca ha llorado por él. Qué iluso ha sido al pensar que esa mujer derramaría una sola lágrima por su amor. Siempre ha querido su dinero, y él, con todo lo inteligente que se presumía, ha optado por elegir la ilusión en vez de la realidad.

Espera que reviente de una vez.

Varias mujeres despampanantes y en bikini bailan en un entorno paradisíaco al son de un pseudocantante canijo y vestido ridículamente para la ocasión. La canción es espantosa, pero es el tipo de música que le gusta a Valeria. Y ella la ha bailado en noches interminables de alcohol, sexo y coca. Entonces no tenía dinero, solo aspiraciones. Ahora lo tiene, pero llora amargamente. Valeria siempre ha llorado delante de los hombres para conseguir lo que deseaba y siempre le ha funcionado. Era muy fácil tenerlos comiendo de su mano cuando una mujer como ella les hacía promesas que rara vez cumplía.

Hace tiempo se prometió a sí misma que estaría por encima de algo tan inoportuno como el amor. Sin embargo, nunca pensó que la vida giraría tanto como para situarla en el lado contrario. Y ahora, cada vez que piensa en él y en su desplante, la rabia se le clava en el corazón como un dardo venenoso. Le ha enviado mensajes todo el día y, con cada silencio suyo, ha bebido más y más. Las lágrimas, como dice aquella canción, se han mezclado con alcohol. Su silencio es definitivo, lo sabe.

En ese momento Fernando aparece por la puerta del dormitorio y la mira sin disimular su desprecio.

—¿Eso es lo que vas a hacer? ¿Beber hasta reventar?

Valeria, aunque tiene el rostro enrojecido y los ojos hinchados de tanto llorar, sigue siendo una mujer excepcionalmente bella. Su belleza apenas se apoya en el maquillaje. Toda su apariencia es deslumbrante y solo es comparable a su mala leche.

—Te importa una mierda lo que me pase, así que… ¿Por qué no te vuelves por donde has venido y me dejas en paz?

—No, la que tiene que irse a la mierda eres tú, guapa —responde él con la mirada llena de resentimiento.

Ella sonríe, desafiante. Esa conversación ya la han tenido muchas veces últimamente y esta es como un calco de las anteriores.

—Vale, llama a tu abogado y firmamos los papeles ya mismito, papi.

Fernando niega, avanza un paso hacia ella y la señala con el dedo índice.

—Ya me has sacado más de lo que vales, hija de la gran puta.

Valeria suelta una fría carcajada que se le clava en el alma.

—No hace falta que disimules. —Se encoge de hombros—. Aquí no hay nadie, mi amor. Si has sobrevivido estos últimos años ha sido por mí. Eres solo una fachada que ya no vende.

Fernando asiente con una sonrisa de hiena.

—Sí, claro.

—Vete y déjame en paz. No quiero volver a ver tu puta cara de viejo en toda mi vida.

Y Fernando siente cómo toda la energía vital que le queda abandona su cuerpo en ese instante. Apenas puede abrir la boca ni para contestar. Traga saliva varias veces, teme que solo pueda esgrimir un gemido.

—Sé que lo tienes escondido en algún lugar. —Traga saliva de nuevo—. ¿Dónde está?

Valeria enarca una ceja después de beberse de golpe el contenido del chupito.

—Vaya con don Estirado...

—Me lo has ocultado todo este tiempo, mientras yo me dedicaba a pagar las deudas: deudas de los dos. ¿Dónde está?

—A ti te lo voy a decir...

Ella sonríe con los dientes brillantes, bamboleándose sobre la cama. La cabeza le da vueltas sin parar, pero tiene los ovarios lo suficientemente bien puestos como para despacharlo sin despeinarse.

—Vamos, huevón, llama a tu abogado.

—Antes acabo contigo.

—No tienes huevos, marica.

Fernando da otro paso hacia la cama con el rostro desencajado y los puños apretados por la rabia, pero se detiene en el último instante, como siempre ha hecho. Y ella se ríe de él con una carcajada ahogada por el vodka que bebe como si fuera agua.

—¿Pero tú te has visto? Anda, ve y vuelve abajo. —Menea la cabeza con desprecio—. Si tuvieras cojones me agarrarías del cuello ahora mismo, pero eres un mierda que no vale para nada. Las cosas se van a hacer como siempre se han hecho: cuando yo diga.

Nunca tuvo que haberla subestimado. Ahora se da cuenta del grave error que cometió al dejar entrar a una depredadora como Valeria en su vida.

Blanca se despierta de repente y lo primero que siente es un terrible dolor de cabeza. Además, nota su cuello entumecido por una mala postura. Ha vuelto a quedarse dormida en el sofá. Seguro que Joel le pidió que subiera al dormitorio, pero ya no se acuerda. La culpa la tiene el vino o, mejor dicho, las copas de vino que se tomó anoche durante y después de la cena. Recuerda que no cenó mucho —tampoco lo que cenó—, pero sí que se bebió por lo menos cinco o seis copas de vino, a juzgar por la botella vacía que está encima de la mesa de centro.

«No debería beber tanto», se dice un día tras otro, para repetirse después: «Bueno, tampoco pasa nada por tomar unas cuantas copas en la cena. Además, el vino me sienta bien».

Vivir sola con un hijo adolescente huidizo que va a la suya no es fácil. Tal vez debería buscar trabajo, así saldría de casa cada mañana y tendría algo que hacer. Pasaría todo el día fuera, tendría compañeros e iría a comer a algún restaurante cerca del trabajo donde hablarían de lo idiota e incompetente que es el jefe. Regresaría a las seis a casa, deseando llegar para relajarse y ver qué tal le había ido a su hijo. Sí, estaría bien. Lo ha pensado muchas veces. Pero también le ha dado mucha pereza. Además, el mercado laboral está como está y no la contratarían tan fácilmente como ella cree. Seguro que no sería tan idílico como encontrar un trabajo en el centro, bien remunerado y con compañeros sonrientes y enrollados. Hace tiempo que no trabaja, y aunque sea egoísta por su parte de vez en cuando se recuerda a sí misma que no tiene esa necesidad. Porque Julián, su difunto esposo, que era funcionario del Ministerio de Agricultura, le dejó, además de un dinerito y esa casa pagada, una pensión de viudedad de la que puede vivir sin pasar apuros ni penas.

En fin, qué más da. No sabe si debería irse a la cama o seguir durmiendo allí, porque en el fondo todo le da igual.

De repente escucha un grito ahogado en la parte de atrás de la casa de enfrente. Eso termina por espabilarla, y se incorpora como si le hubieran pinchado en el culo. Cruza el salón, va hasta la cocina y, a través de una de las ventanas y entre los arbustos de su jardín, examina con curiosidad la casa de sus vecinos. Son cerca de las dos de la madrugada y hay luz en el dormitorio de ellos. «Pero seguro que no están follando», se dice con una sonrisa maliciosa. De hecho, es de la opinión de que esa pareja nunca ha debido de tener sexo. Él, aunque ha tenido que ser un hombre atractivo —todavía lo es—, no cree que con su edad pueda complacer sexualmente a su joven esposa, a la que ve como a una de esas zorras sin remordimientos ni escrúpulos. A su difunto esposo dejó de levantársela al cumplir los cincuenta años, lo que fue todo un alivio para ella, que odiaba perder el tiempo fingiendo.

Entonces, un portazo en la puerta del jardín trasero de la casa de enfrente la sobresalta. Fernando camina hecho una furia hacia su coche aparcado en la calle. Se sube y el motor ruge al ponerlo en marcha. Maniobra marcha atrás y sale disparado haciendo rechinar los neumáticos contra el asfalto.

Y Blanca, tras la ventana de su confortable pero solitario hogar, sonríe de satisfacción.

3

Nadia se despierta con un grito ahogado. La imagen de la pesadilla que acaba de tener se diluye en la negrura de su mente, pero en los instantes siguientes todavía puede recordar aquello que le ha hecho retorcerse de terror: su casa estaba ardiendo. Las llamas salían embravecidas por las ventanas, y ella, fuera, no podía hacer nada. Gritaba el nombre de su hijo, pero no salía ningún sonido de su garganta. Pedía ayuda, pero no había nadie que la pudiera ayudar. Estaba sola. Muchas veces se ha despertado en medio de la noche tratando de aferrarse a la vida. Como aquella noche cuando creyó que ya nunca más volvería a ver la luz del día.

Se levanta de un salto de la cama y se apresura a mirar dentro de la cuna. Daniel duerme plácidamente. Aunque aún parece escuchar dentro de su cabeza el sonido de la desesperación.

Nadia suelta una risa sin querer e inmediatamente se tapa la boca. Reprime un grito de angustia. Estira sus manos y toca los muslos, los brazos y la cara de su hijo. Sí, está bien, está bien. Su hijo está bien y a salvo. El fuego no se lo ha llevado.

Se sienta de nuevo en la cama. Está empapada en sudor y poco a poco su corazón recobra un ritmo normal. Entonces se da cuenta de que Mario no está en la cama. Enciende la luz de su mesita para cerciorarse y, al hacerlo, solo encuentra un hueco vacío. Le ocurre algo, e intuye que se trata de algo más que problemas de trabajo.

Algunos días lo nota apático, como si no le importara nada, como si no tuviera ilusión por la vida que lleva, aunque lo tenga todo. No entiende qué más puede desear. De nuevo acuden a su memoria aquellos días en Tailandia durante su luna de miel. Dos semanas de absoluta felicidad. Nunca se rio tanto ni el sexo fue tan bueno como entonces. Ninguno de los dos parecía estar saciado, siempre querían más. Cada noche, mientras dormía abrazada a su cuerpo con el rumor de las olas como sonido de fondo, deseaba que nunca despertaran de ese sueño, que nunca se acabara esa pasión. «Lo tenemos todo para ser felices —se decía—, nada puede salir mal.»

Sale al pasillo de arriba. Tal vez haya salido al jardín a fumar para relajarse. Le gusta estar solo en el jardín, disfrutar de la soledad, especialmente de madrugada. Le viene a la memoria el día que visitaron esa casa por primera vez. Les encantaba la urbanización y la casa era perfecta para ellos: amplia, bonita, con mucha luz natural y tranquila. Mario salió al jardín y, mirando a su alrededor, sonriendo, se vio a sí mismo viviendo allí.

—Me encanta. Es perfecta para nosotros —indicó.

Ella pensaba lo mismo.

Ese pensamiento se esfuma cuando desciende las escaleras y a través del gran ventanal que da al jardín trasero no lo consigue ver.

Vuelve la mirada hacia el lado contrario. Tampoco está en el salón, sentado frente al televisor. En ese instante escucha un gemido dentro de su dormitorio. Regresa corriendo y, cuando traspasa el umbral de la puerta, Daniel se agita inquieto. Su dolor de dientes ha regresado. Coge a su hijo y trata de consolarlo, lo mece con suavidad. Entonces escucha un ruido suave y sibilante como de aspiración: alguien ha abierto y vuelto a cerrar la puerta corredera del jardín.

Nadia se gira hacia la puerta con una leve punzada de inquietud.

—¿Mario?

Hay un silencio prolongado de varios segundos.

—Sí, soy yo.

Escucha los pitidos de la botonera para volver a activar la alarma y sus pasos apagados sobre la escalera. Aparece por la puerta y la mira con los ojos muy abiertos. Tiene una expresión extraña en la mirada.

—¿Dónde estabas? —pregunta ella sin dejar de mecer a Daniel. El niño emite un gemido ininterrumpido de dolor que será complicado de erradicar sin analgésicos.

—Había salido —dice en tono apagado.

—Eso ya lo veo.

Nadia evita mirar directamente a su atuendo. Lleva un impermeable negro con la cremallera subida hasta al cuello. Sus pantalones son también oscuros. Le parece extraño porque no suele vestir de ese color.

—¿Y adónde has ido? —pregunta mirando de reojo el reloj despertador. Son las tres y treinta y cinco de la madrugada.

—A dar una vuelta, para despejarme —contesta, sonando a excusa—. He salido al jardín a fumar, pero necesitaba andar un poco.

Milagrosamente, Daniel vuelve a dormirse. Falsa alarma. Aun así, Nadia sigue acunándolo, a la vez que mira a su marido con cierta crispación.

—Mario, ¿te pasa algo?

—No.

—Vale, lo que tú digas.

Mario se baja la cremallera del impermeable y se lo quita, abre la puerta del armario y lo coloca en una percha. Se sienta en la cama.

—¿Es por trabajo? —insiste Nadia, rogando para que no diga algo del estilo de: «No, pero tenemos que hablar…».

Mario permanece de espaldas, descalzándose y quitándose los pantalones.

—Te digo que no me pasa nada —contesta con cierta brusquedad.

Se gira, dándose cuenta de lo áspero que ha sonado. Se levanta y va hacia ella.

—Me conoces demasiado bien —dice con suavidad, y sonríe. Acaricia la cabeza de su hijo y luego la cara de Nadia. Suelta por fin un hondo suspiro—. Estoy un poco preocupado por los datos del último trimestre de la web. No han sido buenos. En realidad, mucho peor de lo que esperábamos.

Ella lo mira fijamente y no dice nada.

—Sabes que este proyecto es muy importante para mí. Y no quiero que nada salga mal. Además, no quiero decepcionarte. Confiaste en el proyecto y eso es muy importante para mí.

Nadia no dice nada durante unos instantes.

—No vas a decepcionarme. Todo va a ir bien, pero no pasa nada si no es así.

Mario vuelve la mirada hacia otro lado. Ella le coge la cara con delicadeza.

—Tenemos todo lo que podemos desear, mi amor. ¿No es así?

Mario asiente distraído. Luego sonríe y mira a Nadia a los ojos.

—Tienes razón. Muchos matarían por estar en nuestro lugar.

Por supuesto que matarían, piensa Nadia, y por muchísimo menos. Besa a Mario en los labios y echa sus brazos sobre sus hombros. Espera que él la abrace, aunque tarda unos segundos en hacerlo.

—Y ahora vamos a dormir.

Mario asiente y se meten en la cama en silencio, pero Nadia no consigue volver a dormirse.

4

A pesar de que nadie le controla la hora de llegada, Palmira introduce la llave y entra en casa a las ocho en punto de la mañana. Su marido y sus hijos se burlan de ella por esa actitud suya tan rigurosa. Al fin y al cabo, no es como fichar para una gran empresa; en algunas te cuentan hasta los segundos de más. Pero Palmira es así; la responsabilidad personificada. Tal vez por ese motivo desde que llegó a España a mediados de los noventa desde su Ecuador natal nunca le ha faltado trabajo. Y, tal vez por el motivo contrario, su marido no lo encuentra desde hace ya varios años, incluso rechaza aquellos que no son de su agrado, como si pudiera elegir. Pero mejor no hacerse mala sangre tan temprano.

Nada más entrar, y como hace siempre, introduce la contraseña para desbloquear el sistema de seguridad, pero se da cuenta de que la alarma no está conectada. No se inquieta, porque eso quiere decir que Fernando ya se ha marchado. Huele al olor intenso y dulzón del whisky e identifica una botella y un vaso vacío encima de la mesa que hay frente al sofá. Se acerca y coge el vaso y la botella. Imagina a Fernando agarrando una buena y durmiendo allí. No sería la primera vez; muchas últimamente. Pero si es que es normal, ¿qué hace un hombre tan mayor con una mujer que podría ser su hija? Está claro que algunas no tienen escrúpulos y hacen lo que sea por sobrevivir. Eso huele a divorcio a kilómetros. Y seguro que al muy idiota le saca hasta la camisa que lleva puesta. Nunca ha llegado a entender que un hombre pueda cometer tantas tonterías por una mujer, por muy guapa que esta sea. Será que no tiene testículos para entenderlo. Aunque visto lo que hay, y todo lo que hay sufrir para llevar un mísero sueldo a casa, no lo ve mal del todo. Si ella fuera la mitad de guapa que Valeria, otro gallo hubiera cantado.

Con un suspiro se pone a recoger la cocina. En el cuenco de madera de la isla no están las llaves del Porsche de Fernando. Se habrá marchado temprano. Siempre anda de aquí para allá con sus negocios. Mejor, que siga así. Ese trabajo no es que sea una bicoca por el sueldo, pero es imprescindible para que pueda llegar a fin de mes. Aunque si terminan divorciándose, lo más seguro es que la despidan. Él, con el rabo entre las piernas —y con mucho menos dinero del que tenía—, se marcharía a vivir a algún sitio más pequeño, y ella haría las maletas bien repletas y buscaría a otro idiota al que engatusar.

Palmira mira hacia la escalera que comunica con el piso de arriba. Valeria dormirá, como es habitual en ella, hasta las doce o doce y media del mediodía. Después necesitará una hora más para salir de la cama. Bien pasada la tarde, le pedirá que le prepare el desayuno y se lo lleve al jardín. Si ella fuera la mitad que guapa que Valeria...

Sube al piso de arriba para abrir el resto de las ventanas y ventilar la casa. Inmediatamente nota un olor intenso y metálico que penetra como cuchillas en sus fosas nasales. La puerta del dormitorio principal está abierta. Qué raro, a Valeria le gusta dormir siempre con la puerta cerrada. Además, su lámpara y el televisor están encendidos. Aquello sí que es muy extraño.

Palmira siente un hormigueo en la boca del estómago cuando se acerca un poco más y ve el brazo de Valeria colgando por su lado de la cama. No sabe si entrar, pero ¿y si le ha ocurrido algo? Decide dar otro paso y entonces la descubre, rodeada por una inmensa mancha de sangre que empapa las sábanas, la almohada y la ropa de cama. Pero lo que más le impacta es su rostro: destrozado a golpes.

5

—No tuvo ninguna oportunidad —afirma la doctora Espinosa revisando el cadáver de Valeria Donoso, la mujer asesinada en su cama.

Varios agentes de la Científica trabajan en silencio a su alrededor. Mientras, el inspector Juan Portugal y su compañera, la inspectora Anabel Rossi, observan el resultado de aquel brutal crimen. El rostro de Valeria prácticamente ha desaparecido: solo queda un amasijo sanguinolento deforme de carne y huesos destrozados. Ha sido golpeada hasta morir con una brutalidad poco convencional. Aunque todos los que están en esa habitación han visto crímenes horrendos a lo largo de su carrera policial, ese seguro que forma parte destacada del gabinete de sus propios horrores.

Espinosa coge con delicadeza la mano derecha de Valeria y la gira un poco. Hace lo mismo con la otra mano. Se fija en las uñas.

—No hay rastros aparentes de lucha. —Señala la botella de vodka y el vaso de chupito vacío encima de la mesita que está al lado—. Es probable que hubiera bebido más de la cuenta y eso hubiera alterado su capacidad de reacción. A ver qué dicen las pruebas toxicológicas.

—¿Dónde está el marido? —pregunta la inspectora Rossi a nadie en particular.

El subinspector Tendero, que permanece a su lado, contesta:

—Nadie lo sabe. El cadáver lo descubrió la asistenta que trabaja en casa.

Portugal observa con atención la escena del crimen. Por las salpicaduras de sangre se sitúa más o menos donde el asesino actuó. Luego se gira y camina hacia la puerta de salida. Observa el marco, la puerta y el suelo detenidamente. La inspectora Rossi se acerca a él.

—¿Qué es lo que te llama la atención?

—Aquí hay un rastro de sangre.

—Ya me he fijado.

—Pero muy poca cosa.

Y es cierto, apenas una pequeña mancha de un centímetro de largo que contrasta con el baño de sangre del interior. Portugal sale al pasillo, camina despacio fijándose en el suelo. Hay un pequeño cono amarillo con un número en un peldaño de la escalera que señala otra mancha de sangre, también diminuta. Más abajo, otro cono cerca de la cocina señala el lugar de otra más.

—El rastro termina en el garaje —confirma uno de los agentes por detrás. Portugal se gira y lo mira, pero no dice nada.

—¿Hablamos con la asistenta? —pregunta Rossi.

Abajo, en el salón, Palmira espera sentada en el sofá. Está muy alterada y un psicólogo de la Policía ha hablado con ella para intentar calmarla. La visión de Valeria ultrajada de esa manera tan salvaje la persigue cuando cierra los ojos. Sabe que esa imagen jamás se borrará de su mente mientras viva. Portugal y Rossi se acercan y se sientan frente a ella. Palmira, que no ha dejado de llorar, intenta contenerse.

—Hola, Palmira. ¿Cómo se encuentra? —pregunta la inspectora Rossi.

—Bueno..., he tenido días mejores.

—¿Quiere tomar algo?

—No, gracias, estoy bien. —Esboza una sonrisa triste.

—Yo soy la inspectora Rossi, y él, el inspector Portugal de la Policía Judicial. ¿Puede contarnos cómo la descubrió?

—Yo llego siempre a las ocho en punto. Es mi hora de comenzar. —Se detiene. Una lágrima se derrama mejilla abajo—. Todo era normal, no vi nada raro. Comencé mi jornada como siempre, pero cuando subí al piso de arriba vi que la puerta del dormitorio estaba abierta. —Frunce el ceño al recordarlo—. Lo vi raro, porque Valeria nunca deja la puerta de su dormitorio abierta.

—Entonces entró y descubrió el cuerpo, ¿no? —pregunta Rossi.

—Sí —afirma asintiendo a la vez.

—El marido de Valeria...

—Fernando Castañeda —contesta Palmira.

—El señor Castañeda no estaba en casa cuando llegó, ¿verdad? —pregunta Portugal.

—No, pero no lo vi raro. Él suele madrugar bastante. Hay veces que cuando llego ya se ha marchado.

—¿Trabajó ayer?

—No, termino los viernes a mediodía y ya no regreso hasta el martes por la mañana. El viernes pasado escuché que se marchaban a pasar el fin de semana fuera. A una casita que tienen en Jávea.

—Palmira —Rossi llama su atención sobre ella—, ha dicho antes que no vio nada raro cuando llegó.

—Eso es.

—Supongo que usted conoce la casa mejor que nadie. ¿Se fijó en algo que no estuviera en su sitio, algo que le llamara la atención de manera especial?

Palmira piensa, meneando la cabeza a la vez.

—Había... —entonces recuerda—, había un vaso y una botella de whisky en esta mesa. —Señala la mesa de centro que está delante de ellos y a continuación la cocina—. El vaso está en el fregadero.

—¿Algo más?

—No. —Niega con la cabeza.

—¿Notó si la puerta principal había sido forzada?

—No, no.

Portugal hace un gesto hacia el panel que controla el sistema de seguridad que está junto al portero automático y entonces Palmira comienza a recordar.

—Un momento. Cuando llegué la alarma estaba desconectada.

Los inspectores se miran.

—¿Y es normal que estuviera así?

—Bueno, sí y no. Siempre se acuerdan de hacerlo por las noches, pero si Fernando se marcha temprano, ya no vuelve a conectarla.

—De acuerdo. ¿Cómo era la relación de Fernando y Valeria? —pregunta la inspectora Rossi.

Palmira baja la cara y aprieta sus pequeñas y fuertes manos entre sí. Estaba claro que se lo iban a preguntar, y, aunque es incómodo para ella, es la Policía y tiene que decir la verdad.

—No era buena —carraspea—. Discutían mucho incluso estando yo presente, lo cual era muy incómodo para mí. Había veces que salía por la puerta y, cuando me alejaba, los gritos se escuchaban fuera. Últimamente se insultaban mucho.

—¿Lo vio alguna vez agredirla?

Entonces Palmira sonríe y niega con la cabeza.

—No, señora. Valeria era..., cómo decirlo, una mujer con mucho carácter. Si le hubiera pegado, ella se lo habría devuelto. Nunca vi que llegaran a las manos.

Entonces rompe a llorar. Los inspectores esperan, pacientes.

—Fernando es una buena persona —añade, pero inmediatamente piensa en las circunstancias acaecidas y cambia de actitud—. O eso es lo que parecía. La verdad es que siempre se ha portado bien conmigo. Nunca he tenido queja.

—¿Sabe dónde está ahora? —pregunta Portugal.

—No —se apresura en contestar.

—Lo está haciendo muy bien. —Rossi la anima con una sonrisa—. Una pregunta más y es importante que responda con sinceridad.

Palmira mira al inspector Portugal de reojo y ahora a la inspectora Rossi, que parece más amable y comprensiva que él. Que no es que él le caiga mal, pero el inspector parece más brusco de maneras y, aunque no sea un hombre excesivamente alto y corpulento, su aspecto de hombre rudo la intimida un poco.

—Claro —contesta Palmira.

—¿Sabe si Valeria tenía algún tipo de relación con otro hombre?

Palmira también esperaba que le hicieran esa pregunta, pero ahora que la han formulado no sabe cómo responder.

—Yo nunca la vi con nadie más —responde con cautela—, pero es cierto que se hablaba de ello en la urbanización.

—¿A qué se refiere concretamente?

—Pues... a las chicas que trabajan en otras casas y eso.

—¿Y esas chicas hablaban de algún hombre en particular?

—No.

Los inspectores se miran y se levantan a la vez.

—Muchas gracias, Palmira.

Nadia está pegada a la ventana que da a la calle con Daniel en brazos. La calle está llena de policías que van de aquí para allá. Hay por lo menos una veintena de agentes; unos uniformados y otros de paisano. Estos llevan un chaleco amarillo con la palabra POLICÍA en la parte superior de la espalda. No dejan de llegar coches con gente que entra y sale de la casa. Está conmocionada. Hace unos minutos Blanca la ha llamado para contárselo: Valeria ha sido asesinada.

—Dicen que han encontrado su cuerpo en el dormitorio.

—Dios mío —consigue murmurar Nadia.

—Estoy que no me lo creo aún.

—¿Cómo ha sido? —pregunta Nadia.

—Pues... no lo sé.

—Es increíble.

—Por lo visto la ha encontrado la asistenta cuando ha llegado a casa —prosigue Blanca—. ¿Cómo se llamaba...?

—No me lo puedo creer todavía.

—Qué mierda de vida, ¿eh?

Nadia se obliga a alejarse de la ventana, es como si no quisiera que ese horrendo crimen salpicara su vida. Daniel tiene hambre. Se sienta en una silla de la cocina y amamanta a su hijo en silencio. No deja de mecer su cuerpo de adelante hacia atrás. Un breve flash se proyecta en su mente, donde puede visualizar con nitidez asombrosa a Valeria siendo brutalmente asesinada. Una figura sin rostro descarga toda su brutalidad asesina contra ella.

Suelta un gemido y su cuerpo se tensa como un arco. El niño se queja con un débil gemido y Nadia se apresura a tranquilizarlo.

Tiene que llamar a Mario para contárselo, y entonces su móvil, que está sobre la encimera, vibra.

Termina de amamantar a Daniel. Después de esa toma suele quedarse dormido, pero tiene que ser en sus brazos. Se levanta y comienza a mecerlo. El niño cierra los ojos débilmente con un gemido.

Nadia se acerca hasta donde está el móvil intuyendo que no le va a gustar lo que está a punto de ver.

Ha sido horrible, ¿verdad?

¿Adivinas quién ha sido?

Los inspectores Rossi y Portugal, acompañados de algunos agentes más, salen de la casa. Portugal exhala por fin el aire contenido. Hacía tiempo que no veía un crimen tan salvaje. Alguien debía odiar mucho a esa mujer y el marido, que todavía sigue desaparecido tiene bastantes puntos en su haber. Se ha fijado en algunas fotos de ella que había en la casa. Era una mujer muy guapa. De esas mujeres que al verlas te quedas sin respiración.

Y algunos hombres no soportan perder a esas mujeres. Se vuelven locos y sacan al asesino que vive agazapado en su interior.

Y casi siempre es el marido.

O un amante despechado. Lo ha visto miles de veces.

—¿Habéis encontrado el móvil de la víctima? —pregunta Portugal a nadie en particular. A su lado, además de la inspectora Rossi se encuentran el subinspector Salvador Tendero y la agente Silvia Garay, una mujer de unos treinta y pocos años que lleva el cabello teñido de rosa algodón de azúcar y un piercing de anilla en la nariz. Sus ojos son increíblemente azules.

—De momento, nada. Tenía una cuenta en Instagram, donde era muy activa —explica Garay, mientras muestra a los presentes desde su propio móvil el perfil de Valeria. Toda una galería consagrada a exhibir lo bien que la vida se había portado con ella—. Prácticamente publicaba una foto o vídeo a diario. Debe de habérselo llevado el asesino. Ya he iniciado el procedimiento para conseguir la triangulación.

—¿Salvador? —pregunta Rossi a Tendero.

—Solo hemos encontrado esas pequeñas manchas en la parte de arriba y en la escalera que presumiblemente acaban en el garaje. Para mí que el asesino llevaba un traje protector o algo parecido. Con toda la sangre que hay en la escena es imposible hacerlo de otra forma.

—Yo opino igual —dice Portugal—. Vamos a ver qué dice el informe de la Científica y del forense. ¿Algo más?

—Nada reseñable. He revisado las tres entradas que existen para acceder a la casa. —Tendero se vuelve y señala con la cabeza la puerta principal, que casualmente tiene a su lado—. Esta principal, la trasera del jardín y la puerta de la cochera, y aparentemente ninguna de ellas ha sido forzada.

La inspectora Rossi se queda mirando las bonitas y modernas casas unifamiliares. Con sus perfectamente cuidados jardines y los árboles de hoja brillante en las aceras alineados con pulcritud. La gente apenas ha salido de sus casas. Estarán horrorizados tratando de asimilar lo que ha ocurrido. ¿Sería alguno de esos vecinos el hombre que presuntamente tenía algún tipo de relación con Valeria? Ella ya sabe cómo acaban algunos romances que un día se proclamaron eternos. Un día te amo con locura, y al siguiente…, te quito la vida.

«Tan antiguo como las putas.»

Portugal se queda mirando la casa de enfrente. Desde una gran ventana, una mujer de cabello castaño claro atractiva y de unos cincuenta años observa con curiosidad a la comitiva policial. Se aparta de la ventana cuando se siente observada.

—Tal vez los vecinos oyeran o vieran algo. Vamos a comenzar por los de esta parte —propone Portugal señalando las casas que están enfrente. Mira a Tendero—. ¿Te encargas tú de las de esta acera?

El subinspector asiente.

El móvil de Rossi suena dentro del bolsillo de su chaqueta de cuero. Descuelga, asiente una sola vez y cuelga.

—Han encontrado al marido.

Nadia borra el mensaje.

No quiere saber nada de nada; se siente demasiado aturdida por lo que está sucediendo y la mente se le nubla de pensamientos oscuros.

Se hace la promesa de que si llega algún mensaje más no lo borrará y esta vez se lo dirá a Mario.

Daniel se ha dormido y le duelen los brazos y hombros debido a su peso muerto. Sube al dormitorio y lo acuesta en su cuna. Enciende el vigilabebés y entorna la puerta cuando sale.

Cuando llega a la cocina teme mirar el móvil que está sobre la mesa donde ella y su familia pasan mucho tiempo. Hay dos notificaciones de WhatsApp en la pantalla de inicio. Por un momento contiene la respiración, pero su acosador o acosadora no está utilizando hasta el momento esa aplicación: envía SMS con un remitente desconocido. De nuevo piensa en una hipotética denuncia a la Policía. ¿La tomarían en serio? Quizá si no hay otra prueba salvo esos mensajes —que en el fondo no prueban nada— los agentes no muevan un dedo. Ahora recuerda que hace aproximadamente un año no dejaba de recibir llamadas de números con prefijos internacionales que por supuesto no atendía. Alguien de la compañía telefónica le dijo que no podían hacer nada al respecto.

La Policía está interrogando a los vecinos.

¿Han ido ya a tu casa?

Todavía no han llamado a mi puerta.

Los whatsapps son de Blanca. Desbloquea la pantalla de inicio de su móvil. Entra en la aplicación y ve otro mensaje más, este con una diferencia de tres minutos entre los otros dos, que además se escribieron seguidos.

Nadia, anoche vi algo.

Hay ruido afuera. Desde el gran ventanal que domina la calle ve cómo un grupo de agentes saca el cadáver de Valeria en una bolsa blanca. No puede evitar estremecerse y de nuevo imagina en forma de flash a su asesino sin rostro. Se da cuenta de que está temblando.

Los agentes introducen la bolsa con el cadáver en un furgón de la Policía. Tanto en el jardín como en la entrada principal unos agentes están poniendo la famosa cinta policial alrededor de la casa.

Regresa a la cocina para llamar a Blanca. Necesita hablar con ella para que le diga qué fue aquello que vio. Tiene un extraño presentimiento.

Cuando va a coger el móvil comprueba el icono de un nuevo SMS. Lo abre y no ve un texto como tal, sino un enlace que la aplicación ha codificado y que, por tanto, hace irreconocible. No se atreve a pinchar en él. El remitente es el mismo de antes: «desconocido».

Al cabo de unos segundos aparece un nuevo mensaje:

Deberías ver esto para saber con quién estás casada en realidad.

Los inspectores Rossi y Portugal se sorprenden al llegar al hotel Park 'N Fly, una edificación de los setenta de feo ladrillo visto y una sola planta que apenas alcanzará una estrella. Hay un aparcamiento descubierto y rodeado de una valla de alambre oxidado donde se apiñan los vehículos como sardinas en lata. Está muy cerca del aeropuerto y el ruido de los aviones al despegar es ensordecedor.

Y la pregunta que tanto Portugal como su compañera Rossi se hacen es: ¿por qué alguien con el poder adquisitivo de Fernando Castañeda elegiría un lugar como ese para pasar la noche? Dudan que tenga una respuesta convincente.

Un agente uniformado los espera en la puerta de entrada y se acerca a los inspectores cuando los ve llegar.

—Está en una habitación. Por aquí, por favor.

Los inspectores siguen al agente. La recepción es un espacio desangelado y frío que huele a humedad y a pies. El ambientador de pino de fondo poco puede hacer para enmascarar esa agresión al olfato. Hay un hombre joven que atiende a una pareja de jóvenes mochileros. Mira con indolencia a los policías cuando atraviesan el vestíbulo y se dirigen hacia las escaleras. En el primer y único piso hay un largo pasillo, estrecho y poco iluminado. Llegan a una puerta repintada varias veces y de aspecto endeble en la que pone 102.

—Es aquí.

El agente abre la puerta. Dentro, hay otro agente uniformado de pie, custodiando a Fernando Castañeda, que permanece sentado en el borde de una escuálida cama de cuerpo y medio. La habitación es lúgubre y no tiene ventanas. El suelo es terrazo del que se llevaba en los setenta. Castañeda, con traje de chaqueta arrugado, como si hubiera dormido con la ropa puesta, y su generosa mata de cabello encrespado, mira con desconsuelo a los inspectores. Tiene los ojos brillantes y enrojecidos y parece a punto de derrumbarse.

—¿Está muerta, verdad? —murmura con voz temblorosa.

Portugal lo mira sin decir nada, y Rossi asiente con la cabeza.

—Así es.

Castañeda se echa a llorar, tapándose la cara con las manos. Sus hombros tiemblan.

—Señor Castañeda, ¿le importaría acompañarnos a comisaría? —pregunta Portugal. Su voz grave retumba en la habitación.

Castañeda se apresura a asentir.

—¿Estoy detenido?

—No, solo queremos hablar con usted —aclara Rossi.

—De acuerdo —responde él con la voz quebrada.

Nadia mira los dos mensajes durante varios minutos. Si los borra no sabrá a dónde le llevaría ese enlace, y la duda por saberlo la volvería loca.

Finalmente, pincha en él. Se abre el navegador Safari, y se trata de un artículo de lo que parece un diario digital de información local, concretamente de la provincia de Alicante. El titular la impacta:

Mujer encontrada brutalmente asesinada en su vivienda de Vistahermosa

Ayer por la mañana la Policía Nacional encontró el cuerpo sin vida de una mujer de 59 años de edad que responde a las iniciales M. R. T. El cuerpo fue hallado por su sobrina un día después de que muriera, según ha determinado el equipo forense. El mismo equipo ha establecido el politraumatismo craneoencefálico como la causa de la muerte. Al parecer, esta mujer vivía sola en su piso del barrio de Vistahermosa.

La portavoz de la familia ha explicado a la Policía que su tía había comenzado hace unos meses una relación con un hombre considerablemente más joven que ella. La familia se oponía a esta relación, pero M. R. T. aseguraba estar enamorada de él y que, de ningún modo, iba a poner fin a dicha relación. La propia familia de la víctima puso en conocimiento de la Policía que, tras el pertinente registro en la vivienda de su tía, faltaban algunos objetos de valor como joyas y antigüedades valoradas en más de 60 000 euros.

Asimismo, informaron que además su tía tenía varias cuentas de ahorro con un total que ascendía a 485 000 euros que también han desaparecido. Desafortunadamente, nadie ha podido identificar al misterioso hombre, que según afirman los familiares de la víctima siempre puso especial cuidado en evitar ser identificado. Desde la Jefatura de Policía de Alicante han informado a este medio que continúan las diligencias y que todas las líneas de investigación siguen abiertas.

Nadia se queda impactada por la noticia. Sin embargo, ¿qué conexión podría tener ese crimen con el que se ha cometido frente a su casa? Mira la fecha que aparece al principio del artículo: es de hace seis años, y desconoce si finalmente la Policía encontró al asesino de esa mujer.

De repente, se sorprende a sí misma al otorgarle credibilidad a las palabras de la persona que le está enviando esos mensajes. Alguien quiere jugar, y la pregunta que no deja de hacerse es: ¿por qué ella?

6

Fernando Castañeda espera en una sala de interrogatorio en silencio y cabizbajo. Está más calmado que cuando lo encontraron en aquel hotel. Poco después de llegar a la comisaría ha estado hablando con alguien por su móvil durante cinco o seis minutos. Rossi y Portugal presumen que con su abogado. Después de la conversación se le ha visto más seguro de sí mismo, aunque ha llorado al salir del cuarto de baño.

Los inspectores entran, cierran la puerta y se acomodan. Todo ello con una parsimonia exasperante. Es el protocolo habitual. Normalmente la persona que está al otro lado está de los nervios, y esa forma de actuar los desconcierta y los pone más irascibles.

—¿Tiene sed?, ¿quiere agua?

—Sí, por favor.

Portugal se levanta, sale y vuelve a entrar con una botella pequeña de agua, sin prisa. Rossi, mientras tanto, espera sentada sin decir nada. Castañeda se limita a mirar para otro lado, también en silencio, y casi se bebe de un trago el contenido de la botella cuando se la entregan.

Un piloto rojo sobre la puerta que Castañeda había pasado por alto se vuelve verde de repente. Al lado del piloto, hay una cámara de vídeo que lo enfoca directamente a él.

—Buenos días, señor Castañeda —comienza la inspectora Rossi—. Le informamos de que este interrogatorio es voluntario y está siendo grabado. Puede marcharse cuando quiera. Sin embargo, y debido a la gravedad del delito que estamos investigando, si se acoge a su derecho de no declarar podemos retenerlo hasta setenta y dos horas. Puede ejercer su derecho de llamar a un abogado cuando quiera. ¿Lo ha entendido?

Castañeda mira a la cámara antes de contestar.

—Sí.

—¿Puede decirnos a qué hora se marchó anoche de casa?

Castañeda echa su cuerpo hacia delante y apoya ambos codos sobre la mesa, con los brazos cruzados.

—Era tarde. No miré la hora, pero sería cerca de la una y media, más o menos.

—Explíquenos qué hizo después lo más detalladamente posible —solicita Portugal.

Se queda un par de segundos pensativo, mientras los inspectores lo miran fijamente.

—Pues..., como he dicho, salí de mi casa. Abandoné la urbanización a toda prisa, aunque la verdad es que no sabía adónde ir. Estaba muy alterado. Había discutido con mi mujer... —Su voz se quiebra y comienza a llorar. Se tapa la cara con la mano—. Perdón, perdón...

Los inspectores no dicen nada. Esperan.

—Había discutido con Valeria —prosigue—. No voy a mentir, pero la verdad es que nuestro matrimonio no iba bien. Discutíamos mucho últimamente.

—Ahora hablaremos de eso —interviene Rossi—. Ha dicho que salió de la urbanización a la una y media.

—Sí, disculpen. Era tarde y, bueno, la verdad es que Valdevistas está muy aislado de todo. No me di cuenta y en lugar de coger la salida de la M-50 tomé una camino vecinal que atraviesa campo y montes. Solo al rato de conducir me di cuenta de mi error.

—¿Qué pasó después?

—Que llegué por casualidad al hotel donde me han encontrado esta mañana.

La inspectora Rossi enarca una ceja.

—Pero podría haber ido a otro tipo de hotel. ¿Por qué no uso su navegador?

Hace un gesto vago y se acaricia el cabello hacia atrás.

—Estaba agotado y muy nervioso. Paré en el primer lugar que encontré.

Mira a los inspectores.

—En condiciones normales no dormiría en un lugar como ese, pero necesitaba pensar y aclarar mis ideas. El lugar me daba igual.

—¿Salió del hotel en algún momento de la noche?

—No.

—¿Hizo alguna llamada de teléfono a alguien?

—No.

Rossi piensa en el móvil desaparecido de su esposa. ¿Lo tendría él? De momento se guarda esa carta.

—¿Por qué discutió con su esposa?

Castañeda se agita en la silla y cambia ligeramente de postura.

—Ella quería divorciarse —susurra.

—¿Y usted? —pregunta Portugal.

—La verdad es que no. —Mira a Portugal fijamente, casi irritado—. Yo quería a mi esposa.

—¿Por qué quería su esposa el divorcio?

Castañeda exhala un hondo suspiro.

—Supongo que... porque ya no me quería.

Y sonríe con tristeza.

—¿La decisión de divorciarse de su esposa obedecía a una tercera persona?

—No.

La rotundidad de la respuesta parece tener el efecto contrario. Portugal y Rossi se miran.

—Muy bien, señor Castañeda. Gracias por su colaboración —concluye la inspectora Rossi—. Debe facilitarnos su número de móvil para que le tengamos localizado en todo momento.

Los inspectores se levantan y Castañeda los mira sorprendido. Pensaba que aquello no acabaría tan pronto. Seguro que es una estrategia de la Policía, piensa.

—Sí, por supuesto. ¿Puedo ver a mi esposa? —pregunta repentinamente con la voz entrecortada.

—Lo siento, pero no es posible. Deje a nuestros compañeros la dirección donde va a residir a partir de ahora y su número de móvil. Gracias.

Fernando Castañeda se marcha cabizbajo y sabiendo que los inspectores no apartan su mirada de él. Sabe que todo eso no ha hecho más que comenzar. La cuestión es saber hasta dónde llegarán.

—Miente —afirma Rossi.

—Como todos los maridos —agrega Portugal.

Rossi hace un mohín.

—Todos no, tú adorabas a tu esposa.

Portugal la mira y ella le devuelve una sonrisa llena de tristeza. No puede evitar pensar en Lola. La vida es a veces tan injusta, y casi siempre lo es con los que menos lo merecen. Rossi le acaricia el brazo con afecto.

—¿Te apetece un pincho de tortilla y una cerveza bien fría? —propone la inspectora—. Te invito.

Él la mira, ¿cuánto tiempo llevan trabajando juntos? Tres años ya. Y pensar que al principio no la tragaba... Pensaba que era una estirada con ropa hecha a medida que tenía curiosidad por ver cómo era el mundo fuera del barrio de Salamanca. Seguro que quería demostrarle al todopoderoso juez del Tribunal Supremo y señor padre, don Diego Rossi del Páramo, que podía ser mejor que él desde las trincheras de la Policía. Luego descubrió la verdad —que no es que se la hubiera contado ella— y todos los prejuicios desaparecieron. Ahora no podría desear una compañera mejor y, sobre todo, a su medida.

—Si pagas tú, entonces pediré un chuletón de Ávila. Dos cañas bien tiradas y un solo corto. Gracias.

Rossi menea la cabeza y suena su móvil. Lo saca del bolsillo de su chaqueta con un gesto rápido.

—Dime, Salvador.

—Estoy en casa de una vecina de la urbanización Valdevistas. Dice que anoche vio algo.

Blanca se sienta frente a los inspectores con las manos entre los muslos. Está nerviosa. Les ha ofrecido algo de beber, pero ellos han declinado amablemente la invitación. Rossi se fija en la casa: como el resto de los chalets de la urbanización, tiene la misma configuración que la de Castañeda. Aunque la decoración de esta es más recargada, con muebles pesados y oscuros. Todo está ordenado y muy limpio. Es la casa de alguien que no hace otra cosa, presupone la inspectora.

Portugal se fija en la mujer que tiene delante. Tiene los ojos de un azul intenso, y esconde un leve halo de furia o pasión tras ellos. Lleva el cabello largo y cuidado sobre los hombros, y, por su forma de mirar, algo le dice que es una mujer que ha dejado escapar lo mejor de la vida.

—Es horrible —murmura después de la presentación de los inspectores. Aprieta con nerviosismo sus manos blancas y cuidadas entre sí.

—¿Conocía a la pareja? —pregunta Rossi.

—Bueno, conocer, conocer... Es cierto que vivíamos puerta con puerta, aunque no es que tuviéramos mucha relación, la verdad. Ellos iban y venían. Siempre estaban fuera y, cuando regresaban, apenas salían de casa.

—Pero alguna vez hablaría con ellos, ¿no?

Blanca se encoge de hombros.

—Los saludos de rigor. Poco más.

Portugal no aparta su mirada de ella.

—Señora Castro, ha dicho a nuestros compañeros que anoche vio algo...

Blanca asiente e inspira hondo antes de hablar.

—Sí —ofrece una sonrisa nerviosa—, anoche me quedé durmiendo en el sofá. Me despertaron unas voces.

—¿Venían de la casa de enfrente?

—Sí, eso es. Entonces vi luz en la planta de arriba, en su dormitorio. Por las voces yo diría que estaban discutiendo, aunque no era la primera vez. —Mira a los inspectores con una expresión cómplice—. Varios minutos después escuché un portazo y luego vi a Fernando salir de casa hecho una furia.

—¿A qué hora?

—Pues... a eso de la una y media, dos menos cuarto. Por ahí, más o menos.

—¿Qué hizo después el señor Castañeda? —pregunta Portugal. Ella lo mira fijamente. En realidad, no ha dejado de mirarlo y apenas ha mirado a Rossi. Como si no existiera, aunque la mayoría de las preguntas las ha formulado ella.

—Se subió a su coche y se marchó.

—¿Sabe si después regresó?

Blanca se encoge de hombros.

—Pues, no sabría decirle..., después de eso me fui a dormir.

La mirada de culpabilidad no pasa inadvertida para los inspectores.

—Aunque...

—¿Sí?

Blanca se frota las manos con mayor nerviosismo. Ha comenzado a mover su cuerpo de adelante hacia atrás, inquieta. Quiere sonreír, pero algo vela su mirada.

—Verán, desde que murió mi marido, la verdad es que... todo se ha vuelto muy complicado para mí. Teníamos. Bueno —rectifica—, tengo un hijo adolescente y, a veces, cuesta mucho lidiar con todos los problemas.

Rossi mira a Portugal, que, al contrario que ella, es de naturaleza más impaciente.

—¿Qué quiere contarnos, señora Castro? —interviene ella, y Blanca se detiene, pensando en lo que acaba de decir. A esos policías no les interesa lo que le pasa a una mujer acomodada de mediana edad, solitaria y con demasiado tiempo libre. Blanca decide adoptar una postura más serena. Baja la mirada.

—Lo siento, me estaba desviando del tema...

—No pasa nada, continúe.

Levanta la mirada y los examina despacio. Está convencida de que esos policías creen que es una mujer que se pasa la vida observando la vida de los demás detrás de aquellas ventanas en lugar de vivir la suya propia. Dicho así, suena patético. ¿La estarán juzgando? Ella, con ese peinado corto tan moderno que le sienta tan bien y esa figura envidiablemente delgada, seguro que se pasa todo el día en el gimnasio. Su mirada es dulce y comprensiva, pero sabe que solo es una fachada. Él, sin embargo, se expresa sin subterfugios, mirando directamente a los ojos. Nada más verlo le ha llamado la atención su mirada, es tan intensa que avasalla. Seguro que es de esa clase de hombres que dicen las cosas como son. Le gusta. Con esa barba de varios días y la cabeza totalmente rapada. Es más bien bajo y no muy corpulento, pero rezuma virilidad por todos los poros de su piel. ¿Estarán enrollados? Seguro que cuando se marchen de allí pararan en algún lugar tranquilo a follar. Puede imaginarlos: a ella con ese peinado tan mono y esas piernas tan largas sentado sobre él a horcajadas en el asiento trasero del coche...

—¿Señora Castro?

Mira a la inspectora Rossi. Lo ha vuelto a hacer. Se apresura a sonreír.

—Disculpen. Lo siento de veras...

—Además de lo que nos ha contado, ¿hay algo más que quiera añadir?

—Sí, hay algo más.

Blanca pasa la mano por la superficie de la mesa de centro como para comprobar que esté limpia.

—Valeria se veía con alguien.

Los inspectores no dicen nada. Al cabo de unos segundos interviene Portugal.

—¿Y no conocerá usted a ese *alguien*?

Su tono es descaradamente descreído. Ella niega.

—No, en realidad, no.

—¿Y cómo está tan segura?

—Bueno, cuando él se marchaba de viaje, que era muy a menudo, ella se apresuraba a salir poco después. Díganme si eso no es sospechoso...

Los inspectores se miran decepcionados.

—Está bien, señora Castro. Muchas gracias por su colaboración.

—¿Qué? —exclama Rossi una vez que han salido de casa de Blanca.

—Pues que hay gente con mucho tiempo libre y demasiada imaginación.

La inspectora sonríe. Se quedan en medio de la calle.

—Pero lo de un posible amante es plausible.

—Y el marido lo descubre y la mata. O contrata a alguien para que lo haga. Tiene pinta de ser de esos que no se manchan las manos.

El subinspector Tendero sale de una casa que está en el otro extremo acompañado de un agente uniformado. Camina al encuentro de los inspectores.

—¿Qué tal ha ido? —pregunta.

—Coincide con lo que nos contó Castañeda. Luego ha divagado un poco.

Portugal hace un gesto de fastidio.

—¿Se sabe algo del informe de la forense?

—Aún nada.

—Ya verás como nos dejan para el final...

Rossi lo recrimina con la mirada.

—¿A ti qué te pasa?

Portugal se encoge de hombros. Saca un paquete de Marlboro y enciende un cigarrillo con lentitud. Debería dejar de fumar. Es el único del equipo que lo hace. Todos ellos cuidan la alimentación, no beben y hacen mucho deporte. Ya no hay policías como los de antes, piensa irónicamente.

—Me faltan un par de casas, pero tengo que volver a comisaría —apunta Tendero señalando la casa donde viven Nadia y Mario—. Y de paso me voy a acercar por el Anatómico a meter caña a Espinosa.

—Espinosa es mucha mujer para ti —bromea Rossi. Tendero sonríe.

—¿Os encargáis vosotros?

—Sí, dentro de una hora nos reunimos y contrastamos información.

Tendero asiente, camina hacia su coche.

Debe llamar a Mario inmediatamente y contárselo. Mario no es ningún asesino. No, de ninguna manera. Es el hombre que ama. El padre de su hijo. El hombre que la quiere. Es absurdo y va a terminar con eso de una vez por todas.

No debe borrar esos últimos mensajes porque podrían suponer una prueba. Con el resto —que ya ha borrado— no hay nada que hacer. Desconoce si la Policía pudiera recuperarlos en caso de necesidad. Imagina que sí. La Policía es muy hermética en sus procedimientos, y es lógico. No quieren poner sobre aviso a los criminales ni darles ventaja. Piensa irónicamente en el daño que han hecho series como *CSI* o *Bones* en favor de los delincuentes.

Decidida, coge el móvil, y cuando se dispone a marcar el número de Mario llaman a la puerta de la calle.

No puede evitar sobresaltarse y casi deja caer el móvil al suelo. Desde la cocina, donde se encuentra, no puede ver quién está al otro lado. Respira hondo y va hacia el salón. En la pantalla del portero automático observa a un hombre y a una mujer. Son de la Policía, lo ha reconocido a él. Nadia lleva el móvil en la mano y se lo guarda en el bolsillo trasero de sus vaqueros y abre la puerta.

—Buenos días —saluda con firmeza la inspectora Rossi con una sonrisa.

—Buenos días. —Nadia no sonríe. Se siente cohibida frente a esa pareja de policías y también algo nerviosa. Seguro que lo han notado. Imagina que para ellos será lo más habitual.

Rossi parece ser la interlocutora principal. Se presentan a ella con amabilidad y enseñan sus placas.

—¿Podemos hablar con usted? Es sobre el crimen que se cometió anoche en la urbanización.

—¿Tengo que ir a comisaría?

—Lo que usted prefiera, pero no es necesario. Podemos hacerlo aquí mismo, si quiere. Serán unas pocas preguntas.

Nadia los deja entrar y los invita a sentarse en uno de los sofás del salón. Los invita a tomar algo, y ellos declinan el ofrecimiento negando con la cabeza.

Rossi se fija en la casa. Tiene mucha luz y han acertado de pleno con la decoración y el uso de los espacios. Aunque no los ha visto sabe que hay niños muy pequeños en casa: por los juguetes y peluches desperdigados que hay sobre la alfombra.

—Imagino que sabe lo de su vecina, la señora Donoso —comenta Rossi.

—Me lo ha contado mi vecina de enfrente —asiente Nadia—, Blanca Castro.

—¿Conocía usted a la señora Donoso?

—No mucho. Éramos vecinas desde hace dos años más o menos, pero apenas entablamos amistad.

—¿Y a su marido, lo conocía? —pregunta entonces Portugal.

—Tampoco.

—¿Vio o escuchó algo anoche?

—No, nada.

Una imagen del asesino sin rostro masacrando salvajemente a Valeria asalta de nuevo su mente. No puede evitar dar un respingo.

—¿Se encuentra bien? —pregunta Rossi con amabilidad. Algo le dice que esa mujer no debe de ser tan amable cuando las cosas se pongan feas.

—Sí, es solo que..., bueno, es horrible que algo así ocurra. Disculpen, he olvidado algo. —Nadia se levanta y sale del salón. Vuelve al cabo de unos segundos llevando un vigilabebés que deja encima de la mesa de centro.

—Es mi hijo. Últimamente lo está pasando mal con los dientes.

—¿Cuántos años tiene? —pregunta Rossi con interés. Nadia se da cuenta de que su compañero se impacienta por la pregunta.

—Catorce meses.

—Seguro que no tiene mucho tiempo...

—Da mucho trabajo, pero no me importa hacerlo.

Portugal no dice nada, parece aburrido.

—Supongo que tendrá que despertarse a menudo. Quiero decir, por la noche.

Nadia la mira fijamente. Muy sutil por su parte.

—Sí, tengo que darle el pecho cada tres horas.

La inspectora Rossi asiente.

—¿Y cuál es la primera toma de la noche?

—Normalmente le doy una antes de acostarlo a las nueve. La siguiente es a las doce, y así.

—¿Y suele dormir entre toma y toma? Lo siento, pero no soy madre —se excusa Rossi con una sonrisa—. Imagino que los primeros años deben de ser difíciles, por lo que he oído.

Sonríe como si fuera una pregunta inocente. Nadia hace una mueca.

—Hay cosas mucho peores.

Nadia se arrepiente inmediatamente de ese comentario, y se apresura a contrarrestarlo.

—Pero sí, suelo dormir. Una se acostumbra.

Los inspectores asienten.

—¿Escuchó algo que llamara su atención entre la una y las dos de la madrugada?

Nadia hace como que se lo piensa, aunque no tiene nada que pensar. Lo sabe con total certeza.

—Mmm... No, no escuché nada raro.

—¿Y más tarde, a eso de las tres de la madrugada? Porque a las tres era cuando tenía que darle la siguiente toma a su bebé, ¿no? —insinúa la inspectora, y lo hace de forma muy natural, tanto que no parece que sea policía. Su mirada transmite seguridad. Esa mujer es buena en su trabajo, pero algo le dice que no lo ha tenido fácil.

—Sí, pero no, no escuché nada —contesta Nadia. En ese instante visualiza el momento en el que descubre que Mario no estaba en la cama. Comienza a sentir un hormigueo que se concentra en su estómago.

—Es importante recordarlo bien porque fue la hora aproximada del asesinato y cualquier pista, sospecha o lo que sea que pueda facilitarnos podría ser vital para la resolución de este crimen.

Ambas mujeres se mantienen la mirada durante un largo rato.

—Lo entiendo, pero no vi ni oí nada.

Nadia nota la decepción en la mirada de la inspectora.

—Su vecina, la señora Castro —Portugal toma el relevo, su tono de voz no tiene nada que ver con el de su compañera; es más directo, nada de sonrisas cómplices—, afirma que escuchó voces de discusión en casa de la señora Donoso y que después vio salir de casa a su marido, el señor Castañeda, entre la una y media y las dos menos cuarto. ¿Tampoco escuchó nada?

Nadia se queda bloqueada. A su mente regresa el momento en el que Mario llegó a casa. Su extraña mirada.

«¿Te has preguntado quién es en realidad tu marido? ¿O acaso no quieres conocer la verdad? ¿Eres de esas que prefieren mirar para otro lado, Nadia?» Sin querer, toca el móvil que lleva en el bolsillo trasero de sus vaqueros. Los inspectores miran con sus ojos bien entrenados cada movimiento que hace. Pero no dicen nada. Nadia sonríe con una sonrisa que no siente.

—Los dormitorios de estas casas dan a la parte de atrás y las ventanas están bastante bien insonorizadas. Además, solemos dormir con la puerta cerrada. Es raro escuchar algún ruido fuera. —Nadia hace un gesto señalando hacia arriba—. Pueden comprobarlo si quieren.

Los inspectores no dicen nada, parecen contrariados. Nadia quiere que se marchen de su casa.

En ese instante la puerta principal se abre y aparece Mario, que se queda inmóvil y con la boca abierta tratando de comprender la escena: su esposa sentada con un hombre y una mujer. Policías a todas luces. La mirada del inspector Portugal se clava en la suya, lo observa casi con intimidación, mientras que la inspectora lo observa con curiosidad. Es una mujer atractiva que viste con estilo y, ahora que se fija mejor, no parece policía.

—Hola —murmura sin evitar fruncir el ceño. Se arrepiente de ese gesto inconsciente.

Nadia se gira en su asiento, ya que está de espaldas a la puerta de entrada, y le envía una mirada de súplica, pero no dice nada. Mario se acerca y ella se incorpora. Se dan un breve beso en los labios.

—Mario, son de la Policía —aclara ella—. Han asesinado a Valeria...

La voz se le apaga cuando la nombra.

—Sí, lo sé. Lo he visto en internet esta mañana. Todo el mundo habla de ello.

—Soy la inspectora Rossi, y él, el inspector Portugal, de la Policía Judicial —afirma Rossi levantándose—. ¿Sería tan amable de respondernos a algunas preguntas?

—Claro —contesta, y se sienta al lado de su esposa. Ella lo mira fijamente, pero él no le devuelve la mirada.

—Señor…

—Mario Silva.

—¿Cómo te has enterado? —pregunta Nadia de repente. Él mira a su esposa fijamente antes de contestar.

—Ha sido esta mañana, en la oficina. Una compañera ha mencionado que había escuchado en una cadena de noticias locales que habían asesinado a una mujer aquí, donde vivimos. —Exhala un hondo suspiro—. He mirado en internet y he visto la noticia en directo: esta calle, la Policía, los periodistas. Su casa.

—¿Conocía a la víctima? —pregunta Rossi.

—Era vecina y vivíamos en la misma calle, pero apenas teníamos relación con ellos —dice—. Con su marido, Fernando, hablaba alguna vez. De trabajo, fútbol, y esas cosas.

—¿Nada personal?

—No.

En ese momento Mario coge la mano de su esposa y sus dedos se entrelazan con fuerza. Los inspectores se fijan en ese gesto.

—¿Qué tal la paternidad? —pregunta de repente Rossi.

—¿Perdón? —responde Mario descolocado por lo inesperado de la pregunta, aunque reacciona con rapidez—. Bien, muy felices. Un niño pequeño da bastante trabajo, sobre todo a ella. —La mira y sonríe—. Yo estoy fuera de casa todo el día, pero ayudo en lo que puedo.

Los inspectores observan su lenguaje corporal atentamente.

—¿Se levanta también por las noches, señor Silva? —pregunta el inspector—. No para dar el pecho al niño, lógicamente. Imagino que se despertará cuando el niño llora y eso…

—A veces me despierto, sí.

—¿Y anoche?, ¿se despertó anoche?

Por un instante nadie dice nada, hasta que Nadia aprieta con fuerza su mano contra la de su marido.

—¿Anoche? Creo que no.

—Su mujer ha mencionado que a su hijo le están saliendo los dientes. Es doloroso y llorará a menudo.

Mario exhala un suspiro.

—Claro que llora, pero por las noches se suele encargar ella de nuestro hijo.

—¿No escuchó entonces una discusión en casa de los vecinos a eso de la una y media de la madrugada?

—Estaba durmiendo. No escuché nada.

Los inspectores dejan que el silencio se instale durante unos largos segundos. Portugal vuelve a la carga.

—¿Salió de casa anoche por algún motivo, señor Silva? —pregunta mirándolo fijamente.

Nadia siente que el miedo le sube por la garganta y por un instante cree que va a gritar. ¿Es posible que ellos lo sepan?

—No, no salí para nada de mi casa anoche. Estuve todo el tiempo durmiendo —responde con convicción.

Otro nuevo silencio tenso. Finalmente, los policías hacen un gesto y se levantan, y Rossi les tiende la mano.

—Muchas gracias por su cooperación.

Nadia y Mario tardan un rato en reaccionar, y separan sus manos, que están como una bayeta mojada. Los inspectores caminan hacia la salida sin que Nadia y Mario los acompañen. La última en salir de la casa es Rossi, que, al cerrar la puerta, los mira, pero en esta ocasión no sonríe.

7

Desde la ventana que da a la calle, Nadia puede ver cómo los inspectores se suben a su coche y se marchan. Se gira hacia Mario.

—¿Por qué has mentido?

La pregunta de Nadia suena como una acusación, aunque no fuera su propósito. Mario está de espaldas y no puede ver su reacción; se da la vuelta despacio y ella no aparta su mirada de él. Espera una respuesta.

—Era eso o convertirme en sospechoso.

Nadia parece intentar analizar cada palabra que acaba de pronunciar. Su marido está sereno. Demasiado sereno.

—Fui a dar una vuelta por la urbanización y no vi nada. Esa es la verdad —afirma con rotundidad—. Así que, en honor a la verdad, no he mentido. Pero si les hubiera dicho que había salido a pasear no nos habrían dejado en paz.

—¿Y qué?

Mario suelta una risa y mira a Nadia como si fuera muy ingenua.

—¿Y qué? —Él se acerca y la coge por los hombros suavemente—. Cariño, si se lo hubiera dicho, me habría convertido en el principal sospechoso solo por el hecho de que nadie supiese dónde había estado durante ese tiempo.

Mario se da cuenta de cómo ha sonado eso. Trata de explicarse:

—Ha sido una casualidad. Una casualidad que nada tiene que ver con lo que ha pasado.

Nadia lo mira con preocupación.

—No me gusta mentir a la Policía.

—Ni a mí tampoco, lo único que quiero es ahorrarnos problemas innecesarios.

—Entonces... ¿por qué lo has hecho?

Mario exhala un suspiro de impotencia. Puede ver en sus ojos la ira contenida.

—¡Está bien! Iré a la comisaría y les contaré la verdad.

Nadia piensa entonces en las consecuencias. Si nadie puede corroborar dónde estuvo en las horas en las que se cometió el crimen, su marido puede enfrentarse a un grave problema. ¿Y si de algún modo todo se vuelve contra él y acaba siendo condenado? Hay gente cumpliendo condena por crímenes que no han cometido simplemente porque estaban en el lugar y en el momento equivocado. ¿O si, por otro lado, Mario está mintiendo, y todas las preocupaciones que estaba viviendo los últimos días tenían que ver con una supuesta relación con Valeria? Si fuera así, ella se convertiría en su mejor coartada. Incluso en cómplice, llegado el caso.

«Deberías ver esto para saber con quién estás casada en realidad.» De repente viene a su cabeza el último mensaje enviado por esa persona anónima. Hace tan solo unos minutos tenía a la Policía allí mismo, en el salón de su casa, y poco antes había tomado la decisión de contarle a Mario lo de los mensajes anónimos.

Ahora ya no está tan segura.

—¿Estás bien? —pregunta Mario. La mira con preocupación, a escasos centímetros de su rostro. Nadia no puede responder porque en su mente se arremolinan un sinfín de preguntas que no puede responder. Lo mira fijamente tratando de encontrar algo en sus ojos que le diga qué está pasando.

—Si se enteran de que has mentido no nos dejarán en paz —asevera ella convencida. Mario la mira como si de repente su mujer fuera otra persona.

—Lo sé. Solo quiero que confíes en mí, cariño.

Despliega la sonrisa que la enamoró y la atrae hacia él. La besa, pero ella no responde al estímulo.

—Vale.

Mario relaja los hombros y sonríe.

—Cogerán al asesino pronto. Ya lo verás.

Daniel se despierta hambriento de su siesta vespertina y Nadia le da el pecho sentada en el borde de la cama. Antes, Mario ha aprovechado para jugar con él, y después han tomado algo para comer en la cocina. Mario estaba más parlanchín de lo normal y ella lo ha notado más relajado que días atrás. De la misma forma que si se hubiera quitado un gran peso de encima.

Nadia apenas ha dicho nada. De vez en cuanto contestaba: «Ah, sí», «Claro», o cosas por el estilo. No podía componer una frase y mucho menos darle conversación. Sentía un nudo que se retorcía en su estómago. Él, como es lógico, se ha dado cuenta. Pero tampoco ha dicho nada. Ha seguido con su charla intrascendente, como si nada del mundo exterior importase. Después se ha marchado a la oficina, pero antes de hacerlo la ha abrazado y besado con intención. Cuando ha acercado su cuerpo al de ella ha notado su miembro hincharse con rapidez. Ella lo ha acariciado por fuera y él se ha estremecido de placer. Mario le ha susurrado al oído que le gustaría ir al dormitorio, pero Nadia no ha contestado. En su lugar, le ha desabrochado la bragueta y le ha practicado una felación. Se ha corrido enseguida y ha notado la tensión acumulada al tener el orgasmo. Después, Mario se ha marchado con una sonrisa en la boca y un «te quiero mucho» en los labios.

Que ella recuerde, es la primera vez que no deseaba tener relaciones sexuales con su marido. Y se ha sentido extraña.

Se pregunta, ¿qué opinaría Isabel Bellver de todo eso?, ¿habría dejado de quererlo?, ¿o sería algo normal? La relación de todas las parejas se deteriora con el tiempo, diría ella. Saber cómo progresar y sortear las adversidades es la clave para avanzar. Confórmate con eso. No busques soluciones mágicas, porque no existen.

Necesita despejar su mente. Le gustaría salir a caminar o, mejor, a correr. Se sorprende al pensar en cómo pasa todo tan rápido. Ahora es consciente de que necesita más que nunca una válvula de escape.

¿Sería el sexo furtivo y lejos de casa la válvula de escape de su marido? Mario es un hombre muy apuesto, y cuando van por la calle no hay mujer que no lo devore con los ojos. Sabe que solo tiene que chasquear los dedos y tendría a cualquier mujer a su lado.

¿Sería Valeria una de esas mujeres?

De repente su móvil suena y, sin poder evitarlo, da un respingo. Los pensamientos oscuros se disipan. Es Blanca.

—Hola, ¿cómo estás?

—Bien —responde Nadia. Se da cuenta de que su vecina necesita charlar desesperadamente con alguien.

—He hablado con la Policía —exclama Blanca, como si no pudiera aguardar más a soltarlo.

—También han estado aquí.

—¿Te importa si voy a tu casa?

—No, claro —contesta, aunque hubiera preferido salir ella de la suya. De repente, se siente como si aquellas paredes se cernieran sobre ella, oprimiéndola.

La tarde comienza a decaer y apenas ha comido, pero no tiene hambre. Blanca tampoco, ella rara vez tiene hambre a mediodía. Vivir sola y no tener obligaciones importantes han convertido su vida en un fin de semana perpetuo.

Blanca le cuenta con detalle la conversación que ha tenido con la Policía. También la confesión de lo que vio la pasada noche.

—Ha sido el marido —afirma con rotundidad después de beberse el que probablemente será su cuarto o quinto café del día—. Tú no sabes cómo salió disparado de su casa...

Aquello tranquiliza en cierta manera a Nadia, y tiene todo el sentido. La relación entre ambos no era buena. Ella misma los había escuchado en más de una ocasión discutir, aunque no le había dado ninguna importancia. A fin de cuentas, todas las parejas lo hacen. No existe la pareja perfecta.

—¿Crees que ha sido por celos? —pregunta Nadia.

Blanca frunce el ceño y luego sonríe con maldad.

—Es posible. Muchos hombres primero pierden la cabeza por una mujer y luego la matan. En el fondo tanta belleza es como una maldición.

Nadia medita esas palabras y piensa en Mario cuando vio a Valeria por primera vez. Se cuidó mucho de hacer cualquier gesto que lo delatara, pero vio el brillo en sus ojos, y era normal. Valeria era una mujer de bandera. Hasta el hombre más puritano del mundo —si eso existe— se hubiera sentido atraído por ella.

—¿Y cómo crees que lo hizo? —pregunta Nadia de nuevo.

Blanca se encoge de hombros a la vez que coge una galletita con pepitas de chocolate que su vecina ha sacado para acompañar el café.

—Pues yo creo que lo de la salida de la casa con el portazo y derrape incluido fue una puesta en escena perfectamente orquestada —explica Blanca y aprovecha para mordisquear la galleta.

—¿Para que lo viera alguien y así tener alguna... coartada?

—Equilicuá.

—¿Y si no lo hubiera visto nadie?

Blanca mira a Nadia con extrañeza.

—Lo raro es que no lo oyeras tú. Seguro que lo escuchó toda la calle.

Ella desde luego no lo hizo. Su dormitorio, como el de Blanca, da a la parte trasera de la calle, y el aislamiento de ventanas y muros en esos chalets, como ella misma aseguró antes a la Policía, es bastante bueno. Imagina que Blanca estaría en el salón; en multitud de ocasiones le ha confesado que por las noches suele quedarse frita frente al televisor del salón, que sí que da a la calle donde está la entrada principal de sus casas.

—Dicen que tenía la cara destrozada a golpes. ¡Jesús! Tenía que odiarla mucho.

Nadia emerge abruptamente de sus pensamientos y mira consternada a Blanca.

—Estoy segura, ha sido él —reitera—. Aunque creo que la Policía no lo va a tener nada fácil. Seguro que lo ha planeado todo muy bien.

Pero Nadia no está tan convencida como Blanca. Está segura de que todo eso no ha hecho más que comenzar y que habrá sorpresas. Muchas sorpresas.

8

El cadáver de Valeria Donoso reposa sobre la mesa de autopsias de la sala número dos del Instituto de Medicina Legal y Ciencias Forenses. La sala, nueva y reluciente como el resto de las instalaciones, es amplia y acoge otras tres mesas de autopsias bañadas por luz blanca y homogénea. Nada que ver con las antiguas y mortecinas —valga la redundancia— instalaciones del desaparecido Anatómico Forense de la Ciudad Universitaria. Y en ese ambiente de postmodernidad mortuoria resulta perturbador ver su bello y escultural cuerpo desnudo sin un solo arañazo, pero con el rostro completamente destrozado e irreconocible. La potente luz blanca sobre ella acentúa el espanto de aquel crimen. En la sala acompañan a la doctora Espinosa el inspector Portugal y la inspectora Rossi.

—Tenía un elevado índice de alcohol en sangre —explica la forense—. Quizá ese sea el motivo por el cual no encontramos ningún rastro de ADN de su asesino en las uñas. No llegó ni a defenderse siquiera.

—¿Cuál es tu teoría? —pregunta Rossi.

Espinosa se separa levemente de la mesa de autopsias y mira el cadáver fijamente.

—Apostaría a que fue premeditado —afirma con rotundidad y mira a los inspectores. Rossi asiente levemente con la cabeza, opina lo mismo—. Pienso que el asesino esperó agazapado su momento. Por la forma de las heridas producidas utilizó casi con toda seguridad un martillo de cabeza redonda o algo muy parecido. —Espinosa señala la zona del rostro donde se produjo el ataque que acabó con su vida—. Si golpeas en la cabeza con fuerza aprovechando la sorpresa, posiblemente te quedes sin opciones para defenderte.

—Sorpresa y aturdimiento. Además de que estaba bebida —comenta la inspectora—, ¿cuál crees que fue la hora aproximada del crimen?

—Las tres de la madrugada, más o menos.

—Su marido sabía que estaba borracha —añade Portugal—, se marcha montando el numerito y haciendo mucho ruido para que alguien pueda verlo, y horas más tarde, cuando cree que ella ya está durmiendo, regresa para acabar el trabajo.

—O lo hace alguien por él —especula Rossi.

Portugal se cruza de brazos y suspira, a la vez que señala el pubis rasurado al estilo brasileño del cadáver de Valeria.

—¿Has encontrado fluidos de algún tipo?

Espinosa, que mientras los inspectores comentaban sus impresiones estaba escribiendo un correo en un ordenador portátil, levanta la mirada.

—No, no he encontrado nada. Tampoco he visto nada que indique que haya habido actividad sexual en las últimas horas. Aunque hay algo que quizá sea relevante para la investigación.

—¿El qué? —pregunta Rossi.

—La fallecida estaba embarazada de catorce semanas.

Los inspectores Rossi y Portugal vuelven a citar a Fernando Castañeda en comisaría. Él accede con prontitud y de buen grado, aunque sean cerca de las once de la noche. Se presenta aseado y con el cabello canoso repeinado escrupulosamente hacia atrás. Es un hombre todavía atractivo que mantiene el tipo, piensa Rossi. De un modo extraño, le recuerda a su padre.

Antes de eso, los inspectores han sido informados por el equipo de la Policía Científica que han realizado las pruebas de campo, que no han encontrado restos de sangre ni en su cuerpo, ni sobre la ropa que Castañeda supuestamente llevaba la pasada noche. La teoría de que el asesino utilizó un traje protector, además de calzas, guantes, gorro y mascarilla para protegerse, coge cada vez más fuerza.

La declaración se produce en la misma sala en que lo interrogaron esa misma mañana. El piloto que hay sobre la puerta cambia de rojo a verde.

—Muchas gracias por acudir de nuevo, señor Castañeda —comienza Rossi con amabilidad. No ha descansado, y ni las catorce horas de servicio seguidas que lleva en el cuerpo hacen mella en su actitud.

—No hay problema. Todo lo que sea por ayudar a resolver el caso —contesta con gesto de aprobación.

—Vemos que no viene acompañado de su abogado...

—No lo necesito. Como les he dicho esta mañana, no tengo nada que esconder. —Asiente—. Quiero ayudarlos a encontrar al asesino de mi esposa.

Su voz se quiebra ligeramente y hay un brillo de emoción en su mirada. Aunque eso no impresiona para nada a los inspectores, que han visto mentirosos y actores tan buenos que merecerían no uno, sino diez premios Goya. Portugal asiente como si se creyera todas esas palabras. Abre una carpeta que tiene a su lado y saca un documento expedido por el Instituto Anatómico con firma estampada por la doctora Elena Espinosa y se lo tiende a Castañeda.

—Me parece muy bien —confirma Portugal—. Esto es un informe de la autopsia que se le ha practicado a su esposa hoy, y aquí hay un dato que puede ser importante.

Portugal señala con su dedo un párrafo.

—Un momento, por favor... —Castañeda saca del bolsillo interior de su chaqueta unas gafas bifocales. Se las pone y lee el citado párrafo con atención y en silencio. Pasa más de un minuto.

—¿Esto es cierto? —murmura, mirando a los inspectores por encima de las gafas.

—Sí, lo es.

Fernando Castañeda retira el papel arrastrándolo por la mesa y se reclina hacia atrás muy despacio. Parece genuinamente sorprendido.

—¿No sabía que su esposa estaba embarazada?

Castañeda se quita lentamente las gafas y las guarda de nuevo en el bolsillo. Mira a los inspectores y niega despacio.

—Esto me hace parecer más sospechoso, ¿verdad?

Portugal se cruza de brazos.

—No lo sé. Díganoslo usted.

—Está claro que querrán hacer una prueba para determinar la paternidad.

—Sería conveniente.

Castañeda menea la cabeza, pensativo.

—No importa. Me someteré a cualquier prueba. Aunque ya les puedo decir yo lo que intuyen.

—¿Y qué es lo que intuimos?

Castañeda vuelve a agitar despacio la cabeza y mira a los inspectores alternativamente.

—Que el bebé que esperaba mi mujer no es mío. Hacía más de dos años que no tenía relaciones sexuales de ningún tipo con mi esposa.

En la sala se produce un largo silencio.

—Entonces, su esposa tenía un amante…

Castañeda echa su cuerpo hacia delante y apoya las manos sobre la mesa.

—No necesariamente.

—Señor Castañeda, debemos hacerle esta pregunta: ¿asesinó usted a su esposa? —pregunta Rossi por sorpresa.

Este los mira fijamente, como si le hubieran insultado, y responde taxativamente.

—Desde luego que no.

—Su esposa tenía gran cantidad de alcohol en la sangre, lo que la hacía más vulnerable a un posible ataque —prosigue la inspectora—. Y la única persona que sabía ese dato era usted.

Castañeda niega y comienza a alterarse.

—Usted discutió con su esposa porque ella le dijo que estaba embarazada de otro hombre. Ella planeaba dejarlo y esa decisión no le gustó —continúa Portugal—. Usted ha asegurado que estaba muy enamorado de su mujer. Y eso es lo que pasa a veces. De hecho, pasa bastante a menudo, ¿no es así, señor Castañeda? Seguro que no estaba dispuesto a dejar que su mujer se fuera con otro.

Castañeda fuerza una sonrisa.

—¿Cree que soy uno de esos hombres? Jamás haría daño a mi esposa.

—Su mujer fue asesinada con una brutalidad poco común, señor Castañeda... —Rossi toma el relevo.

—Deje de llamarme señor Castañeda —responde irritado.

—Nadie asesina de ese modo, a no ser que haya un componente pasional.

Castañeda se cruza de brazos. No es un gesto desafiante propiamente dicho. Él sabe que no tienen ninguna prueba que lo incrimine, salvo conjeturas.

—¿Qué pensó cuando se marchó de su casa furioso?

—Que todo se había acabado entre nosotros.

—¿Y de qué discutieron exactamente?

Castañeda exhala un suspiro y contesta con tono aburrido.

—Ya se lo he dicho esta mañana: ella quería el divorcio. Yo no quería, pero sabía que no podía hacer gran cosa al respecto.

—¿No le había dicho que tenía un amante y que planeaba iniciar una nueva vida con él?

—No.

—¿No es cierto que usted se marchó pero ya tenía planeado regresar para matar a su esposa?

—¡No! —grita de repente con furia.

Durante unos segundos la sala se llena de denso silencio. Castañeda mira por primera vez a los inspectores con hostilidad.

—Sé que tienen que hacer su trabajo, pero yo no maté a mi esposa. Y ahora, si no van a presentar cargos contra mí, me voy a marchar a dormir un poco.

Castañeda se levanta. Los inspectores se miran entre sí, y Portugal hace un gesto hacia un cristal unidireccional que hay en la pared de la izquierda y el piloto verde cambia a rojo.

Cuando Castañeda por fin se sube a su coche se permite exhalar un hondo suspiro. A esas horas no hay nadie en el parking donde ha dejado su Porsche Cayenne, pero, cuando lo abandone, el coche que lo ha seguido durante todo el día volverá a hacerlo hasta que llegue a casa de su hermana, donde tiene previsto pasar la noche.

Estaba cantado que en el momento que le hicieran la autopsia descubrirían que Valeria estaba embarazada. No sabe si su actuación ha sido convincente, aunque imagina que no se lo han tragado. Son como dos sabuesos que no van a soltarlo hasta que descubran lo que quieren saber.

Antes de marcharse les ha preguntado si podía ir mañana por la mañana a su casa a recoger algunas cosas que le hacen falta. Al fin y al cabo salió con lo puesto. El inspector Portugal lo ha mirado fijamente, pensando seguramente que querría ir para deshacerse de alguna prueba que lo pueda incriminar. La inspectora Rossi, con una sonrisa llena de amabilidad, le ha respondido que no, que no puede entrar en su casa hasta que la Policía Científica termine su trabajo allí. Para entonces puede que encuentren lo que hace tiempo debió de haber hecho desaparecer. El secreto que compartió con su ya fallecida esposa, y el motivo, quizá, de que todo comenzara a desmoronarse. Nunca tuvo que permitirlo, pero lo hizo; ahora bien que se arrepiente, pero había algo de intensamente morboso en lo que ambos hicieron. Debe reconocer que todo aquello hizo que se sintiera vivo. Nunca pensó que pudiera disfrutar tanto al hacerle daño a otro ser humano.

9

Al poco de llegar a la oficina Mario ha visto que la noticia del crimen de Valeria ya estaba en multitud de webs de noticias y en todas las redes sociales. A estas alturas toda España conoce la urbanización Valdevistas y el horrible crimen que tuvo lugar hace dos noches, pero pronto todo el mundo lo olvidará, y al cabo de un tiempo solo será un crimen más. Se convertirá en un número de una larga lista institucional. Porque, en el fondo, todos no somos más que eso: un número en una larga lista.

Más tarde, ha conseguido quitarse a su socio de encima. Estaba muy pesado con lo del crimen, preguntando esto y aquello, y no estaba para dar detalles.

Se mira el reloj; son las diez en punto. La hora en la que ha quedado con Nero. Solo pensar en él y se le afloja el esfínter. Lo ha citado en un bar del barrio de Malasaña. Qué barbaridad, ¿es que los inspectores de sanidad no pasan nunca por ese lugar? Es un tugurio de mala muerte al que uno solo puede ir a morir. Bajo balcones con tendederos llenos de ropa Mario ve uno de sus hombres custodiando la puerta. Joder, qué tío más grande: debe de medir como dos metros largos y pesar lo que una retroexcavadora.

—Hola —saluda Mario al gigante, y este lo mira sin expresión, como si fuera un insecto que pudiera aplastar con una de sus manazas haciendo el mínimo esfuerzo. No responde y se limita a señalar la puerta del bar. Mario la abre con un nudo en el estómago.

El interior es tan desolador como imaginaba: oscuro y deprimente. Tiene forma de L invertida: el tramo más largo es un largo pasillo que se pierde a la derecha. No ve ningún camarero, pero oye el zumbido de las cámaras frigoríficas en algún lado. Mezclado con eso, también escucha voces de fondo, muy débiles; parece chino. Huele a fritanga que tira de espaldas y a sudor rancio, y a algo más en lo que no quiere pensar, pero que casi está seguro de que se trata de mierda. Nero está sentado a una mesa que hay nada más entrar, a la izquierda. Él cree que va vestido muy elegantemente, pero es un hortera como una catedral, parece mentira que sea italiano. Está fumando, y, después de soltar una bocanada que llena el ambiente de medio bar, sonríe, y a Mario se le hiela la sangre.

—*Amico!*

Lo invita a sentarse en la silla que tiene enfrente. Hay otro hombre apoyado en la barra con las dimensiones parecidas al de la puerta.

—Buenos días.

Nero agita la cabeza con aquiescencia.

—¿Has desayunado ya? —pregunta con un fuerte acento del sur de Italia—. ¿Deseas tomar algo?

Mario niega. No puede imaginarse comerse algo procedente de la cocina de aquel bar.

—No, muchas gracias. Ya he desayunado.

—Bien. —Chupa lo que queda del cigarrillo, exhala otra bocanada de humo y lo apaga en un cenicero atiborrado de colillas. Todo muy anacrónico, piensa Mario.

—Bueno, ¿qué hay de lo mío? —pregunta con una sonrisa. Ese hombre le da miedo. No sabe cómo pudo hacer negocios con él.

—Todavía necesito algo más de tiempo.

—Ah —responde él con gesto comprensivo—, ¿cuánto más de tiempo?

Antes de responder Mario mira al gigante número dos que está apoyado en la barra y lo observa igual que lo ha hecho el de fuera.

No tendría ninguna oportunidad. Él es alto y atlético; en el mundo de los hombres normales, podría valerse por sí mismo en una situación comprometida. Pero no con semejantes especímenes de gimnasio venidos de un lugar donde los hombres como él parecen monigotes de papel.

—Una semana.

Nero frunce el ceño.

—Una semana es mucho tiempo.

—Lo sé, ha habido... complicaciones.

Nero se cruza de brazos, como si estuviera sopesando la propuesta.

—Es cierto, la vida está llena de complicaciones. Y nosotros siempre lo complicamos todo un poco más, ¿estás de acuerdo conmigo?

Mario asiente mecánicamente. Tiene la espalda empapada de sudor.

—Pero no se preocupe, cumpliré mi parte.

Nero mira al gigante número dos y ambos comienzan a reírse como si hubieran escuchado un chiste muy gracioso.

—Eso lo sé, *amico*. Puede que parezca idiota, pero sé elegir a las personas con las que hago negocios.

—No, yo no he dicho...

—Ya sé que no parezco idiota —zanja con una risa lúgubre—. Era un... *scherzo,* ¿comprendes?

—Claro.

Nero exhala un profundo suspiro y observa a Mario como si fuera un maestro con ese alumno díscolo con el que no sabe qué hacer.

—Una semana es mucho tiempo..., y esto, *come si dice,* supone un trastorno para mis actividades empresariales.

Mario traga saliva.

—Te doy tres días. Ni para ti, ni para mí.

Mario quiere contestar, pero no dice nada. Se limita a asentir mansamente.

Nero se levanta despacio y se arregla los faldones de su chaqueta de cuero: una horterada de nivel máximo, al igual que sus patillas y esa barba perfilada. Camina hacia la salida y, cuando pasa, el gigante número dos lo mira con una sonrisa que expresa lo bien que se lo pasaría aplastándole el cráneo.

Park 'N Fly. Otra vez están en este hotel. Portugal cree que es más cutre a cada momento que pasa, aunque él ha dormido en lugares peores que ese, pero era más joven, desde luego. También tenía pelo —esto no se lo cree nadie— y una banda de rock and roll. En serio, era un roquero de los de siempre: camisetas de Kiss, Leño y AC/DC, chupa de cuero y pantalones pitillo. «Puede que ya no tenga pelo, pero sigo siendo auténtico», se dice con una sonrisa patética.

Anabel Rossi es todo lo opuesto a él. Iba para abogada del Estado —una larga tradición familiar—, pero la criminología se le metió en vena y entre ceja y ceja. Le gusta vestir con estilo y tiene debilidad por las mujeres que sabe que le van a dar mala vida. Aunque ahora está enamorada de una buena chica. Todos en la comisaría están tan ilusionados con esa pareja que un día de estos se van a poner a cantar y a bailar sobre las mesas como si fuera un musical de la Gran Vía. Es la mejor compañera que se puede tener. La cara amable de ese dúo imposible.

Rossi se presenta con su incombustible afabilidad a la recepcionista. Los atiende una chica que no tendrá más de veinte años. Lleva el cabello azul y rapado por el lado izquierdo de la cabeza. Piercings en la cara y tatuajes en manos y brazos. Su placa identificativa dice que se llama Rebeca. A ambos les recuerda inmediatamente a su querida Silvia Garay.

—Sí, anoche estuve de guardia. No me tocaba turno, pero tenía que hacerle un favor a un compañero. Había venido su novio de Berlín y fue a recogerlo a Barajas.

—¿Viste llegar a este hombre? —pregunta Rossi mostrándole con su móvil una foto de Castañeda.

—Sí.

—¿A qué hora llegó?

Rebeca se inclina sobre el ordenador. Escribe algo en el teclado.

—Se registró a la una y cincuenta y ocho de la madrugada exactamente.

—¿Vino solo?

—Sí, llegó solo.

—¿Notaste algo... raro en él?

Rebeca frunce el ceño, como si le divirtiera.

—No, era un tipo normal. Eso sí, me sorprendió su aspecto.

—¿Te refieres a...?

—Su ropa, repeinado y todo eso. Olía a rico a un kilómetro de distancia.

Rossi sonríe.

—¿Lo dices porque no es habitual que alguien como él duerma en un lugar como...?

—Este —completa Rebeca asintiendo—. Puede decirlo, no pasa nada: es un hotel cutre. También me fijé en su coche. Vamos, no he visto un coche así por aquí en la vida.

—¿Para entrar y salir del hotel hay que hacerlo necesariamente por aquí? —prosigue entonces el interrogatorio Portugal.

Rebeca se lo piensa apenas un segundo.

—En realidad, no. También se puede salir por aquella puerta de emergencia que ve allí —señala detrás de ella—, y por una lateral, pero esa está cerrada con llave y solo la tiene el dueño.

—¿Dónde da esa puerta?

—A la parte trasera del hotel. Si os fijáis bien al coger el camino de regreso a Madrid, podréis verla.

—¿Es posible que alguien saliera por esa puerta anoche?

Rebeca niega con la cabeza.

—No estoy segura.

—Hay ventanas en las habitaciones, ¿no? —añade Portugal pensando en ese momento en que se fijó en que la habitación de Castañeda no las tenía.

—En algunas sí, aunque en la que él estuvo no tiene ventanas.

—¿Pidió que le cambiaran la habitación por ese motivo?

—No.

Y hubiera sido bastante sospechoso. No creen que Castañeda cometiera esa torpeza.

—Una pregunta más: ¿llegó alguien más esa noche al hotel que te pareciera... inusual, sospechoso?

Rebeca se toquetea uno de los piercings que lleva en la cara.

—Llega gente continuamente. Es un hotel y un parking muy barato. Por eso tiene éxito —explica—. El perfil habitual es de gente joven que viaja por poco dinero. También vienen muchos extranjeros, gente del norte de África mayormente. Aparte de eso no vi nadie que me pareciera sospechoso.

—Hemos visto que no hay cámaras de vigilancia ni aquí ni en el exterior.

—No, no las hay. —Rebeca se encoge de hombros—. Las quitaron hace tiempo. Recortes y más recortes. Un día de estos nos dirán que hay poner dinero para trabajar. Una puta mierda, pero es lo que hay. —Les enseña de debajo del mostrador un tocho de folios encuadernados en gusanillo—. Estoy preparando oposiciones para Correos.

Los inspectores le desean mucha suerte en sus aspiraciones laborales y al salir van hacia la salida de emergencia que ha mencionado Rebeca. El suelo que hay a su alrededor y el que lleva desde allí al aparcamiento es de hormigón, imposible encontrar una huella en él.

Se suben al coche.

—¿Es casualidad que eligiera un hotel sin cámaras de seguridad? —pregunta Rossi.

—Ya sabes lo que opino —contesta Portugal ajustándose el cinturón de seguridad—. Y en este caso, más todavía. Lo sabía. Sabía que no había cámaras de seguridad que pudieran grabar sus movimientos.

Rossi está de acuerdo. Mientras regresan hablan por teléfono con un agente de la Científica que continúa trabajando con las pruebas halladas en casa de Castañeda. Por el momento las únicas huellas que han encontrado son las de su propietario, Valeria y Palmira. Lo único que saben casi con certeza es que el asesino salió por el garaje, dejando a su paso un rastro mínimo de sangre.

—Está claro que el asesino llevaba algo que lo cubría de la cabeza a los pies —argumenta Rossi mientras avanza sorteando el tráfico de la M-50—. El famoso traje protector del que hemos hablado antes y del que se deshace una vez que deja el garaje.

—Pero si sabes que la Policía va a encontrar huellas tuyas en tu propia casa, ¿por qué ir hasta el garaje con él puesto?

—Para hacernos creer lo contrario. Por eso es importante encontrar algo. Lo más difícil es deshacerse de todo lo que utilizó para el crimen sin levantar sospechas. Tiene que estar en algún lado.

Pero de momento no han encontrado nada en los contenedores de la urbanización. La Guardia Civil, que está cooperando con la Policía Nacional en las labores de búsqueda en los alrededores, tampoco ha encontrado nada. Valdevistas está situado en medio de una gran extensión semiboscosa y encontrar algo que pudiera estar enterrado se convierte en una tarea muy complicada.

Toman la salida donde al final hay una rotonda, y donde se encuentra una de las entradas a la urbanización. A lo lejos se adivinan los árboles que ofrecen intimidad a sus propietarios. Es un lugar tranquilo para vivir, piensa Portugal. A Lola le habría gustado un lugar así; no hay día que no piense en ella. Ni en la persona que se la arrebató.

—Juan.

Portugal regresa de sus pensamientos.

—¿Qué?

—Mira.

Rossi se detiene y Portugal mira hacia el frente. Hay algo parecido a una caseta o pequeña edificación que tiene el aspecto de ser la que utiliza el personal de servicios que trabaja allí. Ayer estaba cerrada, pero esa mañana está abierta. Hay una furgoneta Peugeot Partner de color verde pistacho aparcada al lado de la caseta. Tiene las puertas traseras abiertas. En un lateral de la furgoneta hay un logotipo de unas hojas con un nombre comercial y los servicios que realiza, además de dos números de móvil.

Cuando salen del coche, un hombre abandona la caseta y cierra la puerta. Portugal y Rossi se acercan a él.

—Buenos días —saluda Rossi.

El hombre se gira y mira a los inspectores sorprendido. Es un hombre alto y fibroso. Rubio, con el cabello ligeramente despeinado. Sus ojos son muy azules. Tendrá unos cuarenta y pocos años y aspecto de ser de algún país del este de Europa.

—Soy la inspectora Rossi y él es el inspector Portugal, de la Policía Judicial. —Le enseñan sus placas—. Estamos investigando el crimen que se produjo ayer aquí, ¿usted trabaja en la urbanización?

—Sí —contesta con una expresión de sorpresa—. ¿Crimen?, ¿qué crimen?

—La madrugada del lunes al martes asesinaron a una mujer en Valdevistas —aclara Portugal.

—Vaya. —El hombre apenas asiente con la cabeza—. ¿Alguien de la urbanización?

—Sí, Valeria Donoso. ¿La conocía? Su marido es Fernando Castañeda.

El hombre empalidece y es incapaz de abrir la boca.

—¿Qué? —balbucea tras un rato.

—Fue asesinada en su casa. —Rossi frunce el ceño al ver su expresión. Ambos inspectores se miran—. ¿Se encuentra bien?

—Sí, sí —se recompone—. Estoy bien.

—Supongo que la conocía...

—Claro... Valeria. —Niega consternado—. Pero... ¿cómo?

—No podemos revelar eso por el momento —afirma Rossi—. ¿Y usted se llama?

El hombre mira fijamente a los inspectores, como si de repente desconfiara de lo que dicen.

—Michal Grabowski.

—Bien, señor Grabowski, ¿podemos hacerle unas preguntas?

—Sí, bueno... —duda—. ¿Necesito abogado?

—No, solo será un minuto.

Michal asiente todavía noqueado por la noticia.

—Ha dicho que trabaja aquí, suponemos que cuidando de los jardines de los propietarios, ¿no es así?

—Sí, también de zonas comunes.

—¿Cuánto tiempo lleva trabajando?

Michal se encoge de hombros.

—Unos dos años.

—¿Y conoce a todos los propietarios?

—Sí, más o menos.

—¿Suele ver por aquí a gente desconocida?

—No. Bueno, he visto a veces, pero son amigos de propietarios. Gente de visita, ¿comprenden?

—¿Vio alguien desconocido o que le haya resultado sospechoso estos días atrás? ¿El lunes por la mañana?

—No, yo no vi nadie. Además, el lunes trabajé solo hasta mediodía. Terminé a las dos y media y me marché a Valencia. Tenía que ir a recoger a mi primo al aeropuerto.

Tanta explicación hace sospechar a los inspectores, que se miran entre sí.

—A su primo, ¿no?

—Sí, eso he dich...

—¿Conocía a la víctima más allá del trabajo? —pregunta Portugal sin dejarle terminar. Michal niega sin pensárselo.

—No, solo de aquí. Arreglaba su jardín y ya está. Como el resto.

—¿Cómo al resto?

—Sí, eso he dicho —responde de mala gana—. ¿Ya está? Tengo mucho trabajo que hacer. ¿Puedo irme ya?

El jardinero se agita nervioso ante la mirada de los inspectores, deseando marcharse.

—Sí, ya está. Muchas gracias por su colaboración, señor Grabowski.

Michal sube a su furgoneta sin perder un instante, arranca y entra en la calle que conduce a la urbanización.

El móvil de Portugal suena.

—¿Juan?, ¿dónde estáis? —Es la voz del subinspector Salvador Tendero.

—En Valdevistas.

—¿Podéis venir a casa de Castañeda?

—¿Qué has encontrado?

Tendero suelta el aire de sus pulmones antes de contestar.

—Algo que deberíais ver.

10

Nadia está de nuevo allí, en aquel salón que le es tan familiar pero que por otro lado es como si formara parte de otra vida. Esa otra vida anterior a Mario y a Daniel. Una vida que a veces ha llegado a pensar que vivió otra persona. Blanca se ha quedado unas horas con Daniel, le encanta quedarse con el niño. «Tengo que resolver unos asuntos en el centro», le ha dicho. Agradece que Blanca no pregunte. No le gusta mentir, pero tampoco puede contarle la verdad, porque pondría en peligro muchas cosas.

Desde que comenzó a visitarla de nuevo siempre ha sido muy cuidadosa. Dejaba su coche en un parking alejado y caminaba varios kilómetros, atravesando la ciudad. De vez en cuando miraba por encima del hombro por si alguien la seguía. Cruzaba establecimientos públicos entrando por la puerta principal y saliendo por la del fondo. Nunca vio nada extraño o que alguien la siguiera. Pensó que ya se había acabado y que ya no volvería a verla más. Seguro que Isabel Bellver pensaba que ese capítulo estaba cerrado. Hasta hoy.

Isabel se sienta en su butaca favorita. Detrás de ella, la luz de la mañana entra por la ventana y contornea sus hombros. Su cabello, totalmente blanco, resplandece como un aura incandescente. Isabel siempre ha estado ahí, siempre la ha escuchado y aconsejado, aunque hoy parezca contrariada por algo.

—No parece que te alegre verme —comienza diciendo Nadia.

La doctora cambia de postura, como si estuviera incómoda. Descruza las piernas y las vuelve a cruzar.

—No es eso, Nadia. Siempre me alegra verte. —Hace una mueca para zanjar la cuestión—. ¿Y dices que se llama Daniel? Seguro que es un niño muy guapo.

—La verdad es que sí. Aunque es muy nervioso y no para un momento.

La doctora Bellver asiente, satisfecha.

—Me alegro mucho por ti. —Por fin parece haber encontrado la postura adecuada: con las piernas cruzadas hacia la izquierda, mientras apoya las manos sobre su regazo.

—Te ha extrañado mi llamada, ¿verdad?

—Sí, un poco, Nadia. Hace como…

—Cuatro años.

—¿Tanto? Cómo pasa el tiempo.

Nadia se aprieta las manos. Lo hace cuando algo le preocupa. A la doctora le cuesta bien poco descifrar los mensajes que envía su cuerpo. Los conoce todos y cada uno de ellos.

O al menos, eso cree.

—¿Qué tal tu relación con Mario?

Le viene a la memoria el momento en el que llegó a casa de madrugada. Su expresión de desconcierto no se le va de la cabeza.

—Bien.

La doctora Bellver frunce el ceño.

—¿Estás segura?

—No.

—Cuéntame qué es lo que te preocupa.

¿Por dónde empezar? Nadia se levanta del sillón donde está sentada, frente a la doctora. Cruza por delante de ella y se acerca a la ventana. Las contraventanas están a medio desplegar, dejando entrar la cálida luz del sol de la mañana. Siente el rumor humano de la calle. El estudio de Isabel siempre le ha recordado al de su apartamento en Tetuán, el primer lugar donde comenzó a vivir su amor con Mario. En esa época todo era sencillo, no existían complejidades. Tenían planes de futuro y todo el tiempo del mundo para hacerlos realidad. Las cosas eran simples.

—Creo que me oculta algo.

—Todos tenemos secretos —responde con sinceridad.

Nadia asiente estando de acuerdo. Ella es la primera que no le ha contado a su marido quién es en realidad y, desde entonces, ha ido construyendo un mundo ficticio a su alrededor, hasta el punto de que ha llegado a creer en él.

—Lo sé.

—¿Qué crees que te oculta, Nadia? ¿Crees que se trata de otra mujer?

—No. —Pero inmediatamente piensa en Valeria—. Bueno, no lo sé.

—¿Y de qué crees que se trata?

Es fácil preguntarlo, pero... ¿cómo explicárselo? Esa misma mañana, cuando llegaba a Madrid, ha recibido otro nuevo mensaje anónimo que le ha producido un intenso escalofrío.

Sé que no es fácil, pero debes confiar en mí.

La paranoia se ha apoderado de ella. Se ha quedado paralizada de la cabeza a los pies, incapaz de moverse. Era como si esa persona tuviera la capacidad de acceder a su cabeza, buscar aquello que más teme y usarlo para quebrar su integridad.

—¿No has visto las noticias? —Cambia de tema. O no. No sabe si realmente ese es el motivo por el que está allí.

Bellver niega extrañada.

—Ya sabes que no veo mucho la tele. —La doctora hace un gesto elocuente hacia su salón. Hay muchos libros y cuadros llenando las paredes, plantas en cada rincón, pero ni un solo aparato moderno a la vista. Parece increíble que viva tan alejada y al mismo tiempo tan cerca del mundo que la rodea, piensa Nadia.

—Fue hace dos noches. Asesinaron a una mujer en Valdevistas, la urbanización donde yo vivo.

Bellver se queda horrorizada.

—Dios mío...

—Fue un crimen brutal.

—¿Erais...?

—¿Amigas? —Niega con la cabeza—. No, era mi vecina, pero nunca hubo lo que se dice «amistad». Apenas hablaba con ella.

«Y crees que tu marido la mató, dilo.» Nadia sacude la cabeza para espantar ese pensamiento. Está enfadada consigo misma por siquiera haberlo pensado.

—¿Tienes miedo? —pregunta Bellver con los ojos abiertos.

Lo cierto es que no lo había pensado de ese modo. ¿Cómo podría llamar a lo que sintió cuando supo lo que había pasado?

—Es preocupante —confirma.

—¿Ha detenido la Policía a alguien?

—No, aún no. Aunque sospechan de su esposo.

Por primera vez nota perturbada a la doctora. No sabe bien si por la noticia o por las sospechas que planean sobre esa conversación.

—¿Es por eso por lo que has venido, Nadia? —pregunta a bocajarro, y a ella le extraña, porque la doctora nunca es tan directa. Sin embargo, lo agradece, porque le facilita lo que ha venido a decir.

—No lo sé —contesta, y al cabo de un largo silencio, añade—: Por eso creo que lo mejor será contártelo.

La Policía Científica ya ha terminado sus labores en casa de Fernando Castañeda y, a falta del informe oficial, solo se han identificado tres juegos de huellas dactilares que presumen corresponden al propio Castañeda, a Valeria y a Palmira, la asistenta. Sin embargo, han encontrado un hecho llamativo que bien podría significar algo relevante para la investigación: restos de lejía rociada en una ventana estrecha que hay en el garaje y que se encuentra a nivel del suelo de la calle. El propio agente de la Científica que lo descubrió cree que o bien podría ser el lugar por donde el asesino escapó, o bien se trata de una artimaña que el asesino puso en práctica para confundirlos. Sea como fuere, el motivo por el que la inspectora Rossi y el inspector Portugal están allí de nuevo es otro distinto.

El subinspector Tendero, junto a los inspectores, les muestra una cajita negra que hay sobre una mesa. La caja, de pequeñas dimensiones, tiene una cerradura que ha sido forzada por el propio subinspector.

—Estaba en un hueco debajo de un ladrillo, en el sótano, bajo una pesada estantería. Lo habríamos pasado por alto de no ser por la luz forense. Había muchas huellas dactilares a su alrededor.

Tras ponerse unos guantes de látex, Rossi es la primera en abrir la caja. Hay dos discos duros externos y sus correspondientes cables de conexión. Tendero coloca sobre la mesa un portátil desplegando la pantalla y conecta uno de los discos duros al portátil. Una vez que se monta el dispositivo en el escritorio, el subinspector navega por una sola carpeta llamada *Sin título*. Dentro hay más de veinte archivos de vídeo. Pulsa en uno de ellos. Se ve lo que parece que es una habitación de hotel. Aunque nadie lo mencione, todos piensan que por la forma en la que está colocada la cámara se ubicó de ese modo para pasar desapercibida. Tras varios minutos donde no pasa nada se abre una puerta y alguien enciende la luz del techo. No hay sonido. Entran dos personas: una mujer y un hombre. Aunque lleva el cabello de distinto color y un peinado diferente, todos reconocen a la mujer: se trata de Valeria Donoso, pero ninguno de los presentes reconoce a primera vista al hombre. Hay un inequívoco juego sexual: ella sonríe mucho, él también. Se sientan en el borde de la cama, donde continúa el juego. Comienzan a besarse y ambos se desnudan con entrega. Valeria se arrodilla en el suelo y comienza a hacerle una felación al hombre mientras lo mira a los ojos.

—En este disco hay veintitrés archivos —afirma Tendero—. En el otro, veintiocho.

—Apuesto a que Castañeda no sale en ninguno de los vídeos —comenta Portugal con sarcasmo.

—Solo hemos visto algunos al azar —dice Tendero—. Y siempre aparece ella y un hombre. Un hombre diferente cada vez. Todos los que hemos visto están grabados en la habitación de un hotel, también distinto.

—Ellos no sabían que los estaban grabando —especula Rossi.

—Pero ella sí. Porque después de que se marchara el hombre, se acerca y apaga la cámara.

En esa ocasión, los inspectores están seguros de que Castañeda no vendrá solo cuando lo vuelvan a citar.

Blanca no ha perdido de vista la entrada de la casa de Fernando Castañeda. Ya solo quedan dos coches aparcados fuera. Anoche se marcharon la mayoría de los agentes que han estado pululando sin parar desde que encontraran el cuerpo de Valeria. Hace como una hora que llegó la pareja de inspectores que la interrogó y desde entonces no ha salido nadie de la casa. Seguro que han encontrado algo que desde luego no trascenderá a la prensa. Ha leído varias noticias en diferentes páginas webs y prácticamente todas son un corta y pega que no aclara nada, ni señala a sospechoso alguno. Sin embargo, intuye que la Policía ha puesto su punto de mira en Castañeda; aún no lo han detenido, pero sabe que pronto lo harán.

Parece increíble que de la noche a la mañana una desaparezca. Así, sin más. Porque eso es lo que pasa: cuando mueres, todo desaparece. Los recuerdos que son tuyos también se esfuman. Así que en realidad no queda nada. Por mucho que lo quieran adornar, en el fondo es como si no hubieras existido.

Es aterrador ver la existencia de ese modo. Julián, su marido —que en paz descanse el pobre cabronazo—, veía la vida de otro modo. Era un disfrutón, eso sí, y vivió con intensidad lo que le tocó en suerte, que no fue poco. Como solía decir: «vivo la vida así, precisamente porque no hay un mañana».

Mira de reojo a Daniel en su cochecito. El niño duerme como un bendito.

«Sería mejor para ti que no crecieras. El mundo que te espera es como el Infierno de Dante, solo que adornado con bonitos colores.»

Esa mañana Nadia tenía que marcharse a Madrid «a resolver unos asuntos» y ella ha asentido sin preguntar, por supuesto. Parece ser que todo el mundo se ha formado una imagen equivocada de ella. La dulce, comprensiva y querida Blanca. Blanca es tan buena, Blanca es la mejor amiga, qué lástima que Blanca, con lo joven y lo de buen ver que está, se encuentre sola. Seguro que la Policía no tuvo en cuenta su testimonio y la tomaron por una mujer madura —cómo odia que la llamen así— con demasiado tiempo libre y mucha imaginación.

No importa, lo prefiere así. Prefiere ser la tonta de esa representación que la protagonista. Ya tendrá su momento.

11

Los vídeos encontrados en los discos duros ocultos en casa de Fernando Castañeda tienen una duración media de dos horas. Todos de carácter sexual y aparentemente grabados sin que los hombres que aparecen en ellos lo supieran. Al margen de lo que la posterior investigación pueda arrojar, lo que los investigadores sí que saben —a tenor de lo que han podido comprobar— es que Valeria Donoso era una fuerza sexual de la naturaleza. Los inspectores creen que ese hallazgo puede resultar significativo, ya no solo por su contenido, sino por lo que puede representar y esperan con él, poder darle la vuelta a la investigación. Por eso es importante que jueguen bien sus cartas.

Han vuelto a citar a Fernando Castañeda a un interrogatorio y él, solícito, ha accedido sin preguntar el motivo. El equipo de vigilancia que lo sigue día y noche no ha visto nada raro en su comportamiento. Se le ha visto en compañía de una mujer —su hermana— ir de aquí para allá. Ambos con gafas de sol en todo momento. Él vistiendo con ropa oscura y siempre muy serio. Portugal y Rossi se preguntan si él ya se imagina lo que la Policía ha encontrado escondido en su casa, y la respuesta de ambos es que sí.

Mientras esperan, la inspectora Rossi ha aprovechado para llamar a la doctora Espinosa. Quería hacerle una pregunta importante.

—¿Que si puedo determinar el ADN del padre? —contesta ella repitiendo la pregunta de la inspectora—. La verdad es que no puedo garantizarlo. El feto solo tenía catorce semanas...

—Pero puedes intentarlo, ¿no?

—Sí, claro. Voy a consultar con un colega especializado en el tema, a ver si me puede iluminar.

—Me parece perfecto.

Hay un breve silencio.

—¿Anabel?

—¿Sí?

—Verás... —comienza Espinosa. Su tono de voz ha dejado de ser profesional—. Tengo un par de entradas para ir a ver *La Traviata* mañana por la noche. Lo digo porque creo recordar que en una ocasión dijiste que te gustaba la ópera.

Rossi sonríe.

—Con tan solo trece años y ya me había tragado *Aida, Il Trovatore* y *Nabucco,* así que, ¿no sé por qué lo preguntas?

Espinosa suelta una risita relajada.

—¿Entonces...?

—Que me encantaría ir contigo —murmura con cautela—. Quiero decir, si no tienes otro plan...

—Sí, sí —carraspea Espinosa—. Quiero decir que no, que no tengo otro plan.

—Pues cuenta conmigo.

No puede verlo, pero Rossi puede imaginar la bonita sonrisa de Espinosa al otro lado de la línea.

—¿De qué te ríes? —pregunta Portugal mientras él y la inspectora Rossi caminan en dirección a una de las salas de interrogatorio.

—No me estoy riendo.

—Y un huevo —contesta Portugal, pero a Rossi le gustaría saltar de alegría en ese instante.

Cuando entran a la sala de interrogatorio, Castañeda ya está allí, y esta vez, como habían imaginado, viene acompañado de un hombre, su abogado, Martín de Ledesma. Lo conocen, es uno de los abogados penalistas mejores y más caros de Madrid.

Está claro, lo sabe, piensa Rossi. No esperaban que Castañeda diera un paso en falso. Tampoco y en ningún momento lo han subestimado. Saben que es un hombre inteligente. Martín de Ledesma, también. Por eso, si no tienen algo lo suficientemente contundente contra él, lo van a tener crudo. En los círculos lo llaman «el abogado de los milagros».

De Ledesma es un hombre de maneras atildadas y peinado de pijo; perfumado, afeitado con pulcritud y trajeado con Armani; corbata de seda color malva y nudo Windsor; zapatos Magnanni recién lustrados. Se mueve como pez en el agua, tanto si es una comisaría como la sala de un tribunal. Toma la palabra antes de que comience formalmente el interrogatorio.

—Señores inspectores, hemos venido voluntariamente y ya van tres veces. Este juego del gato y el ratón ya pasa de castaño a oscuro.

—Cuánto tiempo, señor Ledesma —murmura Portugal con una leve sonrisa.

El abogado hace un gesto de fastidio mal disimulado.

—De Ledesma, si no le importa, señor inspector.

Rossi hace un gesto imperceptible y el piloto rojo de encima de la puerta pasa a verde. Inmediatamente después, Rossi, que ha traído un ordenador portátil, lo deja sobre la mesa, y mira fijamente a Castañeda, que no dice nada. A continuación, saca uno de los discos duros que encontraron en el garaje de su casa y lo conecta al portátil. Castañeda observa el proceso sin abrir la boca. De Ledesma observa a su cliente. Los inspectores están cada vez más convencidos de que ya lo sabían. Rossi abre la única carpeta que hay. Se dispone a pinchar en uno de los archivos de vídeo.

—¿Sabe lo que estamos a punto de ver, señor Castañeda? —pregunta.

Pero él no contesta. Su mirada es tensa, pero inescrutable. Tras un largo silencio, Rossi pincha en el vídeo. Apenas han pasado unos pocos segundos cuando Castañeda la interrumpe:

—Le rogaría que lo quitara, por favor.

Rossi accede.

—Lo sabe, ¿no?

De Ledesma inspira antes de hablar.

—Fernando, no deberías...

—No —lo interrumpe a la vez que le pone la mano sobre el brazo—, ya lo hemos hablado. Voy a ayudarlos en todo lo que pueda y la mejor manera es diciendo la verdad.

De Ledesma contiene la respiración por un instante. Asiente no demasiado convencido, y Castañeda mira a los inspectores.

—Conocía de su existencia. Yo los guardaba, de hecho.

Aunque suelen prepararse los interrogatorios, lo cierto es que no esperaban esa respuesta. No al menos tan temprana. Rossi y Portugal se miran entre sí.

—Bien, ¿va a contarnos toda la verdad?

—Sí.

Los inspectores esperan.

—Es absurdo ocultarlo a estas alturas, porque si no lo han descubierto ya, lo acabarán haciendo, al igual que han hecho con los vídeos —comienza, apoyando los brazos sobre la mesa y la mirada baja, evitando los ojos de Portugal y Rossi—. Conocí a Valeria en una web de contactos profesionales. Ella trabajaba como escort de lujo. Mi anterior esposa había muerto recientemente y me sentía solo. Sé que no sería la conducta más apropiada, lo que se espera de un hombre como yo, pero echaba de menos estar con una mujer. Una noche contacté con ella y, aunque pueda sonar ingenuo, me enamoré nada más verla. Después de ese día comenzamos a escribirnos y a llamarnos a todas horas. Ella me contaba su vida, sus aspiraciones..., y yo la escuchaba. Con el tiempo aprendí que lo mejor que el dinero puede comprar es el tiempo, y yo quería comprar el suyo. Ella me confesó una vez que no estaba enamorada de mí y que probablemente nunca lo estaría, y yo acepté esas condiciones.

Castañeda se detiene, bebe agua de una botella. Nadie dice ni comenta nada en la sala.

—Nos casamos —suelta de sopetón—. Mis hijos se oponían, y yo lo entendía, pero me dio igual. Hacía tiempo que no tenía muy buena relación con ellos, aunque de lo que sí estaba seguro era de que cuando muriera iban a ser los primeros en repartirse mi dinero.

Suspira profundamente.

—Decidí hacer lo que quería hacer. Por una vez en la vida quería vivir a mi manera, y no me importaba si Valeria me amaba o no. Era yo el que quería estar a su lado.

—¿Y todo esto de los vídeos? —pregunta Portugal—. ¿De quién fue la idea?

De Ledesma mira fijamente a Castañeda. Rossi ha visto un leve brillo de pánico en su bien entrenada mirada de tiburón.

—Mía.

De Ledesma suelta un chasquido de impotencia, pero no interviene. Los inspectores dudan y creen que todo eso en el fondo no es más que una representación bien ensayada.

—Sabe que se trata de un delito... —murmura Rossi, a sabiendas de que no cree que los implicados, cuando descubran la existencia de los vídeos, quieran interponer algún tipo de denuncia. Más bien lo que querrán es que desaparezcan.

—Eso es aventurar demasiado, querida inspectora —contesta De Ledesma con una sonrisa de triunfador.

—Explíquenos cómo lo hacían. —Rossi cambia de tema de mala gana.

—Valeria escondía la cámara y grababa los encuentros. Para una mujer como ella era muy fácil conseguir cualquier hombre que se propusiera.

—¿Y luego los veía usted solo o los veían juntos? —pregunta Portugal.

Castañeda mira al inspector con los ojos entrecerrados.

—Es usted muy listo, inspector.

Portugal apoya los brazos del mismo modo que lo hace Castañeda.

—Pues algunos todavía creen que me regalaron la plaza.

Castañeda sonríe por la ironía y De Ledesma no la capta o está pensando en cómo cortar el asunto antes de que se le vaya de las manos.

—Si le digo que era nuestra forma de relación sexual, ¿qué me diría? ¿Me creería?

—Sinceramente, no me importa cómo se lo montara con su esposa —suelta Portugal con cierta vehemencia—. Y ahora voy a hacerle yo una pregunta: ¿todo esto que nos está contando es cierto o nos toma por imbéciles?

De Ledesma no puede evitar soltar una risita de superioridad.

—¿Chantajearon con esos vídeos a alguien? —prosigue Portugal con abierta hostilidad.

—¡Inspector! —clama De Ledesma, borrándosele la sonrisa de la cara mientras Castañeda aguanta la mirada del inspector.

—Estoy seguro de que alguno de los hombres que aparecen en el vídeo es quien dejó embarazada a su esposa, ¿voy bien por ahí?

Castañeda lanza una mirada de odio a Portugal. De Ledesma carraspea y alza la voz.

—Eso es especulativo, inspector. No continúe por ese camino.

—¿Qué hizo con el traje de protección? —pregunta de repente Rossi. Nadie se espera ese cambio en el interrogatorio.

—¿Qué traje? ¿De qué cojones está hablando? —pregunta De Ledesma sin ocultar su enfado.

—El que usó para asesinar a su esposa —responde Portugal.

De Ledesma resopla.

—Inspector, no se pase.

Castañeda se refugia en el silencio y agacha la cabeza como si ya no le importara lo que se dirime en esa sala.

—Vamos a encontrarlo, ¿se entera? —brama Portugal golpeando con los puños sobre la mesa—. ¡Encontraremos las pruebas y se pudrirá en la cárcel!

—¡Se acabó, ahora sí que se acabó! —exclama el abogado levantándose con gesto grave y extendiendo las manos, mira a la inspectora Rossi, que observa con perplejidad el comportamiento de su compañero.

Castañeda se incorpora con indolencia, sin mirar a los inspectores. Él y De Ledesma salen de la sala en silencio. Rossi hace un gesto hacia la ventana unidireccional y el piloto verde pasa a rojo.

—¿Estás bien? —le pregunta a su compañero.

Portugal se frota la calva con ambas manos y luego la cara.

—Sí, cojonudo, ¿es que no me ves?

12

Después de recoger a Daniel, Nadia regresa a casa con una sensación de culpabilidad. Blanca le preguntó si todo iba bien y ella respondió que sí. Después de hablar con la doctora Bellver lo único que quería era regresar y ver a su niño, aunque nada más entrar en casa ha sentido que su mundo se tambaleaba, que todo parecía estar a punto de saltar por los aires. Ha llorado en su dormitorio mientras Daniel la observaba, sentado a su lado. Le ha acariciado las lágrimas y ella se ha echado a reír, sintiéndose la persona más miserable del mundo.

A veces ocurrirá. Un día te despertarás con la sensación de que todo lo que te importa, todo por lo que has luchado durante toda tu vida, está a punto de desaparecer. Creerás que es una sensación real, pero solo está en tu cabeza. Deberás aprender a vivir con ello.

Parece escuchar la voz calmada de la doctora Bellver, que, durante todos esos años, si bien en la sombra, ha sentido su presencia. Y, como siempre, le ha enseñado el camino y le ha ofrecido una respuesta que le ayude a aliviar el dolor de su sufrimiento.

Aunque no todo es tan sencillo. Borró los mensajes y el historial de navegación de su móvil. Como si al hacerlo todo aquello pudiera desaparecer. Pero no ha podido evitarlo y, más tarde, ha buscado información. Información más actual que le ofreciera una respuesta satisfactoria. En el mismo diario local donde vio aquella horrible noticia ha encontrado otra que se publicó un año después.

Sin noticias del asesino de Vistahermosa

Se han cumplido ya catorce meses del asesinato de Mariana Roque Teruel, la mujer que fue encontrada muerta en su piso del barrio de Vistahermosa, y, sin embargo, la Policía no ha podido desde entonces hallar ninguna pista que pueda conducir a la detención de su asesino. La portavoz de la familia ha declarado a este medio sentirse muy decepcionada por la inacción de los investigadores. Según esta portavoz, la Policía ha dejado de lado el caso y teme que el tiempo pase y que nunca encuentren al asesino de su tía.

Tras leer esa noticia Nadia siente un cosquilleo en su estómago. No existen más noticias en los casi cuatro años siguientes hasta el momento actual. ¿Seguiría la Policía investigando ese caso? Ellos dirían que un caso de asesinato nunca se cierra, pero se olvida, esa es la verdad. ¿Estaría la familia investigando por su cuenta después de tanto tiempo? En la noticia que ha leído aparece la fotografía de una mujer. Apenas puede ser identificada, ya que la imagen está movida y parte de su rostro lo tapa su propia mano. Se le ve salir de algunas dependencias, imagina que policiales, por el agente uniformado que aparece a un lado de la puerta, y en el pie de foto puede leer: «La familia de Mariana Roque Teruel se siente desamparada por la inacción policial».

Poco después, Mario la llama. Cuando contesta, tiene los ojos enrojecidos y la cabeza a punto de estallar. Su voz suena apagada, aunque se ha esforzado en tratar de evitarlo. Él lo nota inmediatamente.

—¿Qué te pasa?

—Nada.

—Cariño, por favor…, ¿qué te pasa?

—Me siento… triste.

Mario suelta un suspiro de impotencia.

—¿Y cuál es el motivo? —La pregunta suena como si la culpable fuera ella—. Perdona, perdona…, joder, soy gilipollas perdido.

No es la primera vez que le pasa: «Es un bajón anímico», suele decir. «Necesito llorar, pero después vuelvo a ser la de siempre.» Y, cuando eso ocurre, él aparece con un ramo de rosas. O le compra unos bonitos pendientes. Luego, salen a cenar. Ella se esfuerza y sonríe por sus ocurrencias durante la velada. Al llegar a casa hacen el amor y al terminar él se queda durmiendo satisfecho, pensando que todo está resuelto.

—¿Quieres que vaya a casa? —propone él, aunque por su tono de voz ella sabe que ya tiene la decisión tomada.

—No es necesario, de verdad.

Pero sí, quiere tenerlo a su lado. Necesita sentir su presencia cerca. Su cuerpo pegado al suyo. «Sí, porque necesito saber que el hombre de mi vida no es un asesino.»

—Voy para casa.

—Mario, estás muy ocupado. No hace falta, en serio...

Pero Mario ya ha colgado. En cuestión de treinta minutos entrará por la puerta.

Y entonces lo ve. Es como una aparición irreal. Nota cómo su respiración se interrumpe en ese momento. El corazón se niega a continuar latiendo. Parpadea varias veces, creyendo que solo es una ilusión. A fin de cuentas, no es la primera vez... Pero no, no lo es. Está allí, entre los árboles del bosquecillo de hayas que hay en la parte trasera de su casa, al otro lado de un camino terroso que los separa. Ahí está: la figura que imaginó asesinando salvajemente a Valeria oculta su identidad tras la sombra de la capucha de un impermeable negro. Sin rostro, como un fantasma del pasado. Y ahora la está mirando. Saca algo del bolsillo de su impermeable. No puede verlo, pero intuye que se trata de un móvil. Inmediatamente después, vibra su iPhone. Nadia suelta un gemido de terror. La figura permanece a la espera, con su oscuro rostro vuelto hacia ella. Nadia coge su móvil y el corazón se le encoge al ver un nuevo mensaje:

Necesito que estés alerta.

Nadia levanta la mirada, no se atreve a acercarse más a la ventana. Es como si, al hacerlo, pudiera provocar algún tipo de reacción adversa. Mira a Daniel, que está en su cuna. Su hijo está despierto, entretenido con su peluche favorito. Pero, mientras tanto, esa figura está allí, al acecho, a unos pocos metros de su casa. Intenta distinguir los rasgos de su rostro, pero es inútil, es como si llevara una máscara negra que le cubriese toda la cara. Las hojas del árbol bajo el que está se agitan nerviosas por el viento. Un trueno retumba poderoso sobre su cabeza quebrando el cielo. La tormenta es inminente.

¿Quién eres?
¿Qué quieres de mí?

Nadia escribe casi sin pensar, y se da cuenta de que es la primera vez que lo hace. El móvil le tiembla entre las manos. Espera una reacción. Escucha el sonido de la voz de su hijo, balbuceando algo ininteligible.

Ya te lo he dicho: alguien que quiere ayudarte.

Lo ha visto con sus propios ojos. Ha visto cómo agachaba la cabeza y movía sus pulgares sobre el teclado de su móvil. Es él, no hay duda.

No confíes en él.
Quiere implicarte en la muerte de Valeria.
Y tú sabes por qué.

«No», dice Nadia en voz alta. Y cuando vuelve a mirar al bosque, la figura ha desaparecido. Se incorpora ahogando un grito, como si en ese momento sintiera un peligro real e inminente aproximándose. Puede sentirlo. Un nuevo trueno brama sobre su cabeza, más fuerte y poderoso que el anterior. Una nube inmensa tamiza la luz de la tarde llenando la casa de sombras.

Y la lluvia comienza de repente, intensa, pertinaz, como si fuera el preludio de una tragedia.

Siente que casi no puede mover las piernas y cree estar atrapada en alguna pesadilla. El tiempo parece haberse detenido y todo a su alrededor se llena de oscuridad. Nadia apenas puede poner un pie delante del otro. Sale del dormitorio teniendo como único objetivo el de proteger a su hijo, y entonces cree verlo de nuevo en su jardín trasero, a través de la puerta de la cocina, a tan solo unos metros de su casa. Quiere gritar, pero no sale nada de su garganta.

La respiración tan acelerada le bloquea el pensamiento. Quiere correr, necesita poder defenderse. Comienza a dar un paso y luego otro, pero todo parece suceder a una velocidad extraña, irreal.

Entonces algo falla: el suelo desaparece bajo sus pies y su cabeza se golpea violentamente contra uno de los peldaños de la escalera. Después, todo se vuelve negro.

13

Nadia se despierta. Siente un pinchazo lacerante en la cabeza. Lo primero que ve es a Mario, a su lado. Puede ver en sus ojos la preocupación. Siente el calor de su mano sobre la suya.

—Amor mío...

Cree que el dolor no ha sido tal. Ahora puede sentir un efecto mareante que provoca que le cueste enfocar la mirada en su marido. Quiere llevarse la mano al foco del dolor y él se lo impide.

—¿Qué me pasa? —murmura ella, sintiendo el efecto de algún potente analgésico.

—Has tenido un accidente —contesta él. Tiene el rostro blanco como el papel.

—¿Qué?

Entonces recuerda el momento en el que el mundo cedió bajo sus pies. Después, nada.

—Te has caído por la escalera —responde Mario consternado. Como si eso fuera imposible de creer. Se le ensombrece la mirada—. Te encontré cuando llegué a casa. Estabas sangrado por la cabeza. Me asusté muchísimo.

Instintivamente, Nadia se lleva la mano a la herida, que parece palpitar a su contacto. Mario coge su mano y la aprieta contra la suya. Nadia lo mira fijamente. Tiene los ojos llorosos. No, esos ojos no ocultan nada malo. Nadia aprieta también su mano contra la de él. No sabe si echarse a reír o llorar. De repente, siente una súbita sensación de pánico.

—¿Y Daniel?

—Está bien —asegura Mario—. Está con Blanca. No ha dejado de llamar preguntando por ti.

En ese instante, una mujer de mediana edad vistiendo una bata blanca surge de entre unas cortinas opacas y sonríe al ver a Nadia despierta.

—Hola, cariño, ¿cómo te encuentras? —Se inclina sobre la herida y la revisa con atención.

—Bien —dice ella, pero en realidad quiere gritar.

Nadia pasea la mirada de izquierda a derecha. Se encuentra en un box cuadrado de urgencias. Es consciente en ese momento de las voces y murmullos que escucha por todas partes.

—Vaya golpe te has dado, ¿eh? ¿Recuerdas cómo pasó?

La doctora se retira esperando una respuesta. Nadia reproduce en su memoria la imagen de aquella figura bajo la copa de aquel árbol, mirándola fijamente desde la negrura de su rostro oscurecido.

—No.

La doctora enarca una ceja y mira a Mario con preocupación.

—¿Está tomando algún tipo de medicación?

Nadia mira a Mario. Su expresión es totalmente neutra.

—No, no está tomando nada —contesta él.

La doctora parece no conformarse con la respuesta.

—¿Y dices que no recuerdas nada?

—Bueno... —duda al contestar—. Creí escuchar algo fuera.

Es ahora Mario quien frunce el ceño.

—¿Fuera? ¿Qué quieres decir con fuera? —pregunta él.

Nadia se siente intimidada bajo sus miradas.

—Recuerdo que... —se detiene—, que estaba en el dormitorio con Daniel, nuestro hijo. Se escuchaban fuertes truenos. Creo que comenzó a llover. Sí, llovía mucho.

—Y tanto —interviene la doctora haciendo un ruido afligido con la boca—. Menos mal que duró poco. He visto en las noticias que en otras partes no han tenido tanta suerte: ríos desbordados y casas inundadas. Gente perdiéndolo todo en un abrir y cerrar de ojos, como en el Apocalipsis.

Nadia asiente para mostrarse de acuerdo con la cruda pero real reflexión de la doctora.

—Sí, como el Apocalipsis —repite—. Ahora lo recuerdo mejor: escuché un ruido. Era un fuerte crujido.

—¿Como algo que se rompe?

—Sí, como una rama que se parte.

Mario mira a la doctora.

—Hay un pequeño bosque cerca de casa. Los árboles son bastante viejos. Suelen partirse grandes ramas si la tormenta es intensa.

La doctora asiente distraída y se mira el reloj de pulsera. De repente parece tener prisa.

—La próxima vez ten más cuidado. Las escaleras son muy traicioneras. No te imaginas la de gente que ha muerto al caer por unas. —La doctora consulta una carpeta que lleva y hace unas cuantas anotaciones con su bolígrafo, y sonriendo le explica a Nadia—. Espera un par de horas, por si te sientes mareada antes de irte a casa, ¿de acuerdo?

—De acuerdo —contesta Nadia devolviéndole la sonrisa.

La doctora sale del box. Mario se acerca y la besa en los labios. Nadia apenas puede saborear ese beso. Solo puede pensar en la imagen de aquella figura oculta bajo los árboles.

La agente de policía Silvia Garay no es de piedra. No, definitivamente no lo soy, piensa. Por su condición de experta en asuntos de tecnología, ciberseguridad e internet debe revisar los vídeos que la Brigada Científica encontró escondidos en casa de Fernando Castañeda, y las directrices son claras: hallar algo que llame su atención, tratar de identificar a los hombres que aparecen en los vídeos —nada menos que cincuenta y tres— y pasar un detallado informe a sus superiores.

Lejos queda ya su vida en aquel pueblo donde nació rodeada de vacas, estiércol y férrea disciplina. Nunca la comprendieron, ni falta que hacía. Salió de aquel lugar a la primera ocasión que tuvo y estudió con ahínco Antropología Social y Cultural, pensando que aquello sería el salvoconducto para escapar de un pasado que apestaba como la mierda de aquellas vacas. Nunca pensó en ser policía, pero un amigo la animó. Desalentada por ver cómo el menguante mercado laboral la obviaba una y otra vez, decidió probar suerte. Y aprobó a la primera. La tecnología la sedujo por su poder, y el inspector Juan Portugal la fichó para su equipo con solo verla trabajar una vez.

—Tienes pinta de no encajar en ningún sitio, como yo. ¿Te gustaría hacer cosas diferentes? Tu oficina no será mejor que esta, pero te trataremos bien. ¡Ah, y además cobrarás doscientos euros más al mes!

Y sonrió. Le gustaba ese hombre. Alguien le dijo que era un jefe muy exigente y que sería una locura cambiar un puesto cómodo y sin pretensiones por uno estresante donde no sabría a qué hora terminaba su turno, pero ella no estaba en la Policía por comodidad ni por un buen sueldo. Quería hacer algo por los demás. Y, sobre todo, hacer algo por las víctimas de delitos, especialmente si eran mujeres.

En sus tiempos de universitaria realizó una controvertida tesis que versaba sobre una hipotética visión de la historia de la humanidad bajo el dominio exclusivo de las mujeres. Miles o tal vez cientos de miles fueron acusadas por brujería durante el reinado de terror de la Inquisición. ¿Hubieran sido asesinadas de no haber mediado la mano del hombre? Las guerras mundiales, donde murieron millones y millones de seres humanos, se iniciaron por el impulso testosterónico de hombres poderosos, cuya última frase que se les escuchó antes de iniciar la refriega fue: «para huevos, los míos».

Y aunque parezca absurdo, hubo gente que tras la lectura de su tesis se ofendió. Otros, en cambio, la felicitaron discretamente. Los tiempos no cambiaban tan rápido como ella deseaba.

Dejando de lado ese tipo de disquisiciones que lo único que le provocan es amargura e impotencia, se ha sonreído al ver lo que tenía delante. Y es que ver, para variar, un lote de porno casero no parece mala forma de pasar la jornada laboral. No se lo ha dicho a nadie, pero en más de una ocasión ha tenido que detener la visualización e ir al aseo para calmarse. Joder, ¡estaba cachonda como una perra caliente! Y ella que creía que llevaba una vida sexualmente ajetreada... Es solo una principiante ante esa mujer. Sin embargo, no se olvida del destino que le ha tocado en suerte.

Ya más calmada —eso sí, después de mojarse varias veces la nuca con agua—, ha ido seleccionando los fotogramas de los hombres que aparecen en los vídeos, para más tarde buscar coincidencias en el fichero Sidenpol, la potente base de datos que maneja la Policía y el resto de las fuerzas de seguridad del Estado donde aparecen reflejados los datos de todos los ciudadanos de este país. El trabajo concienzudo da sus frutos, pues halla algunas coincidencias interesantes.

A media mañana se reúne con los inspectores Portugal y Rossi para compartir con ellos lo que ha recopilado. Los tres policías entran en la sala de reuniones, que en realidad utilizan para todo. Hasta para tomarse el café y comer las empanadas caseras que Tendero trae cuando viene de pasar el fin de semana en su pueblo, y eso que hay un cartel bien grande en mayúsculas que el comisario Veloso ordenó colocar y que dice: ESTÁ TERMINANTEMENTE PROHIBIDO COMER O BEBER EN ESTA SALA.

Garay abre la carpeta que lleva y sobre la mesa despliega la información seleccionada.

—Aquí tenemos las imágenes de todos los hombres. Cincuenta y tres en total —explica orgullosa—. La mayoría de ellos no han tenido ningún problema con la Justicia. Por no tener no tienen ni multas de tráfico. Como mucho, problemas con Hacienda o la Seguridad Social por impago del impuesto de sociedades, IVA o autónomos.

Señala las imágenes extraídas de los vídeos donde no salen muy favorecidos, comparándolas con un informe más formal que arroja una aburrida y discreta vida administrativa, y selecciona las imágenes de dos individuos.

—Este fue condenado por agredir con una barra de hierro a otro hombre en un gimnasio de su propiedad. —Señala a un «elemento» con aspecto de matón de tres al cuarto—. Fue detenido en otra ocasión por intento de agresión a su novia. Según la denuncia presentada, la mujer pudo huir de la vivienda que compartía con él después de recibir varios golpes en el cuerpo. Y este otro —coge la foto de un hombre de aspecto pulcro y mirada plácida— tuvo un careo con una mujer que aseguraba que la había intentado violar después de conocerse en una web de contactos. No se pudo demostrar nada y lo dejaron ir.

Garay señala con el dedo índice otra imagen. La de un hombre absolutamente normal.

—Y aquí tenemos a otro personaje interesante. Estuvo cumpliendo condena en Alcalá-Meco por agredir sexualmente a una mujer. Y me llamó la atención porque en el vídeo tiene un comportamiento... extraño.

—¿Cómo de extraño?

Garay hace un mohín.

—Pues digamos que, en lugar de tratar de penetrarla, como hacen el resto, prefiere cogerla del cuello e intenta apretar con fuerza.

—¿Y ella qué hace?

—Impedírselo. De hecho, terminaron discutiendo y ella lo echa de la habitación. Es el vídeo más corto de todos, apenas dura diez minutos. Sin embargo...

Portugal se cruza de brazos.

—¿Qué?

—Hay algo más, algo que la mayoría tiene en común, y no me refiero al aspecto sexual.

—Son hombres con cierto nivel adquisitivo, ¿es eso?

—Sí, salvo algunas excepciones, la mayoría son empresarios o tienen trabajos con buenos ingresos. Tienen familia y una vida estable. Uno de ellos incluso es concejal de un municipio de Madrid.

—Hombres que tienen mucho que perder —comenta Rossi, aunque tiene la atención puesta en una de las imágenes que hay sobre la mesa y de la que Garay no ha comentado nada todavía.

Rossi coge esa imagen y se la muestra a sus compañeros.

—Esto sí que es una sorpresa.

Nada más entrar en casa, Nadia se fija en la alfombra que hay a los pies de la escalera. Movida de su sitio y manchada de sangre. Se imagina la escena: Mario llegando a casa y viéndola tirada en el suelo, inconsciente. Cuando levanta la mirada cree ver tras una ventana a la figura encapuchada.

Menea la cabeza y coloca la alfombra en su sitio, mientras Mario lleva a Daniel en brazos y la observa en silencio. Sonríe. Su marido no puede ser un asesino, es absurdo pensar eso. Él la salvó, y la salvó porque la quiere. «Si hubiera sido un asesino habría podido matarme en ese momento. Hubiera sido la ocasión perfecta». Así pues, espanta ese pensamiento oscuro de su cabeza y cambia de tema.

—¿Sabes dónde está mi móvil?

No recuerda si cuando cayó por las escaleras lo llevaba en la mano o lo había dejado en algún sitio. Mario la mira fijamente, y Daniel intenta meter sus deditos en la boca de su padre para que los muerda. Mario da fingidas dentelladas y el niño ríe.

—No, no lo he visto.

Siente una punzada de inquietud.

—Tal vez esté en el dormitorio —supone Nadia, a la vez que observa la reacción de Mario, que no parece haberla escuchado, pues sigue jugando con su hijo.

—Oye, ¿le has preguntado a Blanca cuándo ha sido la última vez que ha tomado? —dice Mario finalmente sin mirarla mientras se dirige a la cocina.

—Hace dos horas y media —contesta Nadia encaminándose a la escalera—. Voy a cambiarme y le doy el pecho.

Sube los escalones y siente una suerte de vértigo que no asocia precisamente con el golpe, que todavía palpita en su cabeza. Entra en el dormitorio y mira a su alrededor. Se acerca hasta un aparador que hay al lado de la puerta del aseo y desde cuya ventana vio a esa figura del impermeable negro. Vuelve a estremecerse. A esas horas de la noche es un simple rectángulo negro y unas líneas difusas que se sabe de memoria, pero que ahora adquieren otro cariz.

Su iPhone descansa sobre el aparador y cuando pulsa el botón de activar descubre que está apagado. Se ha tenido que quedar sin batería, piensa. Escucha de fondo el sonido del televisor de la cocina y las voces de Mario y Daniel. Pone a cargar el móvil y cuenta los segundos para que vuelva a activarse con una sensación de urgencia mientras mira de nuevo hacia la ventana. Cierra la puerta del aseo para evitar verla, y por fin aparece la pantalla de inicio. Desbloquea la tarjeta SIM, y casi al instante comienzan a aparecer diferentes alertas. Puede ver que tiene dos nuevos mensajes. El móvil tiembla entre sus manos a la vez que Daniel suelta una risita de felicidad desde la cocina, seguida de otra de Mario.

Bienvenida a casa.

Allí está, con el resto de los últimos mensajes recibidos que no borró.

«No puedo seguir con esto. Es una locura, tengo que hablar con Mario y contárselo todo», piensa Nadia. Su familia está ahí abajo. Las dos personas que más quiere en este mundo y que le dan sentido a su vida son esas dos. La persona que le está enviando esos mensajes no desea su bienestar. No sabe quién es y en realidad tampoco le importa. Esa persona está jugando con ella porque sabe qué ocurrió hace muchos años. No sabe cómo lo ha podido descubrir, pero si es así no puede seguir ignorándolo. Debe enfrentarse a él o a ella.

Pero no puede hacerlo sola. Tiene que contárselo a Mario. Él lo entenderá.

—¿Cariño? —Mario se gira cuando escucha sus pasos. Sonríe. Dios mío, es la sonrisa más bonita del mundo. No puede haber nada malo detrás de esa sonrisa, no puede haberlo.

Mario ha puesto la mesa. Una cena sencilla: sándwich vegetal con pan de centeno y una ensalada. Una cerveza tostada para él y una Coca-Cola cero para ella. Daniel está sentado en su trona, expectante.

—Sé que no te gusta comer hidratos de carbono por la noche, pero es tarde y no tengo ganas de cocinar, y de ningún modo voy a dejar que tú lo hagas.

Que les den a los hidratos de carbono, piensa Nadia con los nervios comiéndola por dentro. Puede que todo cambie a partir de ese momento y ya nada sea igual, pero tiene que hacerlo. No hay marcha atrás.

Tiene que contarle toda la verdad.

La verdad acerca de quién es ella.

La verdad sobre lo que pasó hace muchos años.

—Es perfecto —susurra, se acerca a él y lo besa en los labios. Él la mira con deseo. Se acerca a Daniel y lo cubre de besos.

Mario se sienta a la mesa, se sirve la cerveza en una copa y bebe con satisfacción.

—Mario.

Él la mira. Su sonrisa se destensa, como si supiera que va a contarle algo que va a cambiar su relación para siempre. Ella deja su móvil encima de la mesa, se le forma un enorme nudo en la garganta y siente un vacío en el estómago.

—Tengo que contarte algo muy importante.

Mario no dice nada.

El vacío en el estómago se hace cada vez mayor.

Entonces, suena el timbre del portero automático. Es un sonido suave, pero para Nadia ha sonado como el más estridente del mundo.

—¿Quién...? —exclama Mario al tiempo que se levanta arrastrando la silla.

En la cocina tienen otro terminal. Se acerca a él. Puede ver en la pequeña pantalla a dos figuras iluminadas tenuemente por la farola más cercana. No distingue quiénes son, ya que la mayor parte de sus rostros son una sombra opaca.

—¿Quién es? —pregunta con cautela. Nadia se levanta y coge a Daniel en brazos. Ella sí que sabe quiénes son: ha reconocido el peinado de ella y la calva de él nada más verlos.

—Buenas noches, somos el inspector Portugal y la inspectora Rossi, de la Policía Judicial. Disculpen por llamar a estas horas, pero es importante que hablemos con usted ahora.

Mario y Nadia se miran fijamente a los ojos sin decir nada.

—¿Señor Silva? —insiste el inspector.

—Claro —dice Mario por fin. Pulsa el botón de la puerta exterior y los inspectores entran.

Mario se dirige al salón, ella lo sigue y se detiene a varios metros de la puerta. Abre y los inspectores se quedan en el rellano.

—¿Le importaría acompañarnos a comisaría?

Nadia se acerca con Daniel en brazos, el corazón casi se le sale del pecho. Los inspectores la miran, pero no dicen nada. Su seriedad la alarma.

—Son más de las once de la noche, ¿qué puede ser tan importante que no pueda esperar a mañana?

—Si le parece, se lo diremos allí —contesta Rossi. Su contundencia sorprende a Nadia. Atrás queda la sonrisa de poli complaciente.

Mario mira a su esposa. Es incapaz de abrir la boca.

—¿Estoy detenido? —dice al fin.

—No —contesta Rossi—, pero tiene que explicarnos algo y tiene que ser ya.

Mario parpadea como si no creyera lo que le está ocurriendo. Agita la cabeza y de repente parece agotado, como si ya no tuviera fuerzas para continuar.

14

Mario está irritado y se siente muy cansado. Son cerca de las doce de la noche, y cuando han llegado a la comisaría se ha sorprendido de la actividad que había a esas horas. ¿Es que no tienen familia?, ¿esta gente no se sienta frente al televisor después de cenar hasta que se quedan dormidos? Mario se hace esas y otras preguntas intrascendentes entre la irascibilidad y el miedo. Un miedo que ha tratado de disimular tras una máscara de indignación. Sin embargo, la labor de la Policía no es la de entender o comprender a los sospechosos: ellos se limitan a ir tras los malos.

Él no ha abierto la boca durante todo el trayecto en coche desde su casa a la comisaría, mientras que ellos han hablado de sus cosas como si él no estuviera. Ha descubierto que a ella le gusta Almodóvar, Almudena Grandes y Leiva, y él es socio del Atlético de Madrid desde que lo hiciera su abuelo. Ha intentado abstraerse de sus conversaciones anodinas, pero le ha sido del todo imposible.

—¿Quiere tomar algo de beber? —pregunta el inspector Portugal, ya en una sala de interrogatorio cuadrada y lúgubre. Hay un cristal unidireccional a su izquierda y una cámara de vídeo adosada a la pared.

—No —responde con seriedad.

La inspectora hace un gesto hacia el cristal y el piloto rojo que está sobre la puerta pasa a verde. A continuación, le suelta de corrido una larga frase sobre sus derechos como declarante, y él asiente todo lo calmado que puede.

—También tiene derecho a que un abogado esté presente en este interrogatorio. Si quiere puede llamarlo —confirma Rossi. Ya no es tan amable como cuando la conoció. Lo cierto es que no parece policía, es como si perteneciera a un mundo más convencional, menos sórdido. La imagina como la típica actriz que sale en los anuncios de la tele hablando con su preciosa sonrisa, lo bien que le va ese analgésico para sus jaquecas. Está comenzando a temerla, así que se piensa lo del abogado.

—¿Estoy detenido?

—Ya le hemos dicho que no. Este interrogatorio es voluntario, puede marcharse cuando quiera.

«Y una mierda. Menuda encerrona, pero tengo que estar todo lo calmado que pueda.» Mario apoya las manos sobre la mesa. Se fija en un portátil que ha traído la inspectora bajo el brazo.

—¿Qué es eso que tengo que responder tan urgente? —contesta de mala gana.

—Señor Silva, ¿conocía usted a Valeria Donoso?

—Era vecina nuestra desde hacía varios años, ¿cómo no iba a conocerla? —responde con impaciencia.

—¿Y qué tipo de relación tenía usted con ella?

—¿Cómo ha dicho?

—¿Que si tenía algún tipo de relación con ella?

—Ya se lo he dicho: no tenía ninguna.

Los inspectores se miran. Es inútil negarlo, aun así, no va a reconocer nada.

—¿Por qué miente, señor Silva? —pregunta Rossi, y lo dice como si fuera algo personal.

El corazón le late en las sienes. Aún está a tiempo de detener ese interrogatorio y llamar a un abogado, pero tiene curiosidad por saber qué saben en realidad. ¿Le haría parecer más culpable?

—No estoy mintiendo —contesta descaradamente. Entonces Portugal hace un gesto de impaciencia con la cabeza y Rossi despliega la pantalla del portátil. Toquetea algo que no puede ver y gira el portátil hacia Mario.

Este se queda con la boca completamente abierta al visionar las imágenes: una habitación de hotel a través de una cámara con gran angular. Las luces de la habitación se encienden y entonces aparecen Mario y Valeria cogidos de la mano. Cierra los ojos. No puede ser.

—El vídeo es muy entretenido —dice Rossi con una media sonrisa, aunque su mirada es implacable.

En las imágenes se ve cómo Valeria y él se besan apasionadamente. Nada de charla previa. Antes de que estén totalmente desnudos, él saca su pene y ella se lo mete en la boca con la maestría de quien lo ha hecho miles de veces antes.

—Por favor, paren eso... —murmura consternado. Rossi pulsa la tecla de stop, quedándose congelada una imagen de él con la boca abierta por el placer y Valeria empleándose a fondo en su quehacer. Mario aparta la mirada.

—Bien, señor Silva —prosigue Portugal—, díganos de una vez qué relación tenía con Valeria Donoso.

—No voy a declarar nada más —musita casi en un hilo de voz. Los inspectores se miran.

—¿Quiere llamar a su abogado?

—Sí.

—Le advierto que si lo hace es posible que acabe detenido.

Ahora Mario mira con furia al inspector.

—Yo no la maté.

—Pero sí que se la follaba —comenta Rossi señalando con el mentón la imagen congelada.

Mario suelta un gruñido. Echa un rápido vistazo a la imagen del portátil y la aparta de nuevo.

—¿Dónde estuvo entre las dos y las cuatro de la madrugada la noche que Valeria fue asesinada, señor Silva? —pregunta la inspectora como si lanzara cuchillos a su yugular.

—En mi casa, durmiendo.

—¿Tiene forma de demostrarlo?

—Mi mujer estaba a mi lado.

—¿Y no salió en ningún momento de casa?

—No.

—¿Está seguro?

—Sí. —La imagen de Valeria siendo salvajemente golpeada hasta morir le sacude en la cara como si fuera un puñetazo.

—¿Sabe que Valeria estaba embarazada? —indica Portugal.

—¿Cómo...? ¿No querrán...?

—Usted tenía una relación con Valeria, ¿no es eso? —interrumpe Rossi disparando acusaciones sin piedad, a la vez que puntualiza sus palabras dando golpecitos con la punta de su dedo índice sobre la mesa—. Usted y Valeria eran amantes y ella quería que dejara a su mujer. Usted se negó y ella le amenazó con decírselo a su mujer. ¿Fue así como ocurrió, señor Silva?

—¡Claro que no!

Hay un breve silencio y Mario baja la cabeza.

—¿Por qué cree que lo grababa en vídeo? —pregunta Rossi.

Mario no contesta.

—Hay más vídeos, ¿lo sabía?

La mira fijamente, y al cabo traga saliva con esfuerzo.

—Solo me acosté con ella esa vez.

Portugal le devuelve una mirada descreída.

—¿Seguro?

—Sí, seguro. No tenía ningún tipo de relación con ella. Solo fue esa vez. Ese día estaba especialmente jodido. Tenía problemas en mi empresa y salí a tomar algo con mi socio a un bar de copas en Huertas. Allí la encontré y nos pusimos a charlar. Los dos bebimos bastante. Enseguida noté que intentaba seducirme. Yo no quería, en serio, pero entonces...

—Entonces decidió irse con ella al hotel, ¿no es así? —completa Rossi.

Mario agacha la cabeza.

—Eso es.

La levanta de golpe y mira a los inspectores a los ojos.

—Pero no hay más vídeos. Lo sé porque no me volví a acostar con ella. Lamenté lo ocurrido durante mucho tiempo, y de hecho lo sigo lamentando cada día que pasa.

Portugal exhala un profundo suspiro.

—Lo que mi compañera quiere decir es que hay más vídeos como este con otros hombres que seguro que tampoco querían hacerlo, pero que ahí están.

Mario parece sorprendido.

—¿Creen que...?

—Nadie graba un vídeo de este tipo sin el consentimiento de la otra persona si no es por un motivo tan claro como el chantaje.

Mario permanece en silencio varios segundos y Portugal señala la pantalla del portátil con el mentón.

—Usted no estaba borracho ni parecía arrepentido. Se lo pasaron en grande. Pero luego vendrían los problemas. Querían dinero por no contarle lo del vídeo a su mujer. O aún mejor, decirle que estaba embarazada de usted. Y eso no iba a permitirlo, ¿verdad? Lo perdería todo, así, en un abrir y cerrar de ojos.

—No, no, no. —Menea la cabeza de un lado a otro.

—Sí, porque eso era lo que hacían: seducir a hombres con dinero para luego chantajearlos —prosigue Rossi—. Y hay unos cuantos como usted. Muchos, de hecho.

—¿Cuánto les pagó? ¡Conteste! —brama Portugal al mismo tiempo que golpea con el puño la mesa.

—¡Nada! —grita Mario, golpeando también la mesa.

Después, un tenso silencio.

—No voy a seguir hablando —murmura Mario al rato.

Rossi y Portugal se miran entre sí. Hay un acuerdo tácito.

—Señor Silva, queda usted detenido como sospechoso de la muerte de Valeria Donoso Galván…

El resto de las palabras se diluyen en su cabeza embotada. Ya no las escucha. Solo percibe el silencio adormecedor de su mente.

Mario ha sido detenido. No lo puede creer. La ha llamado unas horas después para comunicárselo. Su voz sonaba apagada, aunque trataba de sonar firme. La conversación ha sido muy escueta.

—Pero no puede ser… —dice Nadia consternada, aunque siendo plenamente consciente de que era algo que podía suceder—. No lo entiendo. ¿Qué pruebas tienen contra ti?

Y Mario ha callado durante varios segundos, mientras el corazón le saltaba desbocado con cada segundo que no decía nada.

—Ninguna. No tienen nada. No tienen a nadie y quieren echarme las culpas a mí. Solo están jugando conmigo. —Lo dice con mucha seguridad—. Escúchame: tienes que llamar a Manrique Durán, el abogado, y contarle lo que está pasando. Me soltarán en cuanto venga, ya lo verás.

—Sí, sí… Voy a llamarlo ahora mismo. —Nadia camina de aquí para allá. La cabeza parece a punto de estallarle. Se toca la herida de la cabeza, que ha vuelto a palpitar de nuevo—. Voy para ya.

—No, Nadia. No hace falta que vengas. Quédate con Daniel. Yo estoy bien. Haz lo que te digo. Estaré de vuelta enseguida, ya lo verás. Llama a Durán ahora mismo.

Tras esto se ha despedido con un «te quiero» ahogado, pero sin responder en realidad a la pregunta crucial: ¿por qué le han detenido? Ha estado a punto de llamar a los inspectores para preguntárselo, aunque sabe que solo es cuestión de tiempo descubrirlo.

«Sí, señora Valverde. Su marido es un asesino. Un frío y calculador asesino que además de matar de forma brutal a Valeria también ha matado a otras mujeres.»

La voz del inspector Portugal suena real y convincente, como si estuviera allí mismo, pero solo está en su cabeza.

¿Debe contar lo de los mensajes? No. Tiene que haber una explicación, Mario no puede ser un asesino. No puede serlo. Las lágrimas arrasan sus ojos y, exhausta, se deja caer en la cama. Abraza la almohada con rabia y en su mente se reproducen los momentos más felices que ha vivido a su lado. Hay miles de ellos. Nunca había sido tan feliz en toda su vida. No puede creer que el hombre que ama tanto y que le trajo la felicidad sea un asesino. Debe haber una explicación.

A pesar de que son cerca de las dos de la madrugada llama al abogado, y, aunque parezca increíble, responde al primer tono. Parece como si estuviera despierto a esas horas, como si fueran las nueve de la mañana de un día cualquiera. Nadia, deshecha en lágrimas y alterada, le cuenta lo que ocurre.

—No te preocupes, Nadia, voy a cambiarme y voy para allá. Seguro que se trata de un error —asegura con solvencia—. Ocurre más de lo que imaginas. Cuando no tienen a nadie al que cargarle el muerto, lo detienen, y luego, preguntan.

—Pero, eso es... ¿constitucional?

El abogado suelta una risita cínica.

—Tú no te preocupes y déjamelo a mí —añade—. Y vuelve a la cama.

Después, rodeada por un mar de dudas, las imágenes se han vuelto a reproducir sin parar. Imágenes que se ha repetido durante años que jamás ocurrieron. Imágenes de su vida antes de ser Nadia Valverde.

15

El vacío que dejó Lola es cada vez mayor, y el motivo de su muerte ha llegado a convertirse en una obsesión.

Once meses han pasado desde entonces, y el corazón de Juan Portugal todavía clama venganza. Alguien la atropelló en la misma puerta de casa, dándose a la fuga después, dejando su cuerpo tirado en medio de la calzada. No le dio ninguna oportunidad. Apenas unos minutos más tarde, un vecino la encontró con el cuerpo destrozado, pero Lola apretó su mano aferrándose a la vida. Los servicios de emergencia actuaron rápido, pero nada ni nadie pudo evitar que pasara los siguientes días en un coma irreversible; un mes después, murió por las complicaciones de aquel atropello.

Juan Portugal casi se volvió loco. Removió cielo y tierra tratando de encontrar cualquier pista que lo llevara a descubrir la identidad de la persona que había matado vilmente a su esposa, pero no encontró nada. Se refugió en el odio más profundo. Ni amigos ni familia pudieron consolar a ese hombre malhumorado, hosco a veces, pero leal y fiel como pocos. Por entonces no era fácil soportarlo, y solo Anabel Rossi se atrevió a estar con él. Ella no trataba de confortarlo, no le ofrecía su hombro para llorar. Sabía cómo funcionaba ese hombre y, a pesar de sus innumerables defectos, lo quería tanto o más que alguno de los de su propia sangre.

—Tienes derecho a llorarla toda la vida si es preciso —dijo en una ocasión—. Y tienes derecho a odiar a quien te la quitó. Sé que no descansarás hasta encontrarlo. Yo solo soy una lesbiana metida a poli, pero puedes contar conmigo para lo que sea. Le cortaremos los huevos o los ovarios a ese malnacido o malnacida.

Aquello le arrancó una sonrisa. Y era mucho decir, porque en aquellos tiempos Portugal era como un zombi movido únicamente por el afán de venganza. Por eso, Rossi sabe dónde encontrar a su compañero cuando, de repente, no contesta y parece que se lo haya tragado la tierra. Lo ve de pie, como una estatua gris que se confunde con el asfalto que pisan sus pies. En el mismo lugar donde a Lola, a su Lola, le arrebataron sus inmensas ganas de vivir. Desde las ventanas, los vecinos lo observan sin decir nada, porque en realidad no hay nada que se pueda decir en esos casos.

Llueve con ganas, pero Portugal no mueve ni un ápice de su cuerpo. Rossi, siempre previsora, se acerca paraguas en mano. Se arrima a él y lo cubre para que no se moje aún más. Portugal saca un paquete de Marlboro del interior de su chaqueta totalmente empapada; el cigarrillo le pende mojado e inservible de los labios. Tiene los ojos enrojecidos, mira al frente, mientras una cortina de agua desvirtúa los contornos.

—¿Qué hubiera pasado si ese día hubiera llegado a tiempo de recogerla del hospital donde trabajaba? Si hubiera sido así ella no hubiera tenido que coger el autobús —mira el suelo bajo sus pies con ojos consumidos—, no hubiera pasado por aquí para ir a casa y no me la habrían matado.

Rossi no dice nada, y traga saliva con la rabia golpeándole en el pecho.

—No fue culpa tuya, sino de él. O de ella.

Portugal la mira con el agua serpenteándole por entre las venas de la frente.

—Te juro que lo encontraremos. Ya decidiremos entonces qué haremos.

Portugal la mira, sabiendo que no es un farol. No lo es, en absoluto.

Un carajillo con un buen chorreón de whisky es más que suficiente para entrar en calor, según el código deontológico de Juan Portugal para situaciones de esa índole. Rossi, sin embargo, tiene hambre. Se ha pedido un bocadillo de lomo y un Acuarius en el primer bar con el que se ha topado. Por lo menos se está caliente. Hay un par de parroquianos acodados en la barra, de esos que están a nómina. Beben una cerveza tras otra mientras arreglan el país.

—Silva está fuera —comienza Rossi después de deglutir un gran bocado—, y su abogado dice que va a demandarnos. No veas cómo se ha puesto Veloso esta mañana.

—Veloso siempre está nervioso. Te habrá puesto la cabeza como un bombo. —Da un sorbo a su carajillo e indica al camarero que le eche otro chorro de whisky.

—No me gusta Silva —opina Rossi—. Detrás de esa fachada de hombre hecho a sí mismo hay algo que no me cuadra.

Portugal está de acuerdo.

—De momento se las va a tener que ver con su esposa; ¿sofá o puerta?

—No lo sé, pero si fuera yo le arrancaba los huevos y se los ponía de corbata. Y entonces, solo entonces, lo ponía de patitas en la calle.

—Cómo estás, chica.

Rossi se limpia la comisura de los labios con varias servilletas y luego mira por la ventana que da a una calle umbría. La lluvia ha amainado, pero ha dejado el ambiente cargado de electricidad.

—Una sola vez, dice... —murmura recordando el interrogatorio de Mario Silva—. ¡Y una mierda, esos han follado como conejos!

Portugal suelta una risa.

—¿De qué te ríes?

—¿Cómo conejos?

—Como monos, como leones. Elige el animal que más te ponga.

El camarero aparece y rellena de whisky el carajillo de Portugal.

—Un vídeo comprometido sería un buen motivo para matar a alguien —especula él.

—Y más viendo la vida que aparentemente llevan —completa Rossi—. Un bonito chalet en una buena urbanización, muebles y ropa cara, un Mercedes deportivo...

—¿Sabemos a qué se dedica él?

—Aún no.

Portugal reflexiona.

—Como conejos, ¿eh?

Rossi le lanza un puñetazo al hombro.

—¿Qué tal va Salvador con lo de Castañeda? —pregunta él—. ¿Ha avanzado algo?

—Sí. —Rossi se limpia las manos con varias servilletas después de haberse despachado el bocadillo y beberse de un trago lo que queda de su Acuarius—. Castañeda tenía una empresa que vendió por varios millones de euros antes de jubilarse, pero después había hecho unas cuantas inversiones que no salieron como esperaba. Salvador dice que perdió mucho dinero en los últimos años: una urbanización de lujo en la Costa Blanca de esas que tiene un campo de golf incluido que al final no terminó de construirse, un hotel en la República Dominicana que al parecer arrasó un huracán... Total, que los acreedores no dejaban de llamar a su puerta.

—Era el momento apropiado para comenzar con el negocio del chantaje —presupone Portugal—, negocio que llevaría funcionando unos cuantos años.

Rossi asiente.

—Podemos procesarlo por chantaje, pero no tenemos nada más.

Portugal chasquea la lengua y el camarero se acerca de nuevo rascándose la coronilla.

—¿Un cafelito, señorita?

Rossi niega, pero Portugal le señala la taza vacía suya.

—Ponme a mí otro de estos, campeón. —Y el camarero se aleja con la taza vacía.

—Creo que Valeria quería tener ese bebé —dice Rossi después de un rato.

—¿Mario Silva?

Pero Rossi niega.

—Me inclino por otra persona. Alguien de quien estaba realmente enamorada. Si una mujer como Valeria se hubiera quedado embarazada de cualquiera de esos hombres, hubiera abortado, fijo. No, hay alguien más.

Portugal suspira.

—Sigue, me encantan las historias de amor.

—Aunque, bien mirado tampoco sabemos mucho más de Silva… —Rossi se detiene un instante—, podría estar mintiendo y ser él ese hombre. ¿Qué opinas?

—Que es un tío guapo, pero no me va su culo. Ya sabes cómo somos lo de Carabanchel; exigentes, muy exigentes.

Rossi sonríe.

—¿No te parece demasiada coincidencia?

—Quizá lo grabara con la intención de continuar con el negocio del chantaje, pero entonces…

—Salta la chispa y se enamoran de verdad —completa Rossi.

—Y ya no hay más vídeos.

—No, no más vídeos.

—Cosa que a Castañeda no le gusta, porque quiere seguir ordeñando a la vaca. Discute con Valeria, que ya no quiere seguir con el negocio. Y volvemos de nuevo a tener a Castañeda como sospechoso.

—A Castañeda o a la mujer de Mario Silva, que termina enterándose de la infidelidad de su marido y de sus planes de huida.

Portugal mira a Rossi mientras levanta las palmas de las manos.

—Joder, chica vas muy deprisa, me he perdido.

—Piénsalo, si hubiera ocurrido así, ella tendría un motivo de peso.

Portugal niega.

—No.

—No, ¿qué?

—No es de las que asesinan.
—¿Con solo verla una vez?
—Vas aprendiendo.
—Una mujer celosa puede hacer cosas impensables. Vive con el hombre de sus sueños en una bonita casa con el hijo de ambos y entonces aparece otra mujer. Esa mujer se convierte en la persona que amenaza su modo de vida.
Pero la idea no convence a su compañero.
—Primero tenemos que averiguar de quién estaba Valeria embarazada. Si se trata de Silva, hasta me pensaré lo de su mujer.
Los inspectores se levantan de la mesa y pagan la cuenta. Afuera hace más frío que cuando llegaron. Portugal se enciende un Marlboro y se deleita expulsando el humo de su cigarrillo.
—Volviendo a Castañeda, creo que deberíamos comprobar el recorrido que hay entre el hotel que estuvo y la urbanización.
Rossi está de acuerdo.
—Y encontrar la forma de acceder a la nube de Valeria. Recuérdame decírselo a Salvador en cuanto lo vea... —Se aprieta el cuerpo con fuerza—. Hace un frío de cojones, ¿eh?
Portugal sonríe meneando la cabeza. ¿Cómo puede llevar ese hombre tan solo una fina camisa debajo de su chaqueta? Sin olvidar que cuando lo recogió estaba empapado por la lluvia y se negó a cambiarse de ropa.
Rossi odia el frío y los días de lluvia. A ella lo que le va es el verano y tostarse al sol con una cerveza bien fría a su vera. Y también tener a alguien que le dé mucho amor y no le haga sufrir. Piensa en esa persona que podría ocupar el trono de reina en su corazón.
Portugal interrumpe sus ensoñaciones románticas.
—¿En qué piensas? —pregunta.
Ella lo mira con cariño.
—Solo en ti. Siempre en ti.
Cómo quiere a esa mujer.

Mario llega a casa bien entrada la mañana. Lleva la misma ropa que cuando salió por la puerta la pasada noche. Solo han pasado unas horas, pero parece haber envejecido varios años. Lo abraza nada más verlo. Puede ver la angustia en sus ojos. Nadia le prepara algo de desayunar, pero apenas come algo. Después, sube al piso de arriba a ducharse. Mientras tanto, Nadia da el pecho a su hijo sintiendo el miedo en la garganta y en el estómago. Daniel está durmiendo ya entre los brazos de su madre cuando Mario baja.

—¿Cómo estás? —pregunta ella después de dejar al niño en su moisés.

Mario no contesta y se limita a mirarla fijamente. Se deja caer en una de las sillas de la cocina con los hombros hundidos.

—Tengo que contarte por qué me han detenido.

Nadia no dice nada, pero siente como si un cuchillo la hubiera rasgado por dentro.

—Siéntate, por favor —le pide, señalándole una de las sillas frente a él.

Nadia accede en silencio.

—Cometí un error —murmura él con la voz ahogada—, y no recuerdo bien cómo pasó, pero ocurrió.

Mario le cuenta en tono pausado cómo él, en un día en el que se sentía especialmente vulnerable, se dejó seducir por Valeria. No sabe cómo, pero terminaron en un hotel. En todo momento se echa la culpa a sí mismo, aunque cuando habla de ella la presenta como una mujer manipuladora de la que era casi imposible sustraerse. Nadia no dice nada en ningún momento. Espera pacientemente, lo que pone más nervioso a Mario. Al final, deja escapar unas lágrimas de arrepentimiento.

—Lo siento. Lo siento muchísimo.

Nadia lo mira fijamente, pero no parece mostrar ninguna emoción, lo que paradójicamente molesta más a Mario, que esperaba una reacción más furibunda.

—Esa noche... —comienza ella en un tono casi indiferente—, ¿la viste?

—¿Qué noche?

—Sabes a qué noche me refiero.

La frialdad de sus palabras provoca en Mario una sensación inesperada.

—Cariño, ¡yo no he matado a nadie!

Nadia asiente como dándole la razón, y pregunta con total tranquilidad:

—¿Dónde estuviste esa noche?

Se miran fijamente y Mario ve en ese momento a la verdadera persona que se esconde tras esa mujer de aspecto frágil y maneras educadas; observadora, paciente, comprensiva... La mujer que se ha entregado incondicionalmente a él y le ha dado todo lo que una persona que ama a otra puede entregarle. La mujer que hasta ese momento era su mejor aliada y no había tenido motivo de mostrar la versión de una mujer dolida por la traición. La mujer que podría convertirse en su peor enemiga de la noche a la mañana.

—Está bien —dice al fin Mario—. Hay algo más que tengo que contarte.

Nadia espera, paciente, como si haber confesado una infidelidad que además ha quedado registrada en vídeo con una mujer que ha sido asesinada hace unas pocas horas fuera lo más normal del mundo.

—Esa noche —comienza despacio, traga saliva varias veces— estuve no muy lejos de aquí. En una urbanización que hay cerca. En un chalet de..., bueno, eso es lo de menos ahora. —Vuelve a tragar saliva, se estruja las manos con nerviosismo—. El caso es que allí se celebran de vez en cuando partidas de póker.

Nadia sigue sin reaccionar, no dice nada.

—Son partidas... un tanto..., no del todo legales. Se apuesta mucho dinero, y yo... —comienza a sollozar— tengo un problema. Lo siento mucho, de veras que lo siento, cariño. He tratado de...

El llanto ahoga sus palabras.

—Mentiste a la Policía —dice Nadia al fin—. Mentiste y yo mentí también por ti, y eso significa que te encubrí.

Mario suelta una risa tonta.

—No me has encubierto. ¡No lo has hecho, porque yo no he hecho nada, joder!

Él se levanta de la silla con rabia y se lleva las manos a la cara con desesperación. Los ojos de Nadia se empañan y por primera vez muestra alguna emoción.

—¿Estabas enamorado de ella? —murmura con voz quebrada.

—¿Qué? ¡No, no!

Mario se acerca, pero se detiene a unos pocos centímetros de ella. Le gustaría coger sus manos.

—Te quiero. Fue un error y lo siento muchísimo, cariño. Ojalá nunca hubiera ocurrido...

Nadia no puede evitarlo y las lágrimas comienzan a derramarse mejilla abajo.

—Soy tu mujer... todavía. —Traga saliva. Una lágrima serpentea silenciosa hasta la comisura de los labios—. Por eso necesito que me cuentes la verdad, Mario. ¿Estabas enamorado de ella?

Mario la mira fijamente.

—No, tú eres la mujer de mi vida.

Nadia baja la mirada al suelo.

—Márchate de casa.

—Cariño...

Él intenta tocarla, pero ella levanta una mano para impedírselo.

—Vete.

Nadia se incorpora, coge a su hijo sin mirar siquiera a Mario y sube las escaleras. Entra en su dormitorio y cierra la puerta.

Todo se ha acabado.

Segunda parte

La primera vez que me engañes, será culpa tuya;
la segunda vez, la culpa será mía.

Proverbio árabe

16

Portugal y Rossi se encuentran en una de las entradas de Valdevistas. No en la principal y, en teoría, la misma que Castañeda utilizó cuando se marchó aquella noche. Después de salir del bar han ido directamente hacia el hotel y Portugal se ha prestado voluntario —no tenía muchas ganas, pero le venía bien estirar las piernas— para hacer el recorrido andando desde el hotel hasta la urbanización. Ha empleado cincuenta y cinco minutos. En varias ocasiones se ha sentido seducido con la idea de dejar de fumar y apuntarse a un gimnasio, pero lo ha desechado por considerarlo totalmente inaceptable para alguien de barrio como él. ¿Y lo próximo qué sería?, ¿depilarse las piernas y ponerse un implante capilar?

Como es lógico, Rossi ha llegado antes. Estaba esperando con los brazos cruzados y una sonrisa de oreja a oreja. Después de toser durante cinco interminables minutos por la caminata han expuesto sus pareceres.

—Podría haberse registrado para que lo vieran en el hotel, pero sabiendo que no había cámaras de seguridad que lo grabaran. Deja el coche en el aparcamiento y se las ingenia para salir del establecimiento sin que lo vean. Camina hasta aquí. —Portugal señala un grupo de pinos que rodea la urbanización por esa parte—. Pudo entrar por cualquier sitio, evitando las vías principales para no ser visto y llegar hasta su casa. Entra, la asesina y regresa por donde ha venido. Se pone en situación y espera que lleguemos.

—Incluso de noche esto debe de estar todavía más desolado... ¿Podrías repetirlo cuando oscurezca?

Portugal se enciende un cigarrillo y expulsa una enorme nube de humo plateado.

—Ja, ja. Seguramente entró por el garaje. Para avalar la teoría del asesino entrando por la ventana —aventura—. Hay que preguntarles a los de Científica si han encontrado restos de tierra en el suelo del garaje que pudieran provenir de este camino. También en su coche.

Rossi asiente.

—Si entra por el garaje tendría que llevar una mochila donde guardar el traje, guantes, calzas y el arma del crimen. Se lo pone antes de entrar. Sube hasta el dormitorio y la asesina. Se lleva su móvil. ¿Por qué? Porque podría contener algo comprometedor que no aparece en el listado de llamadas ni en su nube. Sale...

—Yo creo que lo hizo por esa ventana del sótano. La parte de atrás de su casa da a ese bosque, mientras que la puerta del garaje da a la calle principal. Lo podría ver cualquiera.

—Venga, vale, ventana. ¿Y después?

Portugal, apoyado sobre el coche de Rossi con las manos una sobre la otra, frunce el ceño.

—Que lo guarda todo en una bolsa de basura, pero... ¿dónde se deshace de ella?

—Se han revisado todos los contenedores de la urbanización y los lugares donde se pudiera tirar o esconder una bolsa de basura más o menos voluminosa. No hay nada. Tampoco en su casa, que se ha registrado milímetro a milímetro.

—¿Enterrada?

—Hay zona boscosa y monte bajo en todos los alrededores. Podría ser una opción, pero hubiera dejado huellas en la tierra al ir de aquí para allá, y la Guardia Civil, que ha rastreado esas zonas, dice que no ha encontrado nada. Tiene que haber algo más que se nos escapa.

Portugal apaga el cigarrillo en un lateral de la cajetilla y mete la colilla dentro. Entonces sube por el camino por el que se accede a la urbanización; a diferencia del sendero por el que ha venido, este se encuentra asfaltado. A la izquierda está la caseta del jardinero. El camino se adentra serpenteando entre árboles de copa baja y parterres de setos grandes. Puede ver parte de las primeras casas de la urbanización desde allí. Mira a su alrededor. El rumor del tráfico es inexistente. Escucha de fondo los pájaros. Se detiene y se fija en una tapa de alcantarilla. Hay polvo y arena cubriendo las hendiduras. Parece bien sellada, como si no hubiera sido abierta en mucho tiempo. Se agacha, y sus rodillas se quejan crujiendo como una cáscara de nuez al partirse. Cómo odia hacerse mayor.

—¿Se han revisado las alcantarillas?

Rossi se acerca a él.

—No.

Portugal se incorpora como puede. Joder, cómo le duelen todos los huesos. Rossi se aguanta la risa.

—¿Necesitas ayuda, abuelo?

—Métete en tus asuntos.

Caminan de vuelta al coche.

—Si hubo un traje de protección lo tuvo que comprar en algún sitio —comenta Rossi.

—En Amazon puedes comprar los que quieras por cuatro chavos y encima te lo entregan antes de veinticuatro horas en tu casa.

—Pero deja un rastro digital. Si preparas algo tan bien no vas a dejar que te pillen por un error de novato.

—Pues en el chino de la esquina.

—¿Te imaginas a Castañeda comprando en un chino?

—Yo compro las grapas en el chino y no pasa nada.

—Tú eres de barrio.

—No te metas con mi barrio.

Ambos se suben al coche y Portugal propone:

—Hay que decirle a Silvia que rastree los movimientos bancarios de Castañeda —lo dice mientras se acomoda y se pone el cinturón de seguridad.

—Y las alcantarillas. Voy a decirle a Salvador que primero se ponga con las que están más cerca de la casa de Castañeda, por si se han movido recientemente. Averiguar dónde llegan también ayudaría.

Portugal asiente.

—Oye, ¿no sabemos nada de las pruebas de paternidad todavía? —pregunta él.

En ese momento suena el móvil de Rossi, que no puede evitar sentir una leve punzada de alegría al ver que se trata del número de la doctora Elena Espinosa.

—¿Anabel? —pregunta Espinosa al otro lado.

—Hola, Elena. —Pulsa el botón de altavoz—. Estábamos pensando precisamente en ti en estos momentos.

—Qué bien. Yo pienso en vosotros todo el tiempo.

Portugal y Rossi se sonríen.

—Seguro que en unas más que en otros —dice él relajadamente.

—Ya sabes que aquí los galones hay que ganárselos, Juanito. —Carraspea y cambia a un tono más profesional—. Bueno, os llamaba por lo de las pruebas de paternidad de Valeria Donoso.

—¿Ya las tienes?

—Eso es, y con una certeza del 98,75 por ciento. ¿Queréis saber quién es el padre?

El dolor por la traición es demasiado intenso. Tanto que no puede ni llorar. La rabia nubla su juicio. Ya no cree ninguna de sus palabras. Todo se terminó. Mira a su alrededor: el hogar que construyeron juntos no es más que un decorado como el de las películas: totalmente falso. Tiene que salir de allí, no puede quedarse ni un minuto más, las paredes la oprimen. Pero ahora no puede desfallecer; tiene un hijo por el que luchar. Él es el motivo para seguir adelante. Necesita alguien, una amiga. Piensa en la doctora Bellver, también piensa en Blanca.

—¿Estás en casa? —pregunta después de que responda al teléfono.

—Sí, ¿qué ocurre?

Las lágrimas que le resbalan mejilla abajo queman como si fueran ácido.

—¿Puedo ir?

—Claro.

Nadia trata de contenerse, pero en cuanto entra por la puerta de la casa de su vecina con Daniel en el cochecito se echa a llorar. Blanca siempre ha sabido consolarla, y ha sabido qué decir y cómo decirlo. Tiene ese don, aunque a veces las palabras hieran.

Ya en la cocina, con Daniel sobre su regazo, le cuenta la detención de Mario y el motivo por el cual la Policía sospecha de él. Blanca no ha abierto la boca hasta pasado un rato.

—Joder...

Nadia se limpia las lágrimas. Tiene los ojos enrojecidos, aun así, saca una sonrisa para su niño.

—Pero tiene que haber una explicación, Mario no es...

—¿Un asesino? Puedes decirlo. La Policía ya lo piensa.

Decir eso en voz alta la mortifica aún más. Se trata del hombre del que todavía está enamorada. El hombre con el que hace tan solo unas horas compartía su vida y tenían un proyecto en común. Se le parte el corazón.

—No puede ser —afirma Blanca con rotundidad. Coge a Nadia por los hombros—. Escúchame bien: Mario no es ningún asesino. Es infiel, bueno, ¿y qué? Sí, como todos, sé cómo suena, pero ahora que nos estamos sincerando, yo también te podría hablar de Julián...

—Blanca, Julián está muerto.

Nadia es tan rotunda que Blanca decide callarse la boca.

¿Debería hablar con la Policía y contarles aquello que sabe? La noche que Valeria fue asesinada Mario no estaba en la cama. No cree ni por asomo eso de la partida ilegal de póker, no puede dejar de buscar excusas. No después de lo que ha pasado.

—¿Crees que debería preguntarle a la Policía?

—¿Preguntarles?

—Quiero saber la verdad. Ya no me creo nada de lo que me cuenta.

Blanca hace un gesto de desdén.

—La Policía no te dirá nada. Ellos no dicen, ellos preguntan.

La imagen del encapuchado bajo las ramas de aquel árbol se abre paso a través de su mente. Parece tan real como la imagen que tiene de Blanca en ese momento, frente a ella. La imagen de Mario llegando de madrugada aquella noche no desaparece de su pensamiento.

—¿Y si fuera yo quien les contara algo?

Sin darse cuenta, Blanca echa su cuerpo hacia delante.

—¿Qué quieres decir?

Confesar que Mario no estaba en la cama en las horas en las que supuestamente Valeria fue asesinada sería un antes y un después en ese asunto. Imagina contándoselo a la Policía. Lo detendrían, con toda seguridad, y seguro que su abogado no podría sacarlo de la cárcel con tanta facilidad.

—Nada. Creo que estoy un poco alterada, perdona.

Blanca asiente. Intenta sonreír, pero solo consigue esbozar una rara mueca.

Sí, sería su condena, y ella, su verdugo. Ahora se da cuenta de que la vida de su marido, más que nunca, está en sus manos.

Caminando por el pasillo hiperiluminado del Instituto Anatómico Forense, Rossi tiene sentimientos encontrados. Quiere coger al cabrón —o cabrona— que ha matado a esa mujer y hacer su trabajo lo mejor que pueda, pero también disfrutar de la vida, caramba. Esa noche ha quedado con Elena para ir a ver *La Traviata* en el Teatro Real y está muy ilusionada con esa cita. La parte amarga de esa historia tiene que ver con su padre, don Diego Rossi del Páramo, juez de larga trayectoria profesional y vicepresidente del Tribunal Supremo, que se sintió profundamente decepcionado cuando descubrió que su preciosa niñita era lesbiana de los pies a la cabeza. Y no lo descubrió precisamente a través de una conversación formal, como en las películas de mediodía. Fue duro para él y para ella. Se sintió culpable y en más de una ocasión deseó no haber nacido. Durante un tiempo la autolesión fue el modo en el que purgaba su dolor. Un día, su madre descubrió los cortes en brazos y muslos, y en secreto acudieron a un médico amigo de la familia que la miró como si fuera un bicho raro. Era su único apoyo. Pero entonces una muerte súbita y silenciosa se la llevó por delante dejándola sola y sin esperanza de reconciliación.

La amargura de ese pensamiento se torna alegría cuando la ve en su despacho. Elena Espinosa lleva un vestido de cuadros y calzado plano. Sus piernas son estilizadas y, para Rossi, sublimemente perfectas. Con ese corte y color de pelo le recuerda a la actriz Charlize Theron.

La doctora le sonríe y los invita a sentarse en las dos sillas que hay frente a su escritorio y les tiende un informe mecanografiado con su firma estampada a pie de página.

—98,75 por ciento es mucho —murmura Portugal leyendo el informe por encima.

—Yo diría que bastante —contesta Espinosa todo rigurosa.

—Y... —prosigue Portugal— no es Castañeda.

—No, ¿te sorprende?

—Yo ya no me sorprendo de nada.

Grapada al informe hay otra hoja más. Se trata de una fotocopia a la que Portugal da la vuelta. Frunce el entrecejo.

—Un día de estos me veo en la cola del paro... Nos vais a quitar el trabajo. Sí, tú ríete.

Espinosa mira a Rossi con una sonrisa cómplice y un brillo de deseo bien camuflado. El mismo que se adquiere tras tantos años ocultándolo.

Portugal observa la fotocopia donde aparecen los datos de alguien, pero no su fotografía.

—Y tampoco es... Mario Silva. —Levanta la cara y mira con extrañeza a Espinosa y a Rossi, alternativamente—. ¿Quién cojones es este tío?

Rossi le arranca el documento de las manos.

—Yo sí lo sé, MacGyver. —Se levanta e insta a que su compañero haga lo mismo.

Pero antes de salir del despacho Rossi le acaricia el dorso de la mano a Espinosa y formando con la boca un «nos vemos esta noche».

Michal Grabowski.

Sí, claro. Ahora Portugal lo recuerda perfectamente. Es el jardinero que trabaja en Valdevistas. Portugal también recuerda su expresión al saber que Valeria había sido asesinada. Se quedó sin habla y pálido como una pared recién encalada. Ha visto miles de expresiones y aquella parecía genuina. También recuerda haber visto miles de expresiones que *a priori* parecían genuinas y luego resultaba que eran las que ponían de manera muy convincente asesinos, violadores y pederastas, por citar solo algunos ejemplares.

Tiene una página web donde anuncia su negocio. La inspectora Rossi opina que es muy bonita. Él no entiende de páginas web ni de redes sociales. No le gusta internet y se empeña en hacerlo todo a la vieja usanza. Aunque sabe que sus días de cascarrabias anti *todo lo que tenga que ver con lo nuevo* llegarán más pronto que tarde a su fin.

Marcan el teléfono que aparece en la web del jardinero y esperan que este descuelgue:

—Jardines de ensueño, dígame.

Responde con fuerte acento polaco. Vaya nombrecito para un negocio, piensa Portugal poniendo los ojos en blanco.

—¿Señor Grabowski?, ¿Michal Grabowski? —pregunta Rossi sujetando el móvil en modo altavoz.

—Sí, soy yo —contesta con cautela.

—Señor Grabowski. Soy el inspector Portugal, de la Policía Judicial, y estoy aquí con mi compañera, la inspectora Rossi. Nos gustaría hablar con usted en persona.

Hay un silencio de unos segundos.

—Ustedes son los policías del otro día, ¿no?

—Eso es. Necesitamos hacerle unas preguntas, ¿podría venir a comisaría?

—Pero yo no sé nada —contesta a la defensiva—. Ya les dije todo lo que sabía el otro día...

—Lo entendemos, pero aun así necesitamos hablar con usted.

Grabowski exhala un suspiro de frustración.

—A ver, estuve de viaje, ya se lo dije. Tuve que ir a recoger a mi primo a Valencia...

—Usted conocía más de lo que nos dijo a Valeria —lo interrumpe Rossi con firmeza—. ¿Verdad?

Otro largo silencio.

—Yo... Prefiero hablar con un abogado antes de responderles.

—Señor Grabowski, estamos investigando un crimen —prosigue Rossi con el mismo tono exhortativo—. Y como se puede figurar, se trata de algo muy grave. Y le digo que no lo citaríamos si no fuera necesario, ¿entiende lo que le digo?

—Sí, claro —murmura de mala gana.

—Usted elige: o viene, o vamos a por usted.

—Vale —contesta finalmente.

Michal Grabowski se sienta en la sala de interrogatorio de siempre. Finalmente se ha presentado solo. Viste un jersey de lana gorda de color verde y en el pecho lleva estampado el logotipo de su empresa. Tanto los pantalones como las botas tienen restos de césped seco. Huele a sudor, hierba y a pesticidas. Permanece con sus anchos hombros hundidos y la cabeza gacha. Apoya sus manos curtidas por el trabajo manual, entrelazadas sobre la superficie de la mesa. Parece tranquilo; su mirada no.

La luz de encima de la puerta pasa de rojo a verde. La inspectora Rossi recita la frase introductoria de siempre acerca de la voluntariedad de ese interrogatorio y sus derechos. Él apenas asiente.

—Señor Grabowski, cuéntenos la verdad —prosigue Rossi con tono cortante—. Sabemos que tenía una relación con la señora Donoso.

El jardinero se frota las manos con nerviosismo. En apenas unos segundos se derrumba y comienza a llorar sin consuelo. Como si no pudiera aguardar más para hacerlo. Los inspectores le dan unos segundos de respiro.

—¿Quiere agua?

—No —niega—, estoy bien. Gracias.

Grabowski mira la cámara de vídeo que hay sobre la puerta y luego al cristal negro que tiene a su izquierda. Traga saliva antes de seguir.

—Valeria y yo estábamos enamorados. Nos conocimos en la urbanización. Al principio era una clienta más para mí, pero enseguida surgió la chispa. No podía dejar de pensar en ella. Y a ella le ocurría lo mismo. Era algo imparable.

—¿Cuánto tiempo duró? —pregunta Rossi. Su tono ahora es más sereno.

—Cuatro meses o así.

—¿Y la cosa iba en serio?

Grabowski mira a Rossi.

—Sí, iba en serio.

—¿Sabía que Valeria estaba embarazada? —pregunta Portugal.

Grabowski se sorprende, pero pronto comprende que tal vez sea ese el motivo por lo que lo han descubierto.

—Sí, lo sabía.

—¿Qué ocurrió?

Grabowski exhala el aire de sus pulmones con fuerza. Su gran pecho se hincha y se deshincha.

—Ella me lo dijo una semana antes de que... —las lágrimas brotan de sus ojos, su voz se empaña— fuera asesinada. Quería que nos fuéramos juntos, que huyéramos.

—¿Y usted qué le dijo?

—Le dije que debía abortar, que no era buena idea.

Un atisbo de indignación aparece en la mirada de la inspectora, por lo que Grabowski intenta justificarse.

—¡Yo la quería! —clama con vehemencia—. Pero tengo una familia que depende de mí. No podía dejar a mi familia, ¿entienden?

—Lo único que entendemos —espeta Portugal— es que Valeria fue asesinada brutalmente y usted tenía un motivo para hacerlo.

Grabowski lo mira asustado ante la perspectiva de lo que se le podría venir encima.

—No, no, no... Yo no la maté. Lo juro.

—¿Dónde estuvo la madrugada de la noche del lunes pasado?

—Ya se lo dije. Estaba en Valencia. Mi primo venía de Cracovia. Fui a recogerlo al aeropuerto. Luego fuimos a casa de unos amigos que viven allí y estuvimos cenando por ahí. Bebimos bastante y se hizo tarde, así que me quedé a dormir en casa de esos amigos. Lo juro.

Saca su móvil y busca un número en la agenda.

—Este es el teléfono de mi primo Stefan, él les puede decir...

Continúa buscando más números con urgencia.

—Y aquí está el de Piotr, Laska y Kassia, todos ellos estaban conmigo esa noche.

Los inspectores se miran.

—Lo haremos, señor Grabowski. Facilítenos todos esos números, así como el lugar donde estuvo cenando y todos los lugares que recuerde.

—Sí, sí, claro, por supuesto —asiente más animado, entendiendo que esa noche no irá a la cárcel y volverá a casa con su familia.

17

Nero lo llamó anoche, para recordarle que el plazo que le dio hace dos días vence en las próximas horas. Le queda menos de un día para saldar sus deudas y Mario no sabe de dónde sacar los sesenta y cinco mil euros que le debe.

Todo ha salido mal y no sabe qué hacer. Encima, Nadia lo ha echado de casa. La noche anterior durmió en el sofá de su despacho y Alonso lo ha despertado temprano. Anoche habló con él. Le dijo que tenía un problema. En cuanto le contó que se trataba de dinero, Alonso se desentendió. Le dijo que hablarían por la mañana.

—¿Qué? —grita Alonso cuando le cuenta en detalle.

—No grites, por favor. —Él está sentado y Alonso de pie. A esas horas todavía no hay nadie más en las oficinas.

—¡Pero eso es mucho dinero!

Sí, lo sabe, y esa cantidad adquiere otra dimensión cuando no la tienes y debes pagarla con urgencia a alguien como Nero.

—Necesito que me ayudes, Alonso —exclama incorporándose y cogiendo a su socio por los hombros—. Necesito ese dinero. ¡Por favor!

Alonso se separa de él y lo mira con una sonrisa de estupor.

—¿Y crees que yo tengo esa cantidad?

—Es un caso de vida o muerte…

—Venga, no exageres… —Alonso se pasa la mano por la cabeza para comprobar que los cuatro pelos grasientos que le quedan están en su sitio.

Mario vuelve a coger a Alonso por los hombros.

—Alonso, necesito ese dinero. Te lo devolveré. Te lo juro.

Pero su socio vuelve a separarse de él, esta vez de peor gana.

—¡Que no lo tengo, joder!

Lo mira con inquina.

—¿Sabes cuánto dinero tengo en mi cuenta? No llega a dos mil euros. —Alonso hace un gesto de impotencia—. Si no fuera porque mi mujer trabaja en la asesoría no tendríamos ni para comer. Menuda mierda de negocio: solo da para pagar facturas y más facturas. Estoy hasta los putos cojones.

Mario se deja caer en el sofá con el pánico royéndole las tripas. Alonso lo taladra con la mirada.

—Macho, es que no sé cómo cojones te has metido en este lío: ¡65 000 euros! Ya te advertí que con esa gente no se juega, ¡pero tú, nada!

Se escucha el ruido de una puerta al abrirse. Un par de limpiadoras aparecen. Entran con su carrito. Las mujeres se dan cuenta de que están en el despacho de Mario. Alonso saluda con la mano. Una de las limpiadoras mueve ligeramente la cabeza y comienza con su trabajo.

—Yo que tú haría las paces con tu mujer.

Alonso se arregla la chaqueta y sale de la oficina de Mario. Sabe que no va a conseguir el dinero. Nada ha salido cómo él esperaba. Tiene que pensar en el siguiente movimiento. Tiene que hablar con ella y conseguir que lo perdone.

Porque si no es así, estará bien jodido.

Tu marido oculta algo más que una infidelidad. Tiene un plan para ti. No me creo que no sepas de qué se trata.

Es curioso. Después de recibir ese mensaje, Mario la ha llamado varias veces. No ha contestado a sus llamadas. Minutos después, Mario le ha enviado un mensaje de audio por WhatsApp. Y tampoco lo ha escuchado. Pasados varios minutos, le ha vuelto a enviar más mensajes de texto.

Por favor, Nadia, hablemos. He cometido un grave error y lo siento. Te quiero mucho. A ti y a Daniel. Sois todo lo que tengo. Sé que soy un miserable y que no te merezco, pero solo quiero que hablemos. Por favor.

No ha mencionado en ningún momento el crimen, ni por supuesto el momento en el que llegó de madrugada a casa. Ni hablar de sacar el tema. Porque podría volverse contra él. Porque estaría confesando que había mentido, nada menos que la noche que una mujer fue asesinada en su misma calle, una mujer con la que había mantenido una relación sexual. Nadia no se traga lo de un solo polvo. Nunca es uno solo, siempre hay más, muchos más.

Tampoco ha mencionado la excusa rebuscada de la partida de póker. No se lo cree, es una acción a la desesperada. Aunque si hipotéticamente fuera cierta, y solo hipotéticamente, tendría que demostrar que ese chalet donde se celebran timbas ilegales existe. Y que esa noche estuvo allí. Esos testigos asegurarían —habría que ver qué tipo de testigos— que estuvo con ellos jugando al póker hasta las cuatro o cuatro y media de la madrugada como mínimo. Pero si en lugar de eso, hubiera abandonado el chalet una hora antes sin que nadie se diera cuenta, le daba tiempo para asesinar a Valeria y regresar a su casa, darle un beso de buenas noches a su hijo y esposa, y después, meterse en la cama con la satisfacción del deber cumplido. Eso le proporcionaría una coartada más o menos convincente en caso de que su esposa finalmente decidiera traicionar a su esposo y contar la verdad.

O está desesperado o es más listo de lo que pensaba.

Luego Nadia llama a la doctora Bellver. Necesita urgentemente hablar con alguien de confianza. Tiene que insistir un par de veces, pero al final contesta. Está fuera, de viaje, hasta el día siguiente. Pasando unos días con una amiga en París.

Le cuenta que su marido fue interrogado por la Policía y pasó una noche en el calabozo. La doctora se queda sin habla durante varios segundos.

—¿Y por qué me cuentas esto? —responde aturdida—. Nadia, debes ir a la Policía inmediatamente y contárselo a ellos. Una mujer ha sido asesinada, y tal vez tu marido...

—¿Crees que es un asesino?

—No lo sé, Nadia. Yo no soy quién para decirlo. Pero tú estás ocultando información que podría ser relevante para una investigación policial. Podría ser un delito. ¿Lo has pensado?

Claro que lo ha pensado, pero ella no está casada ni tiene pareja. No tiene ni idea de lo que pasa por la cabeza de una mujer que tiene la sospecha de que el hombre al que ama pueda ser un asesino.

—Sí, tienes razón. Debería hacerlo.

Bellver exhala un suspiro mientras de fondo se escucha el barullo de una calle céntrica.

—Todo irá bien. Ya lo verás.

No, no irá bien. Nunca va bien. Es la frase más falsa que existe. Recuerda que cuando hablaba con ella también solía usar esa frase tan manida para tranquilizarla. Durante mucho tiempo fue su único apoyo. De no ser por ella tal vez las cosas fueran muy distintas en ese momento. Pero aquello forma parte del pasado. Ahora se encuentra en una difícil encrucijada y debe tomar la decisión correcta. Sabe que está preocupada por ella y que solo debe darle un motivo más para que acuda a la Policía, si no lo tiene ya.

¿Y qué pasaría si habla con la Policía y les cuenta lo mismo que le ha contado ella? ¿Creerían que esa mujer habría sido capaz de matar a otra por celos? ¿Sería capaz de matar a alguien que pudiera ser un obstáculo para preservar lo que más ama?

¿Es posible que la Policía lo crea ya?

Michal Grabowski tiene coartada. Y bastante sólida. La triangulación de su móvil lo sitúa en Valencia capital la noche en que se cometió el crimen. Los compañeros policías de la ciudad del Turia han tenido la deferencia de interrogar a las personas que Grabowski citó como testigos presenciales. El dueño de un restaurante en el que estuvo cenando en el barrio de Ciutat Vella asegura que vio a Grabowski en compañía de varias personas, tal y como él describió. Además, una camarera se acordaba especialmente de él. Al parecer, se sintió bastante atraída por el polaco. Tanto que le pidió su número de teléfono, pero él no se lo dio.

Sobre su mesa, Rossi lee el informe que le pidió a la Brigada Científica: no han encontrado restos de tierra procedente del camino que comunica la urbanización con el hotel donde Castañeda pasó la noche, ni en el garaje de su casa ni en su coche. También han conseguido acceder a la nube del teléfono de Valeria. Celebran que hubiese optado por guardar copias de los chats de WhatsApp. Encuentran valiosos mensajes de audio entre ella y Grabowski. Sin duda, ella estaba enamorada hasta el tuétano y quería comenzar una nueva vida junto a él. Por el contrario, Grabowski no lo tenía tan claro. Valeria habla de dinero. Asegura tener suficiente para largarse bien lejos y disfrutar de su romance allá donde quieran.

Y no se estaba refiriendo a los casi tres mil euros que Valeria tenía repartidos en tres cuentas corrientes. Esa supuesta gran cantidad de dinero, que, por ciento, nadie sabe dónde podría estar, sin duda debía de provenir del chantaje.

Quizá Castañeda descubrió que se iba a fugar con el dinero de ambos y la mató.

O lo hizo Silva, cuando, tratando de conseguir más dinero para fugarse con su amante, Valeria lo amenazó con contárselo a su esposa.

Especulaciones, sospechas y callejones sin salida, pero ninguna prueba que echarse a la boca.

Menos mal que la pasada noche fue alucinante. Todavía flotan en su memoria las imágenes de la velada vivida con Elena. Primero fueron a cenar a un restaurante cerca del Teatro Real. De entrada, se bebieron botella y media de un buen Chardonnay entre insinuaciones y sonrisas cómplices. Rossi ha visto más de diez veces *La Travia-*

ta, pero nunca con tanta ilusión por la compañía. Al terminar, era tarde y las dos tenían que madrugar. La noche era fría pero sus cuerpos ardían de deseo. Demasiado lejos para ir al piso de cualquiera de ellas, decidieron coger una habitación en el primer hotel que se cruzó en su camino. Al principio, las dos estaban muy nerviosas, pero pronto se dejaron llevar y se entregaron de tal forma que solo pudieron dormir un par de horas antes de ducharse, desayunar y marcharse corriendo al trabajo.

Portugal chasquea los dedos delante de su cara, y Rossi tiene que darle un manotazo.

—¿Qué haces?

—Qué haces tú —responde él, mirándola fijamente a los ojos—. Vaya cara que llevamos esta mañana...

Y cómo no sonreír: no deja de pensar en el cuerpo de Elena pegado al suyo. Estremeciéndose de placer. Hace un esfuerzo tremendo para pensar en lo que tienen entre manos. Grabowski tenía una relación muy intensa con Valeria Donoso y varios motivos para matarla, pero tiene coartada y un montón de testigos. Castañeda también tiene tanto unos cuantos motivos como una coartada que de momento no se puede refutar. Silva, por su parte, tenía mucho que perder. Tal vez su relación con Valeria no fuera tan efímera como él afirma. Su coartada solo está avalada por su esposa, que a esas alturas ya debe de tener conocimiento de la existencia del vídeo porno entre su marido y Valeria.

¿Y qué hay de Nadia? ¿Qué papel, si realmente juega alguno, tiene en esa representación? La inspectora Rossi le pidió al subinspector Tendero que indagara más en su vida. Lo cierto es que le cuesta imaginarla como a una asesina despiadada, incluso siente cierta empatía por esa mujer, aunque sería un error dejarla al margen solo porque le cae bien.

—Me pregunto qué estará pensando la mujer de Silva en estos momentos... —murmura la inspectora.

—En un clásico: cortarle las pelotas y envolverlas para regalo —comenta Portugal a la vez que se sienta en el sillón de su escritorio, al lado del de Rossi, y agita con un palito su café en vaso de cartón reciclado.

—No le habrá quedado más remedio que contárselo. Aunque me extraña que su mujer no nos haya llamado ya.

—Hay un proceso. Primero debe asimilarlo.

—¿Y si...? —comienza diciendo Rossi, pero se detiene.

—¿Qué? —Portugal menea la cabeza con un gesto de asco, tira el vaso de cartón a la papelera, enciende su ordenador y se pone sus gafas bifocales.

—¿Y si Silva salió de madrugada, asesinó a Valeria y regresó a su casa sin que su esposa se diera cuenta?

—Depende de cómo tenga el sueño la señora...

—Tal vez hasta incluso lo oyera llegar de madrugada. Hay mujeres que prefieren callar antes que romper en pedazos lo que tienen.

Portugal se encoge de hombros, parece más pendiente del documento de ordenador que tiene enfrente de él. Como no sabe mecanografía teclea solo con los dedos índice a la velocidad de una tortuga.

—Pero no es del todo descabellado, ¿verdad? —comenta Rossi.

—Por cierto, ¿sabes algo de nuestra querida agente Silvia Garay?

—Vamos a comprobarlo. Espera...

Coge su móvil y hace una llamada. Al tercer tono contesta la agente Garay.

—Dime.

—Silvia, ¿qué hay de los movimientos de Castañeda? ¿Has encontrado algo?

—Aún no. He revisado todas sus tarjetas y las compras que hizo desde hace seis meses hasta ahora. Básicamente usa sus tarjetas para pagar en los restaurantes donde va a comer. Gasolina y algunas compras pagadas directamente en los establecimientos, como unos pantalones, una chaqueta y unas camisas. Compra muchas camisas, pero de compras por internet, nada de nada.

—Es más tradicional, como nuestro amigo Juan.

Portugal, que sigue peleándose con el teclado, mira por encima de las gafas a Rossi al escuchar su nombre.

Garay suelta una risita.

—Con Juan rompieron el molde. No creo que exista otro igual.

—Sigue indagando, y avísame si encuentras algo. Gracias, Silvia.

—Perfecto.

Rossi deja el móvil sobre la mesa y se repantinga en su silla, que cruje con un sonido neumático. Vuelve a coger su móvil, marca un número, y contestan después del primer tono.

—Hola —responde la voz del subinspector Tendero. Curiosamente está al otro lado de la sala, a unos pocos metros en realidad. Con el móvil en la oreja, sonríe y la saluda con la mano, hasta que Rossi le devuelve el saludo.

—Salvador, ¿has avanzado algo con lo de las alcantarillas?

—¿Qué pasa, que la noche fue intensa?

Y Rossi sonríe repantingada en su silla, moviéndose de izquierda a derecha. La verdad es que todavía le duelen las piernas de todas las posturas acrobáticas que tuvo que poner en práctica después de tanto tiempo.

—Está visto que aquí no se puede guardar un secreto. Vaya panda de cotillas.

Tendero se ríe por lo bajo.

—He hablado con un funcionario del departamento de alcantarillado de Madrid. Bajo la ciudad está todo en plano, pero en el extrarradio no tanto. Dice que no sabe con seguridad a dónde desemboca ni cuál es el recorrido.

—No me jodas.

—Las aguas residuales van a parar a varias estaciones depuradoras. En Madrid hay cuatro: Viveros de la Villa, La China, La Gavia y Rejas. Por la situación, presume que lo que llegue de Valdevistas debe ir a parar a La Gavia. Ayer por la tarde fui con un funcionario municipal a revisar si las tapas habían sido removidas recientemente.

—¿Y?

—Que no está seguro. Abrimos todas las tapas del alcantarillado de Valdevistas, y si alguien tiró algo por allí tal vez llegue al final del recorrido o quizá se quede atascado en algún punto y sea del todo irrecuperable. Me dijo que hay tramos en los que no podría entrar ni el Robin Hood de Vallecas.

—Mierda —murmura Rossi, frustrada por ver como otra posibilidad se esfuma ante sus ojos.

—Puedo hablar con alguien de las plantas más cercanas, a ver si suena la flauta.

—Hazlo, por favor. —Se queda en silencio un momento—. Una cosa más, ¿puedes investigar a Mario Silva?

—Claro, cuando tenga un hueco.

—Tenme informada.

Cuelga y levanta el pulgar hacia Tendero en señal de agradecimiento. Mientras, Portugal recibe una llamada a su móvil, pulsa descolgar y a continuación da al botón modo altavoz. En un arranque de virtuosismo, pulsa al mismo tiempo una tecla del teclado de su ordenador y la pantalla se queda repentinamente en negro.

—Pero qué cojones… —murmura malhumorado.

—¿Inspector Portugal?

—¡Sí! —grita al móvil—. ¿Qué pasa?

—Soy el agente Ramos —contesta el policía algo cohibido—. En recepción hay un señor llamado Guillermo Collada que quiere hablar con usted. Me ha dicho que es sobre unos vídeos. Se pusieron en contacto hace unos días para declarar, pero rehusó hacerlo. Me dice que ahora sí quiere que le tomen declaración.

Guillermo Collada está hecho un flan cuando entra en la sala de interrogatorios acompañado de los inspectores. La mira de arriba abajo como si fuera una celda. La inspectora Rossi, amablemente, le invita a que se siente y le ofrece algo de beber. Él niega con la cabeza por respuesta. Portugal no puede dejar de pensar en la imagen de Collada en el vídeo sexual con Valeria. Es un hombre no muy alto y barrigudo, con el cabello blanco y escaso. La colonia que usa le recuerda a la que usaba su propio padre, o a una muy parecida. Tendrá unos cincuenta y tantos años, pero está avejentado. Por su forma de vestir y actuar quiere dejar claro que le va bien en la vida. Desde luego no lo imagina como el prototipo de hombre de Valeria, salvo para su negocio de chantaje, que ahí sí que encaja a la perfección.

—La conocí en Tinder. Ella se hacía llamar Paula. Me dijo que buscaba a un hombre educado que supiera complacer a una mujer. Dijo que le gustaban los hombres mayores y que estaría encantada de conocerme.

—¿Cuántas veces la vio? —pregunta Rossi.

—Solo una vez —contesta tras carraspear—. Quedamos en un restaurante para cenar. Ella era... muy atractiva. Me quedé prendado nada más verla. Hacía tiempo que no estaba tan nervioso con una mujer.

—¿Y qué pasó después? —continúa Rossi.

—Pues... ya en el restaurante se puso muy cariñosa y empezó a jugar conmigo. Se descalzó un pie y lo puso en mi... —carraspea— entrepierna. Era muy embarazoso, pero a la vez muy excitante. Ella insistió en ir a un hotel. Dijo que conocía uno muy discreto donde nadie nos molestaría. —Niega con la cabeza—. Tenía que haberme dado cuenta de que había algo más. Una mujer así nunca se había fijado en mí y no quise dejar pasar esa oportunidad.

—Y tuvieron sexo, ¿no?

Collada mira a los inspectores alternativamente con ojos lánguidos. Imagina que habrán visto el vídeo y su escasa pericia en las artes amatorias. La misma grabación que a punto estuvo de arruinarle la vida. No puede evitar sollozar y ni siquiera responde con palabras.

Rossi asiente con gesto comprensivo.

—¿Qué pasó después?

—Cuando terminamos ella se vistió rápido y se marchó. Yo estaba tomando una ducha y me dijo que me llamaría pronto. En ese momento comencé a pensar en el error que había cometido, pero no quise darle más vueltas. Al día siguiente, estaba en mi empresa, trabajando como un día cualquiera, pero no dejaba de mirar el móvil, por si me había enviado algún mensaje. Después de mediodía, sin dejar de pensar en que algo no iba bien, le escribí un mensaje por WhatsApp. Tardó algo así como media hora en contestar, pero no había texto, solo un vídeo. Cuando pulsé para verlo se me cayó el alma a los pies.

Collada comienza a llorar. Las lágrimas le caen como chorreones por su rostro de bronceado artificial.

—Señor Collada, ¿se encuentra bien? —se interesa Rossi acercándose más a la mesa.

—Sí, gracias.

—¿Le envió algún mensaje de texto?

Collada asiente.

—Claro que sí. Muy corto y muy escueto: decía que debía pagar seis mil euros esa misma noche si no quería que el vídeo se difundiera masivamente. Borré el mensaje y el vídeo y todo el historial de chat. Al momento, me escribió otro: decía que estuviera con el dinero en una cafetería que hay en la calle Menéndez Pelayo. Me advirtió de que no habría una segunda oportunidad; si no aparecía, se lo enviaría a mi familia y amigos.

—¿Acudió a la cita?

—Sí, una vez allí me dijo que dejara el sobre con el dinero dentro del urinario del fondo, y así lo hice.

—¿Fue ella a recoger el dinero?

—No lo sé. No volví a verla hasta que vi las noticias de Telemadrid con lo de su asesinato en Valdevistas. —Niega apesadumbrado—. Siento reconocerlo, y que Dios me perdone, pero me alegré de que hubiera acabado así.

Rossi mira para otro lado mientras se frota las manos a la vez que Portugal se apoya sobre la mesa.

—¿Volvió a ponerse en contacto con usted? —pregunta por primera vez Portugal.

—Por suerte, no.

Portugal coge su móvil y lo desbloquea con el dedo índice. Entra en la galería de fotos y le muestra una fotografía. Se trata de Castañeda.

—¿Vio a este hombre esa noche en la cafetería que menciona?

Collada abre mucho los ojos, por un momento es como si reviviera aquel momento.

—Sí, me acuerdo perfectamente —afirma—. Estaba sentado a la barra, al lado del aseo. Me fijé en él porque se parece mucho a este actor, ¿cómo se llama? Hace muchas películas y series. Vimos una de él, mi mujer y yo, hace poco en Netflix.

—¿José Coronado?

—Eso es, José Coronado.

Los inspectores se miran de reojo.

—¿Lo vio entrar al aseo?

—No exactamente, porque me fui de allí rápido —afirma—, pero no pude evitar esperar un rato en la esquina de enfrente. Ya no sentía miedo, sino rabia. No sé qué pensaba. Al cabo de unos minutos lo vi salir de allí. Caminaba deprisa, mirando a un lado a otro, se perdió por una calle y ya está.

Esa misma tarde Fernando Castañeda fue detenido y puesto a disposición judicial. Además de Collada, dos hombres más acudieron a dependencias policiales a denunciar a Castañeda como el hombre que los chantajeó hace unos meses, junto con su esposa, Valeria Donoso, ahora fallecida. El abogado de Castañeda, Martín de Ledesma, se presentó en la comisaría donde lo tenían retenido, vociferando y amenazando hasta a la mujer de la limpieza con acciones legales de gran repercusión. Textualmente gritó desaforadamente: «Se le va a caer el pelo hasta a Portugal».

Sin embargo, horas después y tras la presión ejercida por todo el mundo, Castañeda se derrumbó y confesó su participación en los hechos. En una visita privada con su abogado, éste le recomendó que a partir de ese momento guardara silencio. Iban a preparar la defensa demostrando que él solo actuó como partícipe pasivo, y aduciendo que su esposa, además de cerebro, tuvo la culpa de todo.

18

Nadia no coge sus llamadas. También le ha dejado varios mensajes de WhatsApp, incluso audios suplicándole que lo perdone, pero no se ha dignado ni a mirarlos, ni siquiera aparece el doble check azul. No puede evitarlo y le da una patada a la endeble mesita que tiene delante; la lamparilla de plástico sale volando. Mira a su alrededor con rabia. La habitación donde se encuentra es rectangular y estrecha. El mobiliario debe de ser de antes de la Guerra Civil, y la colcha que cubre la cama huele a humedad y a mierda de gato: no le extraña que nunca se haya alquilado ese piso. Es tan feo que ni los okupas se atreven a entrar en él. No puede creer que esté allí, pero dadas las circunstancias piensa que no puede dejar que Nero lo encuentre: le tiene más miedo que a la Policía, que también se estará diciendo que si ha desaparecido es porque tiene algo que ocultar.

Actuar de ese modo puede hacerle parecer más culpable y perjudicarlo, pero necesita tiempo para pensar. Ya habrá tiempo para las excusas. Debe centrarse en lo que debe hacer para salir de esa situación que se ha descontrolado totalmente. Y, para colmo, Nero le ha enviado un mensaje de audio recordándole que su tiempo se agota.

«*Amico* Silva, mi último deseo es el de molestarle, pero debo recordarle que tiene un compromiso adquirido con un servidor. Porque ¿qué sería de este mundo si no se cumpliese la palabra dada?

»Sé que es un caballero, y entre caballeros no hacen falta contratos ni molestos documentos. La palabra de un hombre es la mejor acreditación de legitimidad, ¿no cree, *amico?* Pero uno tiene que cuidar de sus propios intereses. Como sabe, tengo una empresa y trabajadores a mi cargo que tienen la fea costumbre de querer cobrar todos los meses. Supongo que no querrá que se enfaden con usted, ¿verdad?»

Más tarde recibe un audio de Alonso, su socio. Lo que le faltaba. No tiene el valor de escucharlo, creyendo, falsamente, que tal vez quiera ponerse en contacto con él para ayudarlo.

«¿Mario? ¿Dónde cojones te metes, tío? Te he llamado como cien veces. Por lo menos podrías devolverme las llamadas (Silencio).

»No sé cómo decirte esto, pero tenemos que hablar. Creo que debemos repensar la situación. Llevamos con esto más de dos años, y las deudas no dejan de crecer. Yo no puedo más. Tengo problemas en casa con mi mujer día sí, día también. Joder, estoy visitando a un psicólogo, ¿lo sabías? Nunca en mi vida he necesitado a un puto psicólogo. [Murmura algo ininteligible.]

»Ayer hablé con Amador Honrubia, el abogado, y estamos tratando de encontrar una solución. Una solución en la que salgamos lo menos perjudicados posible. Llámame cuando escuches esto.»

Tira el móvil sobre la cama y solo tiene ganas de llorar. Le aterra la idea de pensar qué va a ser de su vida si todo se va a la mierda. Si Nadia le pide el divorcio estará acabado. No tendrá nada. Será como una de esas personas que viven con lo puesto. ¿Adónde irá?,

¿qué hará? Tiene que convencer a Nadia. Es la única que puede ayudarlo. No quiere pensar en si Nadia se va de lengua y le cuenta a esos inspectores que no estaba en la cama cuando se produjo el asesinato de Valeria. Si lo hace, estará acabado.

Castañeda está en la cárcel, pero siguen sin pruebas para imputarlo por el crimen de Valeria. La coartada de Mario Silva avalada por su esposa es lo suficientemente sólida para dejarlo al margen. Sin embargo, después de todo lo ocurrido, los inspectores Rossi y Portugal, creen que pueden forzar la situación hablando con ella. Así que se plantan de nuevo en Valdevistas y, en esta nueva visita, la inspectora constata que aquel lugar le gusta cada vez menos. No hay nadie en las calles y parece que no viva nadie en esas bonitas casas de decorado de dramón televisivo de media tarde. No lo ha dicho, pero está segura de que su compañero diría algo como: «¿Te has dado cuenta de que nunca se ve a nadie entrar o salir de las casas de los ricos?». No sabe por qué, pero siente que la infelicidad flota extrañamente en ese lugar.

Nadia los invita a entrar después de que pasen varios segundos en los que no contestaba nadie al portero automático. Rossi la ve más delgada, y eso que ya es bastante delgada de por sí. Tiene los ojos enrojecidos de llorar y su piel parece más translúcida que cuando la vio la vez anterior. Los conduce hacia el salón, en el mismo lugar donde hablaron con ella la primera vez. Daniel está jugando sobre la alfombra. Parece que se alegre de verlos; es un niño muy simpático y, sin lugar a duda, se parece a ella, pero tiene la sonrisa de su padre. Rossi le hace carantoñas y Nadia esboza una sonrisa forzada. Parece decirle con la mirada que se aleje de su hijo.

—Será solo un momento —se excusa Rossi.

—No importa.

Los invita a sentarse y Portugal pasea su mirada a su alrededor con gesto escéptico.

—Imaginamos que su marido no está en casa —murmura.

Nadia lo mira fijamente.

—Saben que no.

Lo dice con una mezcla de rabia contenida y resignación mientras le da un peluche a su hijo.

—Sabemos que es un momento delicado para usted, pero necesitamos hacerle unas preguntas sobre la noche que la señora Donoso fue asesinada.

—Ya dije todo lo que tenía que decir.

Rossi y Nadia se miran fijamente. La inspectora trata de encontrar fisuras en su expresión.

—¿Y no quiere cambiar o añadir algo más a su declaración?

—No —indica con firmeza. Cansado de jugar, Daniel estira los brazos y su madre lo coge. El niño se acurruca en su regazo con un ronroneo lastimero.

—¿Su marido pudo haber salido de la casa mientras usted estaba durmiendo? —insiste Portugal.

Nadia esboza una sonrisa, pero no desaparece de su rostro la tristeza que ha acumulado las últimas horas. Rossi puede imaginar la escena de una imaginaria discusión.

—No voy a decirles algo que no ocurrió. No vi, ni escuché nada, y mi marido estuvo en todo momento a mi lado, en la cama.

Al decir esto último le tiembla el labio inferior. A Rossi le gustaría acariciar su mano, pero sabe que es del todo inadecuado. ¿Estará tratando de proteger a su marido incluso después de descubrir que le ha sido infiel con una mujer que ha sido asesinada en la casa de enfrente? ¿Qué pensamientos se arremolinan en esa bonita cabeza en esos momentos? ¿Querrá tomarse la justicia por su mano a su debido tiempo?

—Imagino que ya sabrá que su marido tuvo una aventura sexual con la señora Donoso, y que esta aventura quedó registrada en una grabación —desvela Rossi—. Vídeos que luego eran utilizados, junto con otros más que hemos hallado, para realizar un chantaje con ellos. El señor Castañeda ha sido detenido y ha confesado su participación en los hechos. Es a lo que se dedicaban últimamente él y su esposa, y es muy posible que su marido hubiera sufrido algún tipo de chantaje.

—No sé nada de ningún chantaje.

Las dos mujeres se miran, escudriñándose mutuamente durante varios segundos.

—Lo entendería —dice Rossi con serenidad—. Si alguien me chantajeara, poniendo en peligro todo lo que tengo. No sé qué haría.

Portugal mira a su compañera y luego a Nadia.

—Mi marido no es un asesino.

—No puede saberlo.

—Sí lo sé. Conozco a la persona con quien estoy casada y no es un asesino.

Rossi no le dice lo que piensa de su marido, que es de todo menos agradable. «No me lo trago. No es tan tonta. De hecho, tiene que ser bastante más inteligente de lo que quiere aparentar.»

—¿Y usted? —suelta la inspectora.

—Yo ¿qué?

Portugal mira de nuevo a su compañera con admiración.

—¿Sabía antes de todo esto que su marido tenía una aventura con la señora Donoso?

—No —gimotea con voz ahogada. Daniel lloriquea mientras ella lo acuna, y ella murmura algo ininteligible y tranquilizador al niño—. Y ahora, si no les importa, debo darle el pecho a mi hijo.

Los inspectores se levantan y salen de la casa sin que Nadia los acompañe. Las miradas de Rossi y Nadia se cruzan antes de que la puerta principal se cierre.

Juan Portugal llega a casa, pero no se atreve a entrar. Se queda en la puerta, mirando el vacío que le espera. Luego, llora en el silencio de su salón y se tumba en el sofá. No quiere dormir en la cama que compartía con Lola. Hasta bien entrada la madrugada mira los álbumes de fotos de los viajes que hicieron juntos y que ella se encargaba de recopilar e imprimir. Le encantaba viajar y disfrutar de la vida. Con Lola aprendió a ser feliz; ella le enseñó a ser mejor persona y le ayudó a entenderse y a espantar los miedos que atormentaban su alma. Siempre fue consciente de que él la necesitaba más a ella que ella a él.

Once meses buscando pistas por todo Madrid. Preguntando aquí y allá. Buscando ese coche que mató a su mujer y que nadie vio. José Ramón Veloso, su amigo y comisario, le dijo una vez que debía aceptarlo y seguir adelante. Para él es fácil; Veloso tiene una amplia familia, nietos incluidos, con la que se reúne todos los domingos a celebrar que se tienen los unos a los otros.

Él solo tenía a Lola y se la han arrebatado. Ya no tiene a nadie más. Buscará hasta el final de sus días al culpable. Nada ni nadie será capaz de detenerlo.

En una ocasión, Rossi le preguntó: ¿qué harías si conocieras su identidad? Si un día llegara una información que te dijera: mira, es él, o ella; vive en este barrio, en ese edificio y lleva una vida normal; de hecho, es una persona querida por sus amigos y su vecindario; con un buen empleo y una familia adorable. Sin embargo, nadie sospecha lo que hizo; nadie sabe que atropelló a una mujer a la que no socorrió y se dio a la fuga. No puede ser, es imposible, dirían, es la mejor persona que conozco; se han equivocado; siempre pasa igual. Siempre quieren echarle la culpa a los mismos.

Y es posible que él o ella buscase información en internet de una mujer atropellada. Los medios informarían de que el conductor «se dio a la fuga y nadie pudo ver quién era». Después, se enteraría de que esa mujer había fallecido en el hospital debido a las complicaciones provocadas por el atropello. Y la Policía seguía sin poder encontrar al que lo hizo. Nada, no tienen la más mínima pista que seguir. Es inútil, es como un fantasma que se ha evaporado. Entonces, él o ella, sonreiría. No porque fuera una persona malvada, o al menos nunca lo había creído así, pero se ha librado de que la cojan, se ha librado de ir a la cárcel. Él o ella lo sentiría mucho, en serio. Sentiría que aquella mujer a la que no conocía de nada, y que solo porque el azar así lo quiso, se cruzara en su camino ese preciso instante. Sí, lo sentía mucho, pero tenía una vida por vivir, de nada servía ya lamentarlo. De hecho, en más de una ocasión ha llegado a pensar que ese atropello jamás ocurrió, que solo fue fruto de su imaginación. Sí, es mejor pensar así. Porque necesita paz de espíritu. Necesita olvidar lo que ocurrió y pasar página de una vez.

Juan Portugal no respondió, pero Rossi podía casi sentir lo que su agotado corazón clamaba. Era injusto, sí. La vida es terriblemente injusta, y siempre o casi siempre se ceba con los mismos.

«Sí lo es. Pero un día, tal vez dentro de meses o de años, cuando probablemente lo hayas olvidado, apareceré en la puerta de tu casa. Y entonces... comenzará tu pesadilla.»

19

El día amanece gris. La pasada noche apenas durmió. Una hora entre toma y toma. La visita de los inspectores perturbó su sueño hasta el punto de que tuvo pesadillas donde aparecían ellos: la inspectora le ponía las esposas mientras ella preguntaba por su hijo y era arrastrada hacia un vehículo policial, y los vecinos miraban impasibles la escena; ella gritaba el nombre de su hijo, pero nadie contestaba, y los vecinos entraban en sus casas y cerraban la puerta. «¿Qué has hecho, Nadia? —le preguntaba Rossi ya en el coche—. ¿Has matado a esa mujer, o, peor, has encubierto a ese chuloputas que tienes por marido? ¿Sabes lo que es perder la libertad? Verás a tu hijo cuando vuelva de la universidad, te perderás toda su vida. ¿Me estás escuchando, Nadia?»

Su voz todavía retumba en su cabeza cuando abre los ojos. ¿Por qué tiene que sufrir esa pesadilla? Todo iba bien. Todo iba perfectamente bien.

Pasa más tiempo de lo normal en la ducha; el agua caliente resbala sobre su cuerpo. Piensa en las manos de Mario alrededor de su cuerpo, de sus besos, de su miembro hinchándose sobre sus glúteos. Lo desea desesperadamente dentro de ella. Pero espanta esos pensamientos con rabia. La ha traicionado. Las lágrimas acuden sin consuelo. Llora hasta hartarse bajo el agua de la ducha.

Sentada en la cama se dice en voz alta que tiene que continuar adelante. Besa y abraza a su hijo como nunca lo ha hecho, y a continuación baja a la cocina y se prepara el desayuno. Evita mirar el móvil e intenta hacer las cosas como si no hubiera pasado nada. Como si su vida no estuviera rota, pero su organismo rechaza toda ingestión. Coge al final el móvil y vuelve a leer el último mensaje:

Tu marido oculta algo más que una infidelidad. Tiene un plan para ti. No me creo que no sepas de qué se trata.

No ha recibido más mensajes. Ese es el último que recibió y lo ha leído como veinte veces. Mario tampoco ha vuelto a enviarle ningún mensaje más, ni la ha llamado de nuevo. Tampoco se ha molestado en borrar el historial de navegación de Safari. De hecho, la página que aparece cuando lo abre es la última que visitó: la de aquel diario digital informando sobre la ausencia de pistas del crimen de aquella mujer de Alicante. Vuelve a leer la noticia y se fija en la imagen irreconocible de la persona, que Nadia supone es la portavoz de la familia. Se la queda mirando: solo es un rostro desenfocado de mujer. Con el dedo índice navega hasta el principio del artículo. Recuerda que es el mismo periodista que redactó la noticia anterior: «Joan Blume».

Encuentra el teléfono del diario en la sección de contacto, debajo del todo. Hace unas cuantas búsquedas en Google, visita algunas páginas web, y después de darse por satisfecha confecciona un relato.

—*El Digital de Alicante*, ¿dígame?

—Buenos días, me gustaría hablar con Joan Blume.

—Joan, sí, ¿quién pregunta por él?

—Me llamo Martina Priego y soy escritora —dice resuelta—. Estoy trabajando en un libro sobre un artículo que él escribió hace tiempo.

Hay un breve silencio.

—¿No será por lo del escándalo de la empresa Aguas del Turia? Porque si es así, no podemos hablar del tema...

—No, no. No se trata de nada de eso. Escribo sobre crímenes. Ficción.

—¡Ah! Vale, vale... Un momento, por favor.

Después de más de dos minutos de espera alguien contesta al otro lado.

—¿Sí? Soy Joan Blume, ¿quién es?

—Hola, Joan, me llamo Martina Priego y soy escritora. Estoy trabajando en un libro sobre un crimen cometido en la ciudad de Alicante hace unos años. Buscando información en internet, vi que la noticia la cubriste tú. Se trata del crimen de Vistahermosa.

—Eeeeh..., sí —susurra con cierto escepticismo—. ¿Cómo has dicho que te llamas?

Nadia lo imagina sentado frente a su ordenador, buscando ese nombre en Google.

—Martina Priego.

Lo que Blume encontrará serán algunos enlaces de esa misma escritora que en realidad existe, pero es otra persona. No es demasiado conocida y solo publica sus obras en Amazon. Novela policíaca, sobre todo.

—Pero eso ocurrió hace mucho tiempo —responde Blume, probablemente después de haber visto lo mismo que ella vio hace unos minutos—. La verdad es que no hay mucho más de lo que apareció en su momento —añade finalmente en tono evasivo.

—Entiendo, pero me harías un favor enorme si pudieras darme algo más de información. Ese crimen me llamó mucho la atención y vi que había una historia muy potente detrás.

—¿En serio? —responde incrédulo.

—Sí. —Se aclara la garganta—. Y a mi editor también le parece una idea genial. Se trata de mi primer contrato con una gran editorial y no quiero fallar. Es una gran oportunidad para mí.

—¿De qué editorial estaríamos hablando? —pregunta con interés renovado.

—Eso no puedo decirlo todavía. Solo puedo decirte que es una de las grandes de este país. Si me ayudas, te prometo que pondré tu nombre en los títulos de crédito. Palabra.

Nadia imagina la cara de satisfacción de Joan Blume.

—Bueno..., si es así —contesta con otra actitud—. ¿Qué quieres saber?

La verdad es que Blume no ha mentido y no sabe mucho más de lo que publicó en su día. Aunque a Nadia lo único que le interesa es conocer la identidad de la portavoz de la familia, Blume alude a la Ley de Protección de Datos Personales como obstáculo legal.

—No puedo hacerlo. No es ético ni legal.

—Me has dicho que también escribes, ¿no?

—Bueno, sí —prosigue con una risa—. Tengo un manuscrito, se trata de una historia apasionante de finales del siglo XIX, y es una lástima, porque ha sido rechazado ya por varias editoriales. Estoy convencido de que sería un bombazo, pero no encuentro ese editor que...

—Puedo pasarte el correo del mío —lo interrumpe—. Y antes le hablaría de tu manuscrito para que estuviese enterado.

—¿Harías eso por mí?

Una vez que Nadia tiene el nombre promete que lo volverá a llamar dentro de unas horas. Siente su decepción cuando descubra finalmente la verdad.

En Facebook encuentra con facilidad a la persona que busca: Arantxa Galván Muñiz. Apenas publica cosas en su muro y la mayoría son publicaciones de otros que comparte. Por lo que ve, le preocupan las injusticias, el cambio climático y el futuro de las pensiones. Le gustan los animales, sobre todo los perros. Apenas hay fotos suyas. Es una mujer de unos cuarenta y tantos años con un rostro de lo más normal. La mirada melancólica y la cara picada de viruela. En su foto de perfil aparece con una niña de unos ocho años.

Busca más datos en su información personal, pero solo dice que reside en Alicante, además del instituto donde estudió. Navega entre sus fotos. Tiene que remontarse hasta casi dos años atrás para ver una imagen donde aparezca ella. Viste un pijama blanco junto con otras mujeres que también lo llevan. Detrás, se ve un pasillo de lo que parece un hospital.

Arantxa sujeta una tarta delante de la cámara con dos velas que forman un cuarenta y dos. Sonríe con la boca apretada. Hay un texto a pie de imagen: «Con estas compañeras todo es mucho más fácil. ¡Os quiero un montón!», y muchos corazones y besos. No hay ubicación, solo la fecha.

Nadia exhala un suspiro de frustración, pero entonces ve algo que llama su atención: se trata de la placa identificativa en el bolsillo del pecho de una de las mujeres. Amplia la imagen todo lo que puede. Está borrosa, pero aun así consigue leer: RESIDENCIA DE LA TERCERA EDAD LA MILAGROSA.

Mario Silva Alfonsín nació en Valladolid. El subinspector Tendero descubre eso, pero poco más, del opaco pasado del marido de Nadia Valverde. También que estudió en un rígido colegio de curas y en un instituto de la ciudad, donde no destacó especialmente en ninguna asignatura. Termina el bachillerato con más pena que gloria y su rastro se pierde ahí, lo cual es bastante extraño. Si tiene padres, no consigue dar con ellos. Es complicado encontrar a gente que quiera hablar del pasado de alguien sin estar sobre el terreno. Decide llamar al instituto donde Silva estudió. No queda ya nadie allí de aquella época, salvo un conserje llamado Casimiro, de voz perruna y taciturna, que según la funcionaria que atiende la llamada ya debería de estar jubilado.

—Mejor que hable con el director de entonces —comenta Casimiro tras una interminable tos de fumador—. Ahora está la cosa muy achuchada con eso de la protección de datos y demás. En el momento que menos te das cuenta, ¡zas!, te cae una denuncia sin comerlo ni beberlo.

Finalmente, y con algo de reticencia, Casimiro le da el nombre del antiguo director. Se llama Emilio Huete, que además es profesor de Matemáticas retirado. Accede hablar con él a través de videoconferencia.

—¿Qué si conocí a Mario Silva? Como le he dicho, sí, era alumno mío.

Pero lo dice con una sonrisa socarrona. Tendero está a punto de preguntarle por qué se ríe, pero prefiere seguir el procedimiento.

—¿Y qué me puede decir de él?

Huete hace un gesto extraño con la boca, mueve a la vez las cejas, que son muy pobladas y, por su aspecto, parece que nunca hayan sido retocadas.

—¿Ha hecho algo malo?

—De momento, no.

—Ah —exclama incrédulo—, de momento. Vale.

Tendero no quiere entrar en detalle, principalmente porque no tienen nada todavía contra él y de hacerlo crearía un peligroso precedente.

—¿Qué me puede contar? —insiste—. ¿Era buen estudiante?

—No especialmente, pero era muy listo —contesta—. De esas personas que saben salir airoso de cualquier situación sin salpicarse. También era bastante encantador. Sí, esa era su mayor virtud. Sabía cómo meterse a la gente en el bolsillo.

—¿Dio alguna vez muestras de ser violento?

—No, al menos yo nunca vi nada por el estilo, y ningún profesor, padre o alumno me dio quejas de él al respecto.

—¿Cómo era su relación con las chicas?

Huete sonríe.

—Se le daban bastante bien. Era sorprendente ver con qué facilidad conquistaba a cualquier chica que se le pusiera a tiro. Incluso...

Se detiene. Tendero espera unos segundos, pero Huete evita su mirada. Carraspea antes de hablar.

—Supongo que ya puedo contarlo —duda—. Además, pasó hace mucho tiempo y usted no se ha puesto en contacto conmigo para escuchar cotilleos de pasillo, ¿verdad?

Tendero sonríe cortésmente.

Huete apoya los codos sobre el escritorio que tiene delante antes de proseguir.

—Verá, la implicada —se detiene, como si le costara confesarlo— era amiga de la familia, y fue algo muy sonado en aquella época aquí en Valladolid. Ella, cuyo nombre no voy a revelar, tenía al menos diecisiete o dieciocho años más que él, que entonces debía de contar con no más de dieciocho. Estaba divorciada y tenía dos niñas. —Menea la cabeza como si todavía le costara entenderlo—. Se enamoró de él. Perdidamente. Cuando todo salió a la luz..., nadie podía creerlo. ¡Tenía una hija casi de su misma edad!

Tendero asiente levemente, no lo interrumpe.

—Pero lo peor de todo no fue eso: había un vídeo donde ella le... —carraspea—. Disculpe, pero me resulta muy embarazoso hablar de este tema.

—No se preocupe —lo tranquiliza—. ¿El vídeo del que habla era de contenido sexual?

Huete asiente con la cabeza.

—Menos mal que internet no era entonces lo que es hoy en día, si no... —Exhala un suspiro apurado—. Aun así, hubo mucho revuelo. No sé cómo, pero alguien comenzó a enviarlo desde una cuenta de correo anónima a amigos y conocidos de esta mujer.

—¿Se descubrió quién lo hizo?

El exprofesor niega con vehemencia. Su mirada revela cierta pesadumbre.

—¿Hubo algún tipo de chantaje?

Se encoge de hombros.

—Si lo hubo, nunca se supo.

—Entiendo. —Hay un breve silencio—. Esta amiga suya... ¿era una persona solvente?

El exprofesor esboza una sonrisa sorprendida.

—Hombre, una muerta de hambre no era, eso desde luego. Tenía un cargo importante en el Gobierno regional de Castilla y León que tuvo que dejar, y su familia poseía unos cuantos inmuebles en la ciudad. Vamos, que estaba bien situada —niega después de exhalar un profundo suspiro—, pero no le sirvió de mucho. Todo aquello la destrozó y tuvo que marcharse de Valladolid.

—¿Y qué pasó con Mario Silva?

—Desapareció poco después. Dijeron que recibió amenazas. Sus padres no quisieron saber nada del tema. Y como suele ocurrir, con el tiempo, todo se olvidó.

—Entiendo.

Huete entrelaza las manos con un gesto estudiado. Mira con intensidad a Tendero.

—¿En qué anda metido? —pregunta sin disimular su interés—. Por aquí nadie lo echa de menos y, si quiere que le dé mi opinión, no me gustaba ese chico. Tenía algo... perverso, ¿sabe?

Tendero no contesta a su pregunta y Huete menea la cabeza sonriendo con malicia.

—Señor Huete, sé que es algo comprometido para usted, pero me haría un enorme favor si pudiera facilitarme el nombre de su amiga.

El exprofesor niega inmediatamente.

—No, no puedo hacer eso. —Baja la cabeza—. Además, hace tiempo que no sé de ella. Pero una cosa sí que es cierta: que fue muy traumático para todos. —Niega con vehemencia—. No me gustaría ser el responsable de abrir de nuevo esa herida. Entiéndalo.

—Ya —responde Tendero decepcionado.

Da por finalizada la videollamada y, mientras mira pensativo la pantalla vacía de su ordenador, suena su móvil. Es Garay.

—Pensaba que hoy tenías el día libre —presupone Tendero.

—Yo pensaba lo mismo de ti. —Suelta un bufido—. Necesitamos unas vacaciones urgentemente.

—Más que el respirar.

—¿Tienes planes para este finde? —pregunta Garay.

—Pues algo por ahí tengo…

No, no tiene nada, pero le da vergüenza admitirlo ante su compañera, y la verdad es que le fastidia. Silvia es una gran amiga. Siempre está de aquí para allá, escalando montañas, deslizándose en tirolesa o buceando en las Maldivas. Aunque no lo parezca a primera vista, es una mujer de acción que disfruta de la vida al aire libre. Todo lo contrario que él, que se ha pasado la vida escondiéndose del mundo y de sí mismo. Complaciendo a todos menos al primer interesado. Temiendo que todos sepan lo que es en realidad y lo que siente. Padeciendo todavía los efectos de una estricta educación católica.

—Aplázalo y vente con mi tribu. Vamos a hacer senderismo por una zona muy chula. Te gustará.

Le gustaría mucho, sí.

—Es que no puedo posponerlo. Lo siento, Silvia.

Ella suspira resignada. Él piensa que algún día tendrá que contárselo. Carraspea antes de hablar.

—Bueno, ¿qué tienes por ahí? ¿Algo nuevo de Silva?

—De Silva y de su mujer Nadia. Muy jugoso —explica Garay con el ánimo renovado—. Primero Silva: he mirado en su informe de la Seguridad Social. Después de marcharse de su Valladolid natal bastante joven estuvo de aquí para allá: Palma de Mallorca, Ibiza, Barcelona… Trabajando mayormente en hostelería, pero duraba poco. Luego se marchó a Alicante donde ahí sí estuvo más tiempo. Estaríamos hablando de unos tres años y medio. Después de trabajar en algunas inmobiliarias se dio de alta como autónomo y montó su propio negocio de venta de pisos. Sin embargo, hay una cosa extraña.

—¿El qué?

—Que se dio de baja del régimen de autónomos en septiembre de 2016, y, extrañamente, no hay más registros de él hasta marzo de

2018, cuando volvió a trabajar en una inmobiliaria, esta vez como asalariado, aquí en Madrid.

—Sí, es muy raro.

—Segunda parte: su esposa. Resulta que hace unos años se cambió los apellidos.

Tendero se yergue en la silla.

—Y fue al trasladarse a Madrid, ya que había nacido en Barcelona. Cuando llegó, lo primero que hizo fue ir al Registro Civil a solicitar el cambio de apellido.

—¿Y cómo se apellidaba antes?

—Nadia Ferrer.

El subinspector se pregunta por qué lo haría. No lo sabe, pero nadie hace eso si no tiene un buen motivo.

Está decidida. Tiene que hablar con esa mujer. Y la mejor manera de hacerlo es ir hasta su trabajo en esa residencia de la tercera edad en Alicante. No tiene otra alternativa, debe descubrir algo que demuestre que Mario no es un monstruo. Arantxa tuvo que hablar con su tía antes de que fuera asesinada supuestamente por su amante. Quizá le contara algún detalle a la Policía que esta ignoró pero que para ella sea relevante, y por eso debe cerciorarse.

Antes debe dejar a Daniel a cargo de alguien, y Blanca es la persona perfecta. Ha hablado con ella, pero no está en casa en ese momento. Se ha trasladado al centro de la ciudad para resolver unos asuntos con su abogado. Joel está en casa, al parecer un poco acatarrado, y por eso no ha acudido al instituto esta mañana. No es la primera vez que se queda a cargo de Daniel, al que le encanta estar con él.

Si toma el AVE en Chamartín puede estar al cabo de poco más de dos horas en Alicante, y al anochecer podría estar de vuelta. Solo estaría fuera de casa unas seis horas. Compra los billetes por internet y los descarga en su móvil. Prepara todo lo que su hijo pueda necesitar en dos bolsas de nailon y sale de su vivienda, cruza la calle llevando el cochecito con Daniel y cargada de mil y un cachivaches para jugar.

—Hola, Nadia —saluda Joel sonriente al abrir la puerta. Viste una sudadera deportiva que le viene enorme, y se rasca su cabello, siempre encrespado, a la vez que acaricia el pelo de Daniel—. Pasa, ya me ha dicho mi madre que tenías que salir de viaje por unas horas.

—Joel, si no puedes, no pasa nada... —contesta ella descargando en el suelo las bolsas que lleva con las cosas de Daniel.

—Claro que puedo. Estoy haciendo un trabajo de Biología que tengo que entregar esta noche y me estaba tomando un descanso. Deja que te ayude... —Coge las bolsas de Daniel y va hacia la cocina, mientras Nadia lo sigue con el cochecito.

Deja las bolsas sobre la encimera. En la mesa donde Nadia suele sentarse cuando va de visita ve un batido de chocolate y un paquete de galletas a medio abrir, y el móvil de Joel está sobre la mesa, donde suena la canción *Going Under*, de Evanescence. Daniel sonríe al ver a Joel, juega mucho con él cuando lo ve. Le encantan los niños y se agacha y le hace carantoñas.

—No te preocupes. Además, mi madre va a venir dentro de una hora o menos. Eso es lo que me ha dicho. —Se encoge de hombros.

—Perfecto —contesta Nadia, convencida de que Daniel va a estar bien.

Mira el reloj y comprueba que tiene menos de una hora para llegar a Chamartín y coger el AVE.

—Joel.

—¿Sí? —Se levanta y bebe de su batido. Coge una galleta que le ofrece a Nadia, pero la rechaza con una sonrisa.

—¿Cómo ves a tu madre últimamente?

Joel baja el volumen de la música en su móvil.

—Bueno, creo que está bien... Lo dices por lo que le pasó a Valeria, ¿no?

—Sí, por eso también.

Nadia se pregunta lo duro que tuvo que ser para él perder a su padre, al que, según dijo Blanca, adoraba. Ella sabe lo que es sentirse absolutamente sola, sin nadie a tu lado que te dé el cariño que necesitas, sobre todo en esos momentos.

—Sé que parecerá una tontería, pero cuida de tu madre. Es importante que siempre cuides de ella. —Nadia sonríe con tristeza—. Ella te quiere mucho.

Joel asiente sin entender.

—Claro.

Antes de marcharse, Nadia le explica dónde está todo lo que pueda necesitar. Le ha dado el pecho antes de salir y no cree que vuelva a tomar hasta dentro de tres o cuatro horas, pero por si acaso guarda los biberones en el frigorífico. Para entonces, y mucho antes, ya habrá regresado Blanca, que sabe perfectamente cómo cuidar de Daniel.

—Muchas gracias, Joel —dice Nadia desde la puerta de la calle.

—No te preocupes, el pequeñajo estará bien.

Mira el reloj nuevamente. Debe darse prisa o perderá el tren.

20

Después de que Garay le hablara del cambio de apellido de Nadia, Tendero no ha podido dejar de darle vueltas y, con su ayuda, descubre que Nadia Valverde, o Nadia Ferrer, como se apellidaba antes, además de nacer en la Ciudad Condal estudió Bellas Artes en la Universidad Autónoma de Barcelona con unas notas excepcionales. Poco después de licenciarse se trasladó a Madrid, donde lo primero que hizo fue cambiarse los apellidos. Pero ¿por qué lo haría? ¿Por qué cambió sus apellidos? ¿Qué había ocurrido para que tomara esa decisión tan drástica?

Garay es lista como el hambre y es la mujer que le gustaría tener a su lado si tuviera que irse a una isla desierta. Pero no a una isla cualquiera, sino a una con un ordenador con acceso a internet.

—Echa un vistazo a lo que te paso —dice a través de su móvil—. Es un documento del Departamento de Salud de la Generalitat de Cataluña. No tiene desperdicio.

Cuelga antes de darle las gracias y abre el archivo adjunto al correo que acaba de recibir. El documento es un informe expedido por el citado departamento donde afirma que Nadia Ferrer recibió atención psicológica continuada durante varios años. Comenzando cuando solo era una niña y terminando cuando alcanzó la mayoría de edad. Además, y según el citado informe, durante todo ese tiempo estuvo ingresada en un centro de rehabilitación psicosocial de la Generalitat.

¿Qué le había ocurrido?

Intenta localizar a alguien que pueda aclararle algo en el propio departamento, pero se acogen a la Ley de Protección de Datos Personales como obstáculo legal. Lo intenta con el personal que trabaja en el citado centro de rehabilitación, pero tampoco consigue nada. Tendero, desesperado, revisa las redes sociales en busca de un milagro, y el milagro obra en forma de un antiguo vigilante de seguridad, que trabajó allí en la década de los noventa, un tal Oriol Molins.

—¿Señor Molins?

—Sí, dígame.

—Me llamo Salvador Tendero y soy subinspector de la Policía Judicial en Madrid. Me gustaría hacerle unas preguntas, si es tan amable.

—Usted dirá.

—Trabajó como vigilante de seguridad en un centro de rehabilitación de la Generalitat, ¿es cierto?

—Correcto, en el de la calle Llull. Del 85 hasta el 2002, cuando me jubilé. Diecisiete años.

—¿Le suena de algo el nombre de Nadia Ferrer?

—Creo que no. ¿Trabajaba allí?

—No, era una paciente.

—Lo siento, pero la identidad de los pacientes no solía trascender.

—Entró siendo niña y creo que dejó el centro a la edad de dieciocho años.

Molins lo piensa durante un rato.

—Bueno, ahora que lo dice recuerdo a una niña que estuvo varios años ingresada, bastantes. Creo que era porque no hablaba.

—¿Cómo que no hablaba?

—Pues eso. Que no hablaba, que no se comunicaba... Pero ya le digo que solo era lo que se oía por ahí.

—¿Vio a esa niña alguna vez?

—La verdad es que no. La identidad de los menores de edad se trataba ya entonces de una manera muy rigurosa. Yo estaba en la puerta de entrada y nunca hacía preguntas. Ya sabe: «Veure, sentir i callar».

—Entiendo —contesta con un suspiro de frustración.

—¿Ha probado a hablar con la directora del centro de entonces?

—¿Sigue en activo en ese mismo centro?

—No, claro que no. Un compañero me dijo que se marchó a Madrid hace años, pero no sabría decirle más.

—¿Se acuerda de su nombre?

—Eso sí: doctora Isabel Bellver. Muy buena profesional y siempre muy respetuosa con todos los empleados y pacientes.

Tendero apunta ese nombre en el margen de un informe forense que tiene sobre la mesa.

—Perfecto, muchas gracias por su colaboración, señor Molins.

—No ha sido nada. *Adéu.*

Nada más colgar, llama a Garay, le da los datos de la doctora Bellver y le pide que la localice. No tarda ni diez minutos en devolverle la llamada, y además de un teléfono de contacto le ofrece su dirección.

—No sé cómo pagarte todo lo que haces —reconoce Tendero.

—Tú apúntate un finde con la chata y déjate llevar, que esto de vivir va de eso.

No sabe si la última frase la dice con segundas. Seguro que sí. Llama al teléfono que le ha pasado su compañera, pero nadie contesta, así que deja un mensaje en el contestador.

Se mira el reloj de pulsera. No puede creerlo, lo ha vuelto a hacer. Y se ha dado cuenta cuando su estómago ha protestado por ese continuo maltrato al que lo somete más de lo recomendable. Bajará al bar que hay enfrente a tomar algo rápido. Se pone la chaqueta y sale de la sala, pulsa para tomar el ascensor y, entonces, oye a lo lejos el teléfono de su escritorio. Regresa corriendo y consigue descolgarlo antes de que se acabe la llamada.

—¿Sí?

—Buenas tardes, ¿es el inspector Tendero?

—Subinspector, ¿quién es?

—Me llamo Isabel Bellver. Le llamo porque me ha dejado un mensaje en el buzón de voz hace un rato.

—Era para hablar con usted sobre Nadia Ferrer, ¿la conoce?

Se produce un largo silencio.

—Sí, la conozco.

—¿Podríamos hablar? Serían solo unas preguntas.

—¿No será por lo del asesinato de esa mujer?

Nadia llega a Alicante a la hora prevista, pero el traslado hasta la residencia donde trabaja Arantxa le lleva más tiempo del esperado. Por una llamada que hizo esa mañana supo qué turno hacía: había entrado a las tres de la tarde y no terminaría hasta las once de la noche.

La residencia está situada en una avenida luminosa y con palmeras. Hay una diferencia de al menos ocho o diez grados más con respecto a Madrid; incluso a esas horas de la tarde hace calor. El taxista que lleva a Nadia hasta allí afirma que en invierno u otoño es agradable, pero que en verano no hay quien lo aguante.

Después de pasar por una puerta con verja y cruzar un jardín cuidado y con más palmeras llega a recepción y pregunta por Arantxa. El recepcionista de la entrada va en su busca y regresa tras unos pocos minutos.

—Está terminando de asear a un paciente. Tardará unos cinco minutos. Pero me ha dicho que no la conoce —explica con gesto esquivo.

—Sí, es cierto —aclara Nadia—. Quería hablar de ella sobre su tía.

Por la cara que pone el recepcionista intuye que todavía tiene que resultar un tema penoso para ella.

Se sienta en una sala de espera. En una sala contigua ve a unos cuantos ancianos sentados en sillas de ruedas, y una enfermera trata de animarlos mientras les da la correspondiente medicación. Mirando esa escena se pregunta si ella terminará sus días en una residencia como esa, o tal vez en una de enfermos mentales, atada a una cama día y noche, suplicando a los celadores que la suelten. ¿Vendría a verla su hijo de vez en cuando o se avergonzaría de ella, negando si quiere que exista? La imagen de ese hipotético y siniestro futuro es tan vívido que se queda sin respiración.

—Buenas tardes —dice de repente la voz de una mujer.

Nadia regresa al presente. La mujer está de pie y la mira con recelo. Tiene unos cuarenta y tantos años y lleva el cabello recogido en una cola de caballo. Está más envejecida que en la foto de Facebook.

—¿Arantxa? —pregunta a la vez que se levanta. Le tiende su mano, pero la mujer no le ofrece la suya, que lleva metidas en los bolsillos de su pijama de trabajo.

—Sí, soy yo —contesta con frialdad—. Perdona, pero no sé quién eres, ¿te conozco?

—No, me llamo Nadia Valverde y quería hablar sobre tu tía Mariana.

Al decir eso Arantxa niega rápidamente con la cabeza.

—Pues ya puedes volver por donde has venido, porque yo no tengo nada de lo que hablar…

Puede que para la Policía y para el resto del mundo ese asunto esté olvidado, pero no para Arantxa, para quien sigue tan presente como cuando ocurrió.

—Es sobre el hombre que asesinó a tu tía —añade Nadia antes de que diga nada más.

Arantxa hace un gesto de crispación y mira a su alrededor. Nadia cree que va a dar media vuelta y a marcharse en ese preciso momento.

—¿Quién eres? —Levanta la voz, y el recepcionista las mira preocupado—. ¿Eres periodista? Porque policía seguro que no… —Se detiene de repente y se toca la cara en un gesto nervioso.

Entonces Nadia saca su móvil y se lo pone delante de la cara.

—Alguien me envió este enlace. —Le enseña la noticia del asesinato de su tía Mariana y Arantxa lo mira con cansancio—. Vivo en Madrid y no conocía de nada a tu tía, pero alguien me envió esta noticia después de que asesinaran a una mujer en la misma calle donde vivo.

—¿Y qué? —contesta con brusquedad.

—Que esa mujer fue asesinada del mismo modo que tu tía. Le destrozaron la cara hasta morir.

No contesta y solo puede mirar a Nadia con expresión desolada.

Arantxa expulsa el humo de su cigarrillo hacia el cielo. Las dos mujeres están sentadas en un banco que da a un jardín trasero, ni tan bonito ni tan cuidado como el de la entrada. Nadia le ha hablado del asesinato de Valeria, pero no de sus sospechas reales. En ningún momento le ha mencionado a su marido, Mario.

—Va para seis años y medio y todavía tengo pesadillas. Mi tía era la hermana de mi madre y siempre había estado muy apegada a nosotros. A todas horas estaba en casa o nosotros en la suya. Era muy buena persona y todos la queríamos mucho.

—¿Cuándo conoció a ese hombre?

Arantxa da una profunda calada, expulsa el humo con calma y se cruza de brazos.

—Nunca lo supimos en realidad. —Gira la cabeza y mira a Nadia—. Mi tía nunca se casó. Era una solterona, pero no por falta de pretendientes. Era muy guapa y muy exigente; tan exigente que ningún hombre de los que conoció la convenció lo suficiente, y eso que tuvo un montón de romances, pero pronto se cansaba de ellos. —Se detiene con gesto ensimismado—. Sin embargo, con él fue diferente: debía de tener mucho encanto para dejarlo entrar en su vida como lo hizo.

Nadia no puede evitar pensar en aquella noche en la que Mario llegó de madrugada: su rostro, su mirada de culpabilidad...

—¿Nunca coincidiste con él? ¿Nunca llegaste a verlo?

—Sí —contesta Arantxa—, lo vi una vez.

Las dos se quedan mirándose.

—Pero lo vi de espaldas, y de noche —aclara. Nadia percibe un ligero temblor cuando habla.

—¿Cuándo ocurrió?

—Yo iba a casa de mi tía a llevarle algo que necesitaba, no recuerdo qué. Al llegar a la calle donde vivía, vi salir a un hombre de su portal. Esta persona iba a girar por donde venía yo, pero inmediatamente se dio la vuelta cuando me vio y tomó dirección contraria.

—¿Y cómo sabes que era él? Podría ser un vecino cualquiera...

—No, era él —afirma con firmeza—. Estaba segura al cien por cien.

Arantxa apaga el cigarrillo en la tapadera de un bote que ha traído consigo.

—¿Cómo era?

Se encoge de hombros.

—Alto, de tez morena, buena percha. Vestía bien.

—¿Cabello?

—Corto, aunque no podría decir si lo tenía rizado o lacio. Él estaba a unos cuantos metros de mí y era de noche, pero yo sabía que era él.

—¿Esto se lo contaste a la Policía?

—Claro —exclama, para luego exhalar un suspiro.

Nadia se muerde el labio, pensando.

—¿Y tu tía?, ¿nunca te habló de él? Quiero decir, ¿nunca te habló de detalles de su personalidad? ¿Algo que fuera peculiar en él?

Arantxa niega.

—No, mi madre y el resto de la familia estaban en contra. Todos sabíamos que solo quería aprovecharse de ella. Cuando salía el tema, mi tía se cerraba en banda y se marchaba de casa hecha una furia. Estaba muy enamorada de él, eso sí que puedo asegurarlo.

Las lágrimas brotan de sus ojos y se apresura a limpiárselas con la yema de los dedos. Nadia le acaricia el brazo. Arantxa saca de uno de los bolsillos de su pijama un móvil, y después de introducir la contraseña accede a la galería de imágenes. Elige una foto y se la muestra a Nadia.

—Era guapa, ¿a que sí? —dice con una sonrisa triste, mostrándole una imagen de Mariana cuando debía de contar con unos cuarenta años. Y sí, era una mujer de gran belleza: morena, de grandes ojos oscuros y rasgos exóticos.

—Mucho.

La imagen del encapuchado golpeando con saña a Valeria asalta con violencia su mente.

—Ese cabrón se llevó hasta el colgante que le regaló mi abuela —dice señalando un colgante que tiene lo que parece una turquesa azul en forma de corazón. Le tiembla la barbilla de la rabia acumulada durante todos esos largos años de frustración, y mira a Nadia—. ¿Y dices que esa mujer fue asesinada de la misma forma? ¿La Policía tiene algún sospechoso?

—Hay varios, y su marido es uno de ellos.

«Y el mío», piensa al mismo tiempo que traga saliva. En ese momento ella también coge su móvil y accede a la galería de imágenes, elige la foto que tenía preparada de antemano y se la enseña a Arantxa.

—¿Conoces a este hombre?

Es una foto de Mario sonriendo, con el cabello revuelto y la barba de dos o tres días. Parece un modelo que anuncie ropa o un coche deportivo.

Arantxa lo mira con mucha atención.

—Creo que no —afirma tras varios segundos—. ¿Es el marido?

Nadia se guarda el móvil de nuevo.

—No exactamente.

21

La inspectora Anabel Rossi llega más tarde de lo habitual. Antes de salir de casa se ha maquillado más de la cuenta. No quería que nadie supiera que ha estado llorando durante horas. Él único con quien ha compartido su dolor es con Portugal. Con el tiempo, se ha convertido en su mejor amigo. No, en algo más, es como su hermano. Haría lo que fuera por él y está segura de que él haría lo mismo por ella. Un día se armó de valor y se lo contó. No pudo reprimir las lágrimas en ningún momento. Juan la escuchó sin interrumpirla, dejando que toda la bilis que llevaba acumulada durante tanto tiempo saliera por su boca. Cuando terminó, él dijo alguna chorrada de las suyas que ya no recuerda y se echó a reír. Se abrazó a él y le dio las gracias. Fue muy reconfortante abrazar sus anchas espaldas. Oler el aroma intenso a cuero viejo de su cazadora.

—No cuentes esto a nadie. Nunca.

—Palabrita del niño Jesús.

—Júramelo.

Y él se persignó varias veces, poniendo cara de no haber roto un plato en su vida. Rossi soltó una risa llena de mocos. Era un payaso de la cabeza a los pies.

—Estoy seguro de que un día él se arrepentirá y te pedirá perdón. Tú no hiciste nada, salvo ser tú misma —expuso Portugal, y ella recordó que era lo que más deseaba del mundo. Y es que pensar que tu padre no te quiere es la peor sensación que una hija puede sentir. Tu vida se hace pedazos y la frustración se hace tan insoportable que a veces crees que no merece la pena seguir adelante. Muchas veces se ha arrepentido de aquello que lo provocó, pero sabe que era algo inevitable que tarde o temprano pasaría.

Camina hasta su escritorio y ve que Portugal no está allí. Rossi deja su bolso encima de la mesa y su chaqueta sobre el respaldo de la silla y, a través de las ventanas de la sala de reuniones, divisa a su compañero y a Tendero. También hay una mujer de espaldas, sentada y hablando con ellos.

—Buenas noches —saluda al entrar en la sala.

Se fija inmediatamente en la mujer. Tiene el cabello completamente blanco. Posee un aura de distinción que hace que su presencia llame inevitablemente la atención. Rondará los sesenta y tantos años. Viste con elegancia y sus maneras son pulcras y educadas. Sonríe con un leve gesto de preocupación a la recién llegada.

—Hola, Anabel —contesta Tendero, y señala a la mujer con un gesto—. Esta señora es la doctora Isabel Bellver y ha venido para hablarnos de la mujer de Mario Silva, Nadia Valverde. O tal vez deberíamos decir Nadia Ferrer.

Rossi mira a la mujer sin comprender.

—¿Sabes algo de Mario? —pregunta Blanca.

Blanca y Nadia están en la cocina de la primera. Una suave luz difusa de una lámpara de pie es la única fuente de iluminación. Afuera, llueve intensamente. Ya llovía así cuando hace unos minutos un taxi dejó a Nadia en la puerta.

—No —responde a la pregunta de Blanca con Daniel durmiendo en sus brazos.

Aunque no es del todo cierto. La ha llamado varias veces mientras regresaba de Alicante en el AVE y le ha dejado un par de audios, que luego ha borrado. Álvaro Durán, el abogado, también le ha enviado un audio de casi cinco minutos. No lo ha escuchado ni ha respondido a sus llamadas. No tenía ganas, solo quería regresar a casa para estar con su hijo. Después de eso, ha vuelto a recibir un nuevo mensaje anónimo.

Una debe saber antes con quién comparte su vida. Eres una mujer inteligente. ¿Por qué no seguiste los consejos de tu terapeuta?

Y las dudas han caído de nuevo sobre ella como si de una enorme cascada de agua se tratara. Y se ha sorprendido al darle credibilidad a esa voz anónima. Nunca puso en duda las cosas que él le contó sobre sí mismo. Dijo que tuvo una infancia y adolescencia difícil, que no se hablaba con sus padres, ni con un hermano, al que no veía desde hacía mucho tiempo. Mario siempre evitó hablar de su pasado y ella nunca insistió. Porque tampoco había sido del todo sincera con él. Era más fácil no hacer preguntas. Ambos tenían un pasado que querían olvidar, y tal vez esa era la razón que los había unido. Dos seres atormentados que buscaban redimirse en una nueva vida. ¿Acaso no tenían derecho? Las promesas de amor del pasado resuenan en su cabeza, los momentos felices vividos junto a él no pueden no significar nada.

—Deberías comer algo —insiste Blanca con gesto indulgente.

Nadia no le ha dicho dónde ha estado y Blanca tampoco ha preguntado. Los secretos pesan más conforme se hacen mayores. La imagen de Mario llegando de madrugada la asalta de nuevo. Y bajo la lluvia ha creído ver de nuevo a lo lejos a la figura del impermeable negro. Después, ha llorado amargamente antes de tocar su puerta. Todos sus sueños de ser alguien diferente, todos sus sueños de ser feliz, se han desvanecido como el polvo en la lluvia.

—Blanca.

—¿Sí?

Ha estado pensando todo el tiempo en ese último mensaje recibido y, después de leerlo y volver a leerlo una y otra vez, por fin se ha dado cuenta de algo que ha resultado ser muy revelador para ella: quien los envía es en realidad la persona que ha asesinado a Valeria y sabe cada paso que da.

Por eso Nadia debe ser cauta. Muy cauta.

—Creo que Mario me oculta algo.

Blanca asiente para mostrarse de acuerdo. Puede ver en su mirada lo que está pensando: «Claro que te oculta algo. Se follaba a la mujer que hace unas noches fue asesinada y que vivía a unos metros de ti. ¿Tan ciega has estado?».

—¿Qué quieres decir? —pregunta con interés.

La imagen del asesino destrozando con saña el rostro de Valeria es tan real que tiene que sacudir la cabeza para espantarla. Pero ¿es solo su imaginación o un recuerdo vivido que quiere olvidar por todos los medios?

—No te he contado toda la verdad...

Blanca la mira fijamente. Daniel se agita entre sus brazos inquieto, seguro que debido a alguna pesadilla, y su madre lo acuna para calmarlo.

—Te entiendo. Sé que no es fácil —dice Blanca con serenidad. Sonríe y acaricia sus manos—, pero puedes confiar en mí.

Nadia asiente.

—Él...

—¿Quieres decirme algo, Nadia?

—Él..., la noche que Valeria fue asesinada, Mario no estaba en la cama conmigo.

La revelación no hace que la expresión de Blanca cambie, no inmediatamente. Piensa en lo que ha dicho.

—Entiendo.

—Me desperté de madrugada y vi que no estaba a mi lado. Al poco regresó. Serían las cuatro de la madrugada. Le pregunté dónde había estado y me dijo que dando un paseo por la urbanización. Sin embargo, ayer me confesó otra cosa: que había ido a jugar al póker. Una partida ilegal.

Lo dice como si ni ella misma lo creyera. De hecho, no lo cree. Al parecer, todo lo que dice y hace es una mentira. Por si acaso, ha mirado escrupulosamente hace unas horas los movimientos de las cuentas bancarias que usan habitualmente y no ha visto nada extraño. Nunca le ha puesto coto ni le ha preguntado. Es cierto que porque nunca ha tenido motivo para ello; si un día sacaba quinientos euros, por ejemplo, no le daba importancia. A Mario le gusta llevar dinero encima para sus gastos, no importaba si en una semana gastaba seiscientos o setecientos euros. Le gusta la buena vida y pueden permitírselo.

Pero eso fue antes de que Valeria fuera asesinada, antes de que la Policía le dijera que esta y su marido chantajeaban a hombres con vídeos sexuales. Y uno de esos hombres es su marido. Desde luego es un motivo para matar a alguien si la situación se vuelve insostenible. No es que lo pensara la Policía, es que ya lo pensaba ella.

—¿Crees que eran amantes? —pregunta Blanca de repente.

La brutalidad de esa especulación saca a Nadia de sus pensamientos. Es como si los hubiera estado leyendo, palabra por palabra.

—¿Cómo? —exclama con voz rota.

—Lo siento, perdona... No quería decirlo de ese modo. Disculpa, soy...

Bueno, es algo que ya todo el mundo piensa. Y al escucharlo en boca de Blanca, Nadia es consciente de la apabullante verdad. Su mente se queda vacía y su cuerpo insensible, como si gravitara en el frío espacio.

—¿Nadia?

Blanca se levanta y se acerca a ella y le acaricia la cara.

—¿Estás bien?

—Sí, sí... Estoy cansada. —Mira a su alrededor. Siente que la cabeza está a punto de estallarle—. Debería irme a casa. —Se levanta y Blanca la mira sorprendida.

—Puedes quedarte aquí, si te apetece.

—Muchas gracias, Blanca, pero no, prefiero irme a mi casa.

Nadia deposita a Daniel en la sillita de su cochecito. El niño abre los ojos brevemente y comienza a sollozar al echar de menos el contacto de su madre. Nadia trata de consolarlo y Blanca comienza a recoger las bolsas que trajo. Ya en la puerta, Nadia coge a Blanca de una mano.

—Blanca, creo que deberías olvidar lo que te he dicho. No sé por qué te lo he contado.

—¿Estás segura?

—Sí.

Nadia ve algo extraño en su mirada.

—No deberías dormir sola en casa, tendrías que quedarte aquí.

Nadia mira hacia su casa, a tan solo unos metros de donde están. La cortina de agua que la rodea desvirtúa los contornos, desdibujándolos como si fueran parte de un sueño del que es imposible despertar. El sueño que un día tuvo y, al siguiente, se rompió.

Aprieta su mano y su mirada es vidriosa.

—Prométeme que no dirás nada, por favor.

—Te lo prometo.

22

La doctora Bellver prefiere no quitarse el abrigo y también ha rechazado cualquier tipo de bebida. Siguiendo el procedimiento la invitan a realizar la declaración en una de las salas de interrogatorio. Nada más sentarse Bellver siente una opresión en el pecho. Esas salas están diseñadas para que quien esté dentro no se sienta cómodo, y suele funcionar con la mayoría de las personas, aunque Portugal y Rossi han llegado a sospechar que a algunos criminales les pone cachondo estar allí.

Bellver acepta por segunda vez el ofrecimiento de la inspectora Rossi y le llevan una botella de agua. Nunca anteriormente Bellver había relatado lo que está a punto de contar, salvo a compañeros, y siempre bajo un estricto secreto profesional. Con el tiempo ha llegado a olvidar algunas partes de lo que sucedió hace más de veinte años.

La doctora se fija en la luz roja que hay encima de la puerta que entonces pasa a verde, pensando que todo lo que hace es por su bien.

—Creo que debería comenzar por el principio. Quizás haya partes de esta historia que sean irrelevantes para su investigación, pero creo que es necesario entender ciertos aspectos antes. Discúlpenme si me extiendo más de lo necesario.

Los inspectores asienten estando de acuerdo.

—Comience por donde le parezca —la anima Rossi.

Bellver mira a los dos inspectores.

—Conocí a Nadia allá por el lejano 1998. Ella tenía doce años y yo trabajaba en la unidad de Psiquiatría Infantil del hospital del Mar, en Barcelona. Recuerdo que estaba en casa y era de noche cuando me llamó por teléfono un inspector de Policía, porque alguien le había hablado de mí. Tenían una niña que había sufrido una experiencia especialmente traumática y debía ser ingresada de inmediato en la unidad psiquiátrica. Por aquel entonces yo me había especializado en tratar a niños que habían sufrido traumas de diversa gravedad. Arnau Briones, que así se llamaba el inspector, me preguntó si podíamos vernos en la unidad esa misma noche. Le dije que por supuesto, así que me vestí y fui al hospital. Al llegar, me esperaba Briones con varios agentes y Nadia, la niña.

Al recordarlo, la doctora Bellver sonríe con tristeza y los ojos se le empañan ligeramente.

—Nadia siempre fue alguien muy especial, y me di cuenta de ello nada más verla. Con sus grandes ojos, me miraba como si intentara hallar las respuestas que la vida tantas veces te niega.

»El inspector Briones me puso en antecedentes y me preguntó si conocía a la familia Ferrer. ¿Ferrer, el de las ópticas? El mismo. Sí, claro, contesté yo. Todo el mundo en Barcelona conoce a Antoni Ferrer. Además de poseer una cadena de ópticas en la ciudad es un hombre que participa y suele estar involucrado en eventos sociales y culturales, y suele aparecer junto a su esposa en algunas revistas y medios de sociedad. Bien, pues esta noche ha fallecido. Él y su esposa han muerto calcinados en un incendio que se produjo hace unas horas en su casa de la calle Balmes, dijo el inspector. Al ver a la niña, apestando a humo y con la cara y la ropa manchadas de hollín, imaginaba el resto. Sí, me dijo Briones leyéndome el pensamiento. La niña es hija de los Ferrer y se ha salvado de milagro. Un bombero ha conseguido sacarla sana y salva, como aquel que dice, "en el último momento". ¿No había nadie más en la casa?, pregunté yo. No, solo vivían los tres, me contestó Briones. Tampoco sabemos cómo se ha originado el incendio, aunque la Policía Científica está investigándolo en estos momentos. Briones exhaló un suspiro de impotencia y añadió: "La niña no ha abierto la boca desde entonces. Imaginamos que porque se encuentra en estado de shock. Por eso queríamos que usted la viera". Briones bajó la cabeza y se frotó la cara con ambas manos y me miró desconsolado: "Ahora la tiene a usted, doctora. Solo a usted".

La doctora Bellver deja de hablar. El relato ha estremecido a los inspectores, que, durante un instante, no dicen nada.

—¿Qué quería decir exactamente con eso? —quiere saber Rossi.

—Que Nadia, además de ser hija única, no tenía a nadie más como familia.

—¿Ferrer no tenía otros familiares? Quiero decir, tíos, primos, abuelos... —pregunta Portugal.

—Irina, su madre, era de ascendencia rusa y se desconocía su auténtica procedencia. Por aquel entonces se pensaba que había huido de Rusia, que se había cambiado el nombre y que incluso se había practicado la cirugía estética. Otros, por el contrario, sugerían que Ferrer la había conocido en un prostíbulo y que la había arrancado de las garras de sus proxenetas... Todo eran especulaciones. Yo creo que solo ellos conocían la verdad. Por parte de Antoni Ferrer había una hermana con la que no se hablaba desde hacía décadas, así que Briones tenía razón: Nadia no tenía a nadie más.

Rossi y Portugal asienten.

—¿Qué ocurrió después?

Bellver toma aire antes de proseguir.

—Que comenzó un auténtico calvario para ella. Nadia se encerró en sí misma desde ese mismo instante y pasó mucho tiempo hasta que por fin volvió a hablar. Rechazaba todo trato con las personas y se comportaba de manera agresiva. Yo ya sabía que tenía mucho trabajo por delante, pero ese era mi cometido. Debía tener bastante paciencia con ella y, sobre todo, fe.

»Con el tiempo conseguí que hablara, que se expresara. Traté de hacerle entender lo que le había ocurrido, pero continuaba cerrándose y creando un mundo en el que veía las cosas como a ella le gustaba que fueran, no como eran en realidad. En términos psicológicos, sufría un "trastorno de despersonalización disociado de la realidad", es decir, un trastorno de estrés postraumático complejo en el que es habitual sufrir alucinaciones. En algunos casos el sujeto puede llegar a autolesionarse y, en casos extremos, incluso al suicidio. Sin embargo, también puede originar un efecto contrario.

—¿Cuál?

—Que crean sentirse atacados y muestren una agresividad inusitada.

Al decir eso, los dos inspectores se miran.

—Imagino que usted realizó su seguimiento durante todos esos años, ¿no es así? —pregunta Rossi.

Bellver asiente.

—Sí, hubo momentos complicados. Especialmente de los doce a los diecisiete años. Pero al llegar a la mayoría de edad tuvo una notable mejoría. Comenzaba a interesarse por otras actividades del mundo exterior y deseaba salir y conocer gente. Además, era una estudiante excepcional que había encontrado en el arte su pasión. —Sonríe al recordarlo—. Nadia ya era otra persona, alguien que había asimilado el pasado y que anhelaba vivir su propia vida. Así que, en una reunión con los miembros del tribunal que debían aprobar su reincorporación social, recomendé su alta bajo supervisión.

—Suponemos que fue usted quien realizó esa supervisión, ¿no?

—Así es —afirma—. Para ella yo era como la madre que había perdido. Todos necesitamos aferrarnos a alguien en los malos momentos, y yo era ese salvavidas al que agarrarse. Sin embargo...

Bellver se detiene en su relato y su mirada se ensombrece.

—¿Sufrió Nadia alguna recaída?

—No. —Niega con la cabeza, aunque su lenguaje corporal parezca decir otra cosa—. Los años siguientes fueron relativamente buenos. Ella quería más autonomía, más independencia, y yo se la concedí. —Se remueve en su asiento con nerviosismo—. Esto puede parecer algo... petulante por mi parte, pero en mi profesión estamos acostumbrados a ser como una guía fundamental para nuestros pacientes, y de algún modo nos sentimos abandonados cuando ya no nos necesitan.

—Entiendo —dice Rossi pensativa—. ¿Sigue usted viviendo en Barcelona?

—No, a mediados de 2004 dejé la unidad por motivos personales. Por entonces había una vacante en la unidad de Psiquiatría Infantil del hospital del Niño Jesús. Allí estuve trabajando hasta el año pasado, cuando me jubilé, y desde entonces resido aquí en Madrid.

—Cuéntenos cómo volvió a ver de nuevo a Nadia —pregunta Rossi, cada vez más intrigada por la historia de la doctora.

—Fue hace unos cuatro años.

Bellver se permite exhalar un suspiro contenido. Hace un gesto hacia los policías y bebe agua de su botella.

—Es curioso, no me había olvidado de ella. Como les he dicho, Nadia siempre fue alguien especial para mí, pero en nuestra profesión una desea que nuestros pacientes superen sus fobias y sigan adelante. Desgraciadamente, no siempre es así. Si ella no me buscaba, era porque no me necesitaba, y eso podía significar dos cosas: que todo iba bien o que los problemas habían regresado de manera más virulenta.

Hace una larga pausa.

—Una tarde estaba en el museo del Prado con una amiga viendo una exposición itinerante de Caravaggio, y en una de las galerías me tropecé por casualidad con Nadia. Estaba radiante, casi no la reconocí, e iba con un hombre alto y moreno, muy apuesto. Se alegró mucho de verme, estuvimos charlando un rato y me presentó a su acompañante. Dijo que era su marido, estaban recién casados y se la veía muy feliz.

—¿El hombre era Mario Silva?

—Sí.

—Suponemos que Nadia no mencionó qué era lo que las unía a ambas.

—Por supuesto que no —responde taxativamente—. Me presentó como una amiga de sus años en la universidad, y yo le seguí la corriente. Era obvio que ella no le había hablado de su pasado a su marido, aunque esto es muy habitual. Esta sociedad todavía conserva muchos prejuicios hacia las personas que reciben o han recibido un tratamiento psiquiátrico.

—Pero volvieron a verse de nuevo —comprueba Portugal.

—Así es.

La doctora Bellver baja la mirada, y así se queda durante varios segundos.

—¿Desea tomarse un descanso? —propone Rossi.

—No. —Levanta la mirada y sonríe a la inspectora—. Estoy bien, gracias.

Bebe de su vaso sin prisa y se aclara la voz. Los inspectores esperan en silencio.

—Al principio, Nadia quiso que nos viéramos como amigas. Y fue extraño, porque en realidad nuestra relación, aunque íntima, nunca fue de verdadera amistad. Un día me confesó que, aunque era feliz, había algo que la atormentaba.

De nuevo la doctora se detiene.

—Dijo que no había sido capaz de contarle la verdad a Mario. Le había mentido sobre su pasado y había tejido una falsa vida en torno a ella. Cuando le conoció, ella trabajaba en una galería de arte en la calle Jorge Juan, y él, en una inmobiliaria. Se enamoraron y se fueron a vivir juntos. Ella me contó que no quería tener secretos con él, pero que tenía miedo de que la dejara si conocía detalles de su pasado. Y podía entenderlo, había sido muy traumático para ella.

—¿Cuánto duraron esas citas, doctora?

—Un mes, tal vez dos. Nos vimos tres o cuatro veces, no más. De repente, dejó de llamarme. Intenté hablar con ella varias veces, pero me aseguró que todo iba bien. Le dije que me llamara si algo la preocupaba.

—Pero ella volvió a su vida... —comenta Rossi.

Bellver asiente ensimismada.

—Sí, me llamó hace tan solo unos días; me extrañó que lo hiciera después de tanto tiempo. —Se detiene acongojada—. Yo no tenía ni idea de que habían asesinado a esa mujer en su urbanización...

—¿Hablaron del crimen que se había producido?

La doctora asiente de nuevo y a continuación mira hacia la ventana que tiene a su izquierda.

—Sí, y fue entonces cuando me dijo que sospechaba de su marido.

Los inspectores se miran entre ellos con cara de asombro.

—¿Y por qué Nadia pensaba tal cosa?

—Me habló de que alguien le estaba enviando mensajes anónimos. Mensajes que aseguraban que su marido era el asesino de esa mujer.

Por un momento los inspectores no dicen nada.

—¿Le enseñó alguno de esos mensajes? —pregunta Portugal.

—No —se apresura a contestar comenzando a sollozar—, dijo que los había borrado...

Rossi exhala un suspiro de impotencia.

—Y usted cree otra cosa, ¿verdad?

La doctora asiente con lágrimas rodándole por las mejillas.

—Creo que esos mensajes no existen, salvo en su cabeza —murmura con enorme pesadumbre—. Por eso he accedido a hablar con ustedes, porque creo que lo está haciendo de nuevo: está creando una realidad para justificar algo que no quiere aceptar.

23

Nadia camina por calles oscuras y desiertas de una ciudad desconocida. Hay un hombre que va andando por el otro extremo de la calle. A paso rápido se aleja sin mirar atrás. Ella aumenta el ritmo y las pisadas cadenciosas retumban en la acera. Cuando por fin Nadia lo alcanza y se da la vuelta contempla a un hombre sin rostro. Y sonríe porque no es Mario. Sin embargo, poco a poco, su rostro comienza a revelarse, formándose primero la nariz y la boca; y después los ojos, aunque todavía sin definir. Su boca quiere sonreír, pero solo es un trazo desdibujado. Los ojos se abren y Nadia retrocede un paso, aterrada. En cuestión de segundos se han formado los rasgos que definen a una persona. Es cuando Nadia grita, cuando ve que se trata de su marido.

El grito del sueño traspasa la realidad y reverbera en la casa vacía, que se le antoja más fría desde que Mario no está en ella. Escucha a su hijo en la cuna. Está despierto y emite un parloteo continuo. Nadia se asoma y el niño la mira fijamente. Parece feliz. Continúa con su propia cháchara, sonriendo, sumergido en a saber qué pensamientos.

Toma una ducha rápida y da el pecho a su hijo, sus pensamientos no van más allá que lo que hace en ese momento. Una vez que el niño ha sido alimentado enciende el televisor de la cocina. Deja que el ruido llene la casa. No soporta ese silencio. Desayuna con la mirada puesta en su jardín. Hace un día precioso. Los rayos de sol amarillean los setos y el césped del jardín. No puede continuar desayunando. El nudo de su estómago no desaparece. Coge su móvil. No hay más mensajes nuevos. ¿Qué estará pensando su acosador o acosadora?, ¿estará esperando que mueva ficha?, ¿conocerá todos sus pasos? Mira a su alrededor. ¿Sabrá todo lo que ocurre en su casa?, ¿la estará espiando en ese momento? Lee de nuevo el último mensaje recibido: «Una debe saber antes con quién comparte su vida. Eres una mujer inteligente. ¿Por qué no seguiste los consejos de tu terapeuta?».

Se pregunta cómo sabe que ha estado viendo a la doctora Bellver. Nunca se lo ha contado a nadie y nunca vio nada extraño. Pero eso en realidad no significa nada. La persona que le está enviando esos mensajes conoce muchas cosas sobre ella. Sí, lo ha sabido desde el principio.

Entra en el baño y se toma otra pastilla del frasco marrón sin etiqueta. Va a volverse loca. Siente su mente agotada y el cansancio físico es como una losa sobre sus hombros. Se pregunta si tendrá fuerzas para enfrentarse a lo que está por venir, si tendrá fuerzas para proteger a su hijo. Lo mira embelesada. Le acaricia la cara, las manos y sus rechonchas piernecitas mientras duerme totalmente ajeno al dolor y al sufrimiento de su madre. No, se dice, no dejaré que te aparten de mi lado. Voy a descubrir qué está pasando. Tengo que descubrir quién está al otro lado de esos mensajes.

Enciende la luz del despacho de Mario. Un despacho que, a decir verdad, apenas ha usado, pero que decoró con todo lujo de detalles. Quería que el hombre de su vida, el hombre del que está profundamente enamorada, estuviera cómodo y tuviera todo lo necesario para ser feliz. Jamás ha registrado sus cosas, ¿por miedo? Siempre se ha dicho a sí misma que porque respetaba su privacidad. Todos tenemos secretos, esa es la verdad, como, por ejemplo, hablar con aquel antiguo novio de vez en cuando y en secreto —de manera totalmente amistosa, por supuesto—, pero con el que fantaseamos con volver a tener algo. Gastar más dinero del que se puede gastar en juegos online, pero no confesárselo a tu esposa a la vez que la abroncas porque no es capaz de llegar a final de mes. Masturbarse con vídeos porno de lesbianas, pero luego poner la excusa a tu marido de que no te apetece porque has tenido un día de mierda en la oficina. O machacarles la cabeza hasta morir a tus antiguas amantes cuando se ponen pesadas.

Sí, esa clase de secretos.

Si Mario esconde algo oscuro y perverso tal vez esté en ese lugar. Mira con cuidado entre los pocos libros que hay. Tras los retratos de la pared. En los cajones donde solo hay cosas que olvidamos por qué las guardamos.

El ordenador.

Un flamante MacBook Pro donde consulta el tráfico y resultados de la web de su empresa, la fluctuación de algunas acciones en bolsa y el valor de criptomonedas, webs de viaje, vino, ropa y cosas por el estilo. Todas muy inocentes.

Lo enciende. Pero debe introducir la contraseña que desconoce. Comienza a escribir las fechas más señaladas: el nacimiento de Daniel, su aniversario de boda, el día, mes y año que se conocieron... No funciona ninguna. Prueba con nombres o palabras que le vienen a la memoria. Tampoco funciona. Entonces piensa en Valeria y, con temor, introduce su nombre.

No funciona.

Exhala un suspiro de alivio y se frota los ojos, devanándose los sesos. Tiene que haber otra manera, pero no puede pensar con claridad, se siente agotada. Dándose por vencida, se dispone a apagar el ordenador y entonces una palabra se cuela en su cabeza. Niobe, el nombre de su empresa, que además fue idea suya; siempre se ha sentido orgulloso por ello. Lo introduce: no funciona. Prueba añadiendo el año en curso. No funciona. Añade el año de su creación y entonces... aparece el escritorio.

Ya está dentro. Siente un hormigueo en el estómago. No por lo que está haciendo, sino por lo que podría llegar a encontrar. Podría ser el principio del fin.

Navega en las diferentes carpetas del disco duro durante un rato. Las que más contenido tienen son las relativas a su negocio: informes, balances y cosas por el estilo. En la aplicación «Fotos» se recrea mirando las imágenes y vídeos recopilados que son el testimonio visual y real de que han sido felices, antes de que naciera Daniel, cuando estaba embarazada, cuando nació... Se le forma un nudo en la garganta y tiene que espantar con tremendo esfuerzo la sensación de fracaso que le traba la garganta. Cierra la aplicación con una sensación de tristeza que a punto está de echarlo todo a perder. Se recompone y entra en el navegador. Revisa concienzudamente el historial, pero es demasiado previsible: hay múltiples visitas al panel de control de la web de su empresa, visita a webs de la ropa que le gusta, webs de coches de gama alta y una especializada en vinos de gourmet.

Y eso la desconcierta.

Vuelve al disco duro. Entra de nuevo en las carpetas. Las vuelve a revisar minuciosamente, una por una. Al entrar en una que pone FACTURAS se da cuenta de que dentro hay otra en la que pone BALANCES, y otra más en la que pone SEEKER. Se queda mirando esa carpeta. Pincha en ella, pero solo hay facturas en formato PDF. Abre una de ellas. Se trata del pago anual del uso de un servicio de una aplicación. Regresa al navegador Safari y al introducir la palabra el sistema de reconocimiento de caracteres hace el resto. Le lleva a una web que ofrece un sistema de rastreo de dispositivos móviles. Según la web es muy efectivo. El eslogan afirma que es algo así como tener a un detective trabajando las veinticuatro horas para ti. Hay una zona privada para clientes. El propio navegador, que ha guardado el nombre de usuario y la contraseña, le deja entrar sin problemas. Hay un mapa, como el de Google Maps, y una serie de trazados en él. En un lado hay una columna con datos y estadísticas y el dispositivo que rastrear, así como fechas.

No le cuesta identificar a quién pertenece ese número.

Se trata de su propio móvil.

—El 5 de mayo de 1998 la casa de la familia Ferrer, situada en la calle Balmes, ardió hasta los cimientos —expone Tendero arrojando sobre la mesa de la sala de reuniones la información que ha recopilado en las últimas horas—. Antes de que las llamas se hicieran con la casa —prosigue—, un equipo de bomberos logró rescatar a la niña que se había quedado atrapada en el piso de abajo. Tras el incendio, la Policía Científica determinó que la causa había sido un fuego que se inició en la cocina; no había indicios de que fuera provocado.

Portugal lee el informe por encima y arquea una ceja.

—Es bastante escueto, la verdad.

—El agente con el que he hablado no estaba en el cuerpo entonces, ni ha encontrado a nadie de esa época que pudiera comentarlo.

—¿Tampoco el inspector que llevó el caso?

—No. —Niega con la cabeza—. Un inspector me ha dicho que se retiró hace once años, se quedó ciego debido a una retinopatía diabética. Vegeta desde entonces en una residencia de monjas carmelitas en Rubí, un municipio de Barcelona.

Rossi mira a Garay, que espera su turno al lado del subinspector Tendero.

—¿Silvia?

Garay explica a los presentes lo que ya contó a su compañero el subinspector Tendero sobre el pasado de Mario Silva; su salida fortuita de Valladolid debido al escándalo del vídeo sexual en el que estuvo involucrado, su paso por varias ciudades españolas, su estancia algo más prolongada en Alicante, y su desaparición en el sistema de la Seguridad Social y de la Agencia Tributaria durante casi dos años.

—¿Y no hay nada durante ese tiempo? —pregunta Portugal.

—Nada todavía —responde Garay.

—Lo último que tenemos antes de que llegara a Madrid es su paso por Alicante. Si allí estuvo establecido durante varios años, habrá alguien que lo conozca. —Portugal mira a Garay y a Tendero alternativamente—. Tiramos por ahí. ¿De acuerdo?

Ambos asienten. A continuación, Garay despliega una carpeta sobre la mesa con más documentos. Hay fotocopias, informes, extractos bancarios...

—Esto es lo que he podido encontrar acerca de Mario Silva. No me ha dado tiempo a más, pero seguiré indagando.

Los inspectores miran la documentación en silencio.

—Es propietario junto con otro socio de un portal inmobiliario online llamado Niobe. El portal está en todos sitios: publicidad en internet, televisión, radio... Incluso ha aparecido unas cuantas veces como patrocinador oficial de algunos concursos de televisión. Sin embargo...

Muestra una gráfica.

—Según este informe, la empresa no va bien. Durante los dos años de vida del proyecto han invertido cerca de cuatrocientos ochenta mil euros y, hasta la fecha, solo han obtenido pérdidas.

Portugal y Rossi se miran haciéndose la misma pregunta. ¿De dónde salía entonces el dinero de su aparentemente estupendo estilo de vida?

—La doctora ha comentado que los padres de Nadia tenían una cadena de ópticas —afirma Rossi dirigiéndose a Tendero—. ¿Podrías averiguar algo más?

—Claro, con tiempo...

—Salvador, deberías haberle hecho caso a tu madre cuando te dijo que opositaras a maestro. Esto es la poli —agrega Portugal—, aquí todo es para ya.

El equipo ríe.

—Si tenían dinero, tal vez salió de una hipotética herencia —continúa Rossi—. Las casas de Valdevistas no deben de estar al alcance de cualquiera.

—Pues rondando el millón setecientos mil euros —informa Garay—. Es el precio que he visto de una de ellas en un portal inmobiliario.

El móvil de Tendero suena y descuelga antes del segundo timbrazo.

—¿Dígame?

—¿Subinspector? —dice una voz de hombre.

—Soy yo, ¿quién es?

—Soy Emilio Huete. Hablamos hace dos días...

El exprofesor de matemáticas de Mario Silva. Se acuerda de él, por supuesto. Hace un gesto a sus compañeros y sale al pasillo.

—Señor Huete, ¿cómo está?

—Bueno, he estado mejor...

Sabe por qué ha llamado. Huete exhala un suspiro excesivamente acongojado.

—¿Sabe que mi esposa va a matarme por esto?

Tendero no dice nada.

—Está bien, supongo que es lo que se espera que haga un buen ciudadano, ¿verdad?

—Sí.

—La mujer que estuvo con Silva se llama Samanta Moyano, y como ya le dije, vive en Madrid. Regenta una zapatería en una calle muy comercial, pero no sé cuál. Lo siento, eso deberá averiguarlo usted.

—No se preocupe, así está bien. Muchas gracias por su colaboración.

—No hay de qué —murmura taciturno.

Tendero regresa a la sala de reuniones.

—Tengo el nombre de la mujer que tuvo el romance con Mario Silva cuando él tenía dieciocho años. La que tuvo que abandonar Valladolid porque había un vídeo donde aparecían ella y Silva practicando sexo.

Los inspectores se miran.

—Encárgate tú de hablar con ella —se dirige a Garay—. Silvia, sigue tú tirando del hilo con lo del tema de Silva en Alicante a ver qué encuentras. Nosotros nos vamos a Barcelona.

Mario está desesperado. Nadia no coge ninguna de sus llamadas, y Durán, su abogado, le ha aconsejado que esté tranquilo y que no fuerce las cosas. No ha querido decirlo, pero Mario intuye que su abogado cree que él ha tenido algo que ver con el asesinato de Valeria.

—Que te escondas no ayuda —ha dicho.

Pero Mario tiene sus motivos, y es que le aterroriza la perspectiva de que Nero descubra dónde vive y, sobre todo, quién es su esposa, o, mejor dicho, lo que tiene. «Esta gente solo quiere recuperar su dinero. En el momento en que les pague me dejará en paz. No volveré a saber más de ellos.» Sin embargo, ese pensamiento no le tranquiliza en absoluto.

No puede esconderse eternamente. Tiene que mover ficha. Y lo primero que va a hacer es ir a su casa a ver a su hijo y a hablar con Nadia. Los dos últimos días fuera sin ellos han sido muy duros. Los ha echado de menos y ha llorado por sus errores. Lamenta haberse acostado con Valeria. Desde que la conoció supo que era la típica mujer que solo trae problemas. Tenía que haberse mantenido lejos de ella. No puede creerlo, siempre se empeña en estropearlo todo cuando las cosas van bien.

Y esta vez las cosas iban muy bien.

Vivía con una mujer que lo quería y tenían un hijo precioso. Todo empezaba a dar un nuevo sentido a su vida. Era otra persona. Pero de nuevo, y una vez más, surgió su verdadero yo para estropearlo todo. «No hay marcha atrás. Debo ir a verla, es mi única posibilidad. Sin ella, estoy perdido.»

Abandona el piso donde ha estado escondiéndose. Es un lugar feo que le recuerda a su vida anterior a conocer a Nadia, donde deambulaba sin rumbo ni ilusión. Sus vecinos son gente que van todo el día en chándal e incluso bajan a la calle con las zapatillas de estar por casa. Van con bolsas de plástico de aquí para allá todo el día, y tanto ellos como ellas visten ropa barata, son zafios y farfullan en lugar de hablar. Después de la muerte lo que más le ha horrorizado siempre es la pobreza. Aunque conduzca un Mercedes, vista ropa cara y viva en una bonita casa, no ha logrado eliminar de su mente esa desagradable sensación.

Pero Nadia lo quiere y le ayudará. Y él hará lo que sea por volver a su vida de antes.

Cruza la calle a paso rápido con temor y la cabeza gacha. Los bloques de pisos, grises y construidos sin gracia, le recuerdan a los de un gueto de la época soviética. Tiene que llegar a la parada de autobuses más próxima y, de ahí, ir hasta el parking del centro donde dejó su coche. Suma los pasos que da como si una prueba superada fuera. La parada queda apenas a la vuelta de la esquina.

De repente, sale un hombre de un coche aparcado a su derecha; desgraciadamente, lo conoce: es uno de los gigantes de Nero. Este le sonríe y Mario se queda paralizado. Lo han encontrado.

Inmediatamente después, aparece el otro gigante por la puerta del acompañante y en último lugar Nero desciende de la parte de atrás del coche. En comparación con ellos, parece un enano. Mario siente el impulso de salir corriendo, pero está seguro de que antes de dar tres zancadas uno de los gigantes lo derribaría de un puñetazo y lo estamparía contra una pared como en un videojuego.

—Amigo mío, ¡cuánto tiempo! ¿Eh? —Nero da un par de pasos hacia él. Los gigantes se aproximan flanqueándole—. ¿Por qué no das señales de vida? ¿Crees que no iba a localizarte?

Los gigantes se ríen.

—Nero, lo siento de veras. He tenido problemas para reunir el dinero, yo... —Mario se detiene con la voz quebrada y Nero agita la mano para restarle importancia.

—Dinero, dinero, dinero. —Chasquea la lengua—. El dinero es como las mujeres: cuanto más lo pruebas, más te gusta. ¿No opinas lo mismo?

Los gigantes asienten con la cabeza. Mario los mira de reojo y estos se acercan un poco más a él.

Nero mira a su alrededor con desagrado. Hace frío, pero él solo lleva un fino traje de color beis, que en ese barrio desentona como un orangután en una librería.

—Pero ¿qué haces aquí? —Se encoge de hombros—. Este sitio es muy feo y no tiene ninguna clase. ¿No estarías pensando en jugármela, verdad, *amico?*

—No —murmura Mario, sintiendo el estómago revuelto—. Solo necesitaba... pensar.

Nero enarca una ceja.

—¿En la Policía?

—¿Qué Policía? —suelta sin pensar.

Nero menea la cabeza.

—Cuando tú das un paso, yo doy tres, así que no me tomes por tonto.

Joder, no puede entender cómo sabe tanto. Y si es así, es posible que haya adivinado más sobre él y sobre Nadia. Lo señala con el dedo.

—Tampoco me has hablado de tu... familia.

Nero se acerca más a Mario. Apesta a colonia y al aliento que tendría el mismísimo Satanás.

—Enhorabuena. Una familia es lo mejor de todo. Te proporciona estabilidad emocional, y eso es muy importante. —Mueve la cabeza hacia los gigantes—. Hasta Fabrizio y Marco, aquí donde los ves, tienen familia. Porque es lo más importante, *vero?*

A los gigantes no les queda más remedio que seguir dando la razón a su jefe.

—No metas a mi familia en esto, por favor —balbucea Mario a la desesperada—. La culpa es solo mía...

—¡No! —exclama Nero con gesto teatral—. Me estás malinterpretando, *amico*. Lo último que haría es hacer daño a la familia de otro hombre. Sin embargo, si ese hombre me engaña y no me cuenta la verdad, entonces la cosa cambia. —Suspira—. Así que, solo te lo voy a preguntar una vez.

—Nero, yo... Te juro que voy a pagarte todo...

—Tu esposa tiene mucho dinero, *certo?*

Mario, aterrorizado, cierra los ojos.

Nero apoya una mano llena de anillos de oro de diferente forma y quilates sobre su hombro.

—Sí, *amico*. Tu esposa tiene mucho dinero. —Inspira profundamente—. Así que vamos a hacer una cosa, si te parece: me vas a pagar trescientos mil euros. Tienes un día. Y si veo que no cumples, una preciosa tarde como esta, Fabrizio y Marco harán una visita a tu guapa y joven esposa. Se la follarán hasta que les suplique que la maten. Porque estos no follan, estos atraviesan puertas con sus pollas.

Los gigantes ríen orgullosos, Nero se gira, y camina hacia el coche de vuelta. Antes de cerrar la puerta del vehículo mira a Mario con desdén una última vez.

Una vez que se han marchado, Mario se jura a sí mismo que algún día matará a ese hijo de puta.

Cuando el subinspector Tendero llega a la tienda de calzado en la populosa calle de la Montera sabe que Samanta Moyano es la mujer de cabello rubio y largo que ayuda a una pareja de turistas a elegir un calzado apropiado para él. Tendrá unos cincuenta y cinco años y derrocha elegancia. Su piel luce un intenso bronceado artificial que le ha provocado una prematura vejez facial. Aun así, conserva destellos de una juventud esplendorosa y, al verla, el agente Tendero no puede evitar pensar en cómo un simple vídeo puede arruinar tu vida en un abrir y cerrar de ojos.

Debería haberla llamado antes, pero temía que se negara a verlo. No hay tiempo, así que lo mejor es hacerlo por las bravas. Después de que la pareja de turistas discuta sobre la conveniencia de uno u otro modelo, Samanta los deja a solas. Entonces lo mira y sonríe, se acerca a él. Tendero se fija en la cantidad de pulseras y anillos que lleva en ambas manos.

—Buenas tardes, ¿puedo ayudarle?

—Eso espero. Soy el subinspector Tendero, de la Policía Judicial, y estoy buscando a Samanta Moyano.

—Soy yo —responde ella destensando la sonrisa del todo. Mira a su alrededor con disimulo, y ve cómo una dependienta cobra a una clienta en el mostrador mientras otra más sale en ese momento por una puerta llevando varias cajas de zapatos que deja sobre una mesa.

—¿Podemos hablar un momento?

—¿Sobre qué? —dice bajando la voz. Hay tensión en sus palabras y mirada—. Ahora mismo estoy bastante ocupada.

La mujer se gira y va hacia el mostrador. Le susurra algo a la dependienta y esta se aparta a un lado. Samanta comienza a teclear algo en un ordenador.

—Es sobre Mario Silva —dice Tendero acercándose a ella.

Aparentemente no hace ningún gesto y, aunque mantiene la cabeza ligeramente agachada y no puede ver sus ojos, nota tensión en sus hombros. Exhala un hondo suspiro.

—Lidia, sigue tú con esto, por favor.

La dependienta ocupa su lugar, Samanta camina hacia una puerta sin decir nada, y Tendero la sigue. Abre la puerta y lo invita a entrar. Hay un pasillo estrecho con cajas de zapatos apiladas a ambos lados. Bajan unas escaleras y llegan a lo que parece es el almacén. Enciende la luz y Tendero se sorprende de la cantidad de género que hay dentro y lo grande que es.

—¿Me puede enseñar su placa?

Tendero accede a su petición y ella lo mira detenidamente comprobando que la cara es la misma que aparece en la foto, y entonces Samanta deja de disimular y la crispación tiñe su rostro.

—No sé quién le habrá hablado de mí, pero no quiero saber nada de esa persona. —Habla rápido, a la vez que niega con la cabeza—. Así que, por favor, márchese y déjeme tranquila de una vez.

Ella se tapa la cara con una mano, el cabello le cae sobre la mano y se lo retira hacia un lado.

—No tengo intención de remover viejas heridas, pero no estaría aquí si no fuera importante. Por eso necesito hacerle unas preguntas.

Se apoya en la pared y se cruza de brazos con gesto cansado a la vez que mira al subinspector.

Samanta Moyano cierra la puerta de un pequeño despacho que está al fondo del almacén. No tiene ventanas, es claustrofóbico y el sonido es inmediatamente absorbido por las paredes. Tendero se fija en las fotos de unos niños pequeños pegadas a un corcho que hay en la pared de enfrente. Samanta le invita a sentarse en una silla plegable, mientras ella lo hace en otra. El subinspector no desea perder el tiempo, así que le hace un resumen del caso. Ella escucha sin interrumpir, y apenas mueve la cabeza para asentir de vez en cuando. Tendero nota que sus ojos se enrojecen por momentos.

—¿Y creen que ha sido él? —pregunta una vez que ha concluido.

—Es uno de los sospechosos. Aunque no tenemos ninguna prueba, esa es la verdad. Sin embargo, el vídeo donde aparece con la mujer que ha sido asesinada podría ser importante.

Al escuchar lo del vídeo a Samanta se le ensombrece la mirada. Se frota los ojos con una mano y, de nuevo, se aparta el cabello que le cae sobre la cara.

—¿Puede contarme cómo era?

Samanta lo mira fijamente.

—Un manipulador, y eso entonces, que era un solo un crío. No me imagino cómo debe de ser ahora.

—¿Era violento?

—Violencia física, no. No le hacía falta. Él era muy hábil. —Exhala un suspiro—. Aún sigo sin entender cómo me dejé arrastrar. Bueno, sí que lo sé, para qué engañarse…

Silencio.

—Tuve que dejar la ciudad donde vivía porque no podía salir a la calle. Mis hijas, mis propias hijas, me dieron la espalda. No tuve alternativa.

—Por lo del vídeo, ¿no?

Samanta asiente y las lágrimas brotan de sus ojos. Se las limpia con un pañuelo de papel.

—¿Silva utilizó ese vídeo para hacerle chantaje?

—No en la forma que está pensando, pero sí. A él le gustaban esas cosas. A mí me aterraban porque sé lo que acaba pasando, pero accedí como una idiota creyendo en su palabra. Hubiera accedido a hacer muchas más cosas si me las hubiera pedido. Estaba completamente fuera de mí. A su total y entera voluntad.

Baja la mirada durante un rato.

—¿Le dio dinero a Silva alguna vez?

—Sí, aunque él no me lo pidió. —Se detiene—. Supongo que era su plan desde el principio: provocar esa situación para que yo le diera dinero, con el fin de que se olvidara del asunto y me dejara en paz.

—¿Y lo hizo?

Sonríe con tristeza.

—Sí y no. Paradójicamente, el único que estuvo de mi lado fue mi exmarido. De no ser por él no sé qué habría pasado. No me preguntó, simplemente actuó y lo hizo porque era un buen hombre. —Niega con la cabeza—. Un día le dijo que lo mataría si volvía a acercarse a mí alguna vez más. Días después, desapareció sin dejar rastro y ya no volví a verlo nunca más. —Mira intensamente a Tendero—. Me destrozó la vida, ¿sabe?

—Lo comprendo.

Es lo único que Tendero es capaz de decir. Ella esboza una sonrisa torcida, negando al mismo tiempo.

—Yo creo que no —confiesa amargamente—. Una no se repone de algo así de cualquier manera. Menos mal que con el tiempo he podido ir recuperando el cariño de los míos. —Echa un vistazo hacia las fotos del corcho de la pared. Tendero se fija en una foto donde aparece Samanta abrazando a un niño de unos dos años, mientras este le da un beso en la mejilla. Sea o no culpable, a cada momento que pasa, Tendero siente más antipatía por Mario Silva.

—¿Puedo hacerle una pregunta más?

Samanta asiente varias veces, mientras coge una cajetilla de Camel que hay sobre la mesa, saca un cigarrillo con nerviosismo y juguetea con él.

—Ha dicho que no ha vuelto a saber más de él desde que se marchó de Valladolid. Hemos investigado y después de ir de aquí para allá estuvo viviendo en algunas ciudades de España. ¿Sabe si alguien le ha mencionado alguna vez si lo vio en alguna parte? Entiendo su dolor, pero no se lo preguntaría si no fuera importante.

Samanta asiente no demasiado convencida. Manosea el cigarrillo con la intención de echárselo a la boca, pero se lo piensa mejor y lo vuelve a meter en la cajetilla. Permanece pensativa y con la mirada evasiva durante un rato.

—Una amiga lo vio una vez.

—¿Aquí en Madrid?

—No, en Alicante capital. Ella vive allí. Lo vio paseando por el paseo marítimo con una mujer. Algo mayor que él. Bastante, según me dijo mi amiga.

—Hace ya bastantes años, ¿no?

—Sí, no lo recuerdo bien.

—¿Le dijo su amiga algo más de esa mujer?

—No, no quise escuchar más. Ella los vio y ya está. Una pareja más. No se volvió a cruzar con él más veces.

Samanta mira fijamente y con determinación a Tendero.

—Y ahora le rogaría que, si vuelve a mi tienda, sea para comprarse unos zapatos. No quiero volver a saber nunca más de él, ¿queda claro?

24

Portugal y Rossi caminan por la terminal uno del aeropuerto del Prat. En la pasada jornada comentaron con el comisario Veloso la necesidad de viajar a Barcelona para continuar con la investigación, querían conocer de primera mano la versión del exinspector Arnau Briones, que aparentemente y junto con la doctora Bellver eran los últimos eslabones del misterioso pasado de Nadia Valverde. ¿Qué motivos habrían impulsado a Nadia a cambiarse los apellidos? Quizá quería dejar un pasado tortuoso atrás, y tenía todo el derecho del mundo a hacerlo. Sin embargo, los investigadores creen que podría haber algo más. No lo comentan entre sí, pero ambos se sienten intrigados con la posibilidad de encontrar algo inesperado en ese caso.

Cuando se suben al coche de alquiler, con Rossi al volante, Portugal recibe una llamada. Se trata de la agente Silvia Garay.

—Tengo algo —exclama, y por su tono de voz Portugal presume que ha encontrado un filón.

Rossi ajusta el asiento e introduce la dirección en el navegador que lleva el coche integrado en el salpicadero. Portugal pone su móvil en modo altavoz.

—Te escuchamos.

—Como ya sabíamos, Antoni Ferrer poseía una cadena de ópticas, todas ellas en el área metropolitana de Barcelona. Esta cadena, según me ha explicado un antiguo trabajador, ya no existe como tal. Tras su muerte, las tiendas fueron absorbidas por otra cadena de la competencia. Ferrer, era un buen gestor y llevaba las cuentas de su empresa al día. Trabajó mucho y consiguió amasar una pequeña fortuna. Normalmente, el dinero que ganaba lo invertía en bienes raíces en Barcelona y otras poblaciones como Badalona y Sabadell. También tenía acciones, bonos del tesoro y dinero repartido en algunas cuentas corrientes. No he podido conseguir una cifra exacta, porque algunas entidades bancarias ya no existen, pero estaríamos hablando de entre seis y ocho millones de euros.

—No está mal.

—Nada mal. Además, Ferrer era bastante previsor. Cuando murió tenía cincuenta y tres años, pero ya había hecho testamento. Parte del dinero, con algunas cláusulas, lo heredaría su esposa. Aunque la heredera más beneficiada era su hija.

Así que de ahí viene el espléndido estilo de vida de la parejita, piensa Portugal.

—Apuesto a que el dinero para montar la empresa de su marido lo puso ella.

—Apuestas bien. Silva aportó el cincuenta por ciento del capital, un total de doscientos cuarenta mil euros, sin pedir un solo euro al banco.

Rossi aparta brevemente la vista de la calzada para mirar de reojo a su compañero. Puede imaginar lo que le ronda por la cabeza.

—Muy bien, Silvia. Te debo una cena.

—Siempre dices lo mismo. Yo no sé las cenas que me debes ya, ¡tacaño!

Portugal sonríe y Rossi asiente dándole la razón a Garay.

La residencia de ancianos Hermanos Desamparados de Jesús se instala en medio de una floreada y despejada avenida, en lo que era un antiguo palacete. Sor Josefa, una monja carmelita que frisa los setenta años, atiende a los inspectores Portugal y Rossi a la entrada. Animadamente, les presenta a sor Librada, la monja más longeva de la residencia, quien permanece vigilante y fija como un clavo desde por la mañana hasta por la noche, saludando con su centenaria salud de hierro a todos los visitantes que se dejan caer por allí.

—Siempre ha sido muy de gentes, ¿a que sí? —comenta sor Josefa con el mismo ánimo. La anciana, ya desdentada, asiente con vigor—. Esta semana cumple ciento dos años y está más templada que ustedes y que yo. Y si vieran cómo come, ¡como una lima nueva!

Después de desearle muchos más cumpleaños a sor Librada los inspectores siguen a sor Josefa por un pasillo de suelo encerado. Llegan hasta un amplio claustro porticado, y durante el trayecto la hermana narra una versión abreviada de la historia de la residencia. Se le ensombrece la mirada cuando le preguntan por Arnau Briones.

—El pobre no ha tenido mucha suerte estos últimos años, pero de ánimo está bien.

Sor Josefa les indica que pasen a unas dependencias. Sin detenerse, entra en una habitación que tiene la puerta abierta, y los inspectores se quedan fuera. Al lado de una ventana que da a un jardín interior hay un hombre enorme y encorvado sentado en una butaca que parece ridícula para su tamaño. Envuelto en una bata de franela de cuadros grises y azules tiene la cara vuelta hacia la ventana. Una franja de sol baña su rostro y los cuatro pelos que le quedan. Con cariño, la hermana anuncia la visita. El viejo inspector asiente una vez, sin hacer otro movimiento.

—Bueno —susurra—, les dejo a solas con él. Si no les importa, cuando terminen, búsquenme, estaré en el comedor de la entrada o en la cocina.

Cuando sor Josefa se marcha los inspectores entran en la habitación.

No hay más sitio para sentarse que la cama, que está a la izquierda de los inspectores y frente a Briones. Parece que les lea el pensamiento.

—Lo siento, pero no hay más mobiliario que el que ven. Pueden quedarse de pie o sentarse en la cama —señala. Su timbre de voz es potente y habla con seguridad, aunque hay una pátina de tristeza bien disimulada.

Rossi y Portugal toman asiento en la cama.

Briones es un hombre inmenso, de anchos hombros y grandes bolsas moradas bajo los ojos. Hay algo de quijotesco en él.

—¿Saben que es lo que más echo de menos? —pregunta—. Leer. Leer y el cine. Eso llenaba mis días. Leer en braille no es lo mismo. Solía ir al cine Rex. Maru, mi mujer, y yo íbamos todos los viernes por la noche. A ella le gustaba el último pase. A mí me daba igual, con tal de verla feliz. —Sonríe con tristeza—. Al terminar la película cruzábamos la calle y tomábamos algo en la cafetería La Granja. Antoñito ya nos tenía preparados el café con leche y los *carquinyols*. Los mejores de Barcelona.

Briones se detiene.

—¿Les ha pasado alguna vez?

—¿El qué?

—Que la vida vivida parezca que la haya llevado otra persona en tu lugar.

Los inspectores no contestan. Briones gira su rostro hacia ellos y sonríe con afabilidad.

—Tenía buenos amigos en Madrid, pero llevo fuera de la circulación mucho tiempo. A veces me visita algún compañero y me cuenta cómo se hacen las cosas ahora. No ha pasado tanto tiempo, pero para mí es como si hubiera pasado una eternidad.

—Los métodos avanzan, pero muchas veces los casos se resuelven a la antigua —afirma Portugal—. Aunque puedo asegurarle que de momento no hay ningún Robocop suelto por ahí que nos quite el trabajo.

Briones ríe por la ocurrencia de Portugal.

—Así que quieren hablar de Nadia Ferrer…

—Ahora se llama Nadia Valverde, cambió sus apellidos —aclara Rossi.

Briones frunce el ceño.

—Vaya.

Los inspectores hacen un resumen del caso que investigan. Comentan que, en principio, su sospechoso principal era el marido, al que se ha sumado un amante del que Valeria estaba embarazada. Pero sus coartadas, hasta que no se demuestre lo contrario, son sólidas. Mario, el marido de Nadia, entró en escena al descubrirse el vídeo sexual. La declaración de la doctora Bellver sobre Nadia abrió una nueva posibilidad que los ha llevado hasta él.

—¿Y creen que Nadia ha podido asesinar a esa mujer?

Pregunta en tono neutro.

—No podemos ni debemos descartar nada —afirma Rossi con cautela—. Ya sabe cómo va esto.

—Los antecedentes mentales de Nadia nos han hecho sospechar. Y existe un motivo claro.

—Los celos —exclama Briones—. Todo un clásico.

Portugal sonríe.

—Se descubrirán cientos de nuevos procedimientos para atrapar al asesino, pero los motivos serán los mismos dentro de dos mil años.

—Tenemos la opinión de la doctora. Como ya sabe, ella la trató siendo niña —continúa Rossi—. Queríamos conocer la opinión del policía que estuvo allí esa noche.

Briones asiente levemente y se acaricia la barbilla.

—Entiendo. —Suspira—. Esa noche era viernes.

Briones parece mirar a los inspectores cuando habla. Es curioso, uno nunca sabe cómo comportarse delante de una persona ciega.

—Yo acababa de llegar a casa con mi mujer cuando me llamaron —prosigue—. «¿Conoces a Antoni Ferrer?», me preguntó un compañero. «¿El de las ópticas?» «Ese mismo», contestó. Hay una de sus ópticas en el barrio donde vivo, le dije. Me contó los detalles por el camino. Al llegar a la calle Balmes los bomberos ya habían sofocado el incendio, pero había dos víctimas: Ferrer y su esposa, que murieron en la cama. Aunque según el forense la causa de la muerte no fue el fuego, sino la inhalación de humo. La autopsia reveló que la pareja solía tomar somníferos para dormir, así que antes de que sus cuerpos ardieran ya estaban muertos.

Los inspectores se miran.

—Pero eso no aparece en el informe que vimos...

Briones hace una mueca.

—No, porque se consideró un accidente. Según la Policía Científica el fuego se inició en la cocina, que estaba situada en la parte interior de la vivienda. Se fue propagando, primero hacia arriba y luego hacia fuera, muy lentamente. Justo encima de la cocina estaba el dormitorio principal. Para cuando los vecinos se dieron cuenta de lo que estaba pasando, media casa ya había prendido.

—¿Cómo rescataron a Nadia?

Briones entrelaza las manos y frunce el ceño antes de continuar.

—El bombero que la rescató me dijo que la encontró tirada en el suelo de la entrada de la casa. El poco oxígeno que consiguió respirar y que, a la postre, le sirvió para salvar la vida, lo inhaló por debajo de la puerta. Años después, alguien me dijo que cuando comenzó a hablar Nadia le dijo a la doctora Bellver que había visto en un programa de televisión lo que había que hacer en caso de incendio.

Los inspectores se miran entre sí.

—¿Y no dijo nada esa noche? —pregunta Portugal.

—No —niega—, la verdad es que nunca la escuché hablar. Ni esa noche ni después. Conocía a la doctora de oídas, pero alguien me dijo que si había una persona que pudiera tratar a esa niña esa era la doctora Bellver.

—Y entonces se cerró el caso.

—Sí, la única testigo era una niña que no hablaba. La muerte estaba clara: había sido un fatal accidente. —Suspira apesadumbrado—. Y ya saben lo que pasa en una comisaría metropolitana, y no digamos en un juzgado atestado de trabajo... Todos estaban deseando cerrar los casos. Los de arriba, los primeros.

Rossi asiente.

—¿Podría hablarnos de Antoni Ferrer? ¿Lo conocía?

—Personalmente, no.

—Aunque era un personaje más o menos público. La doctora Bellver nos ha dicho que solía asistir a eventos culturales, fiestas...

—Sí, eso es verdad. —Frunce el ceño—. Una vez coincidí con él. Se trataba de una exposición de algún artista, no recuerdo quién. Esa noche yo estaba de servicio, pero no hablé con él ni con su esposa.

Hace un gesto con la boca.

—Existían habladurías: que si ella había sido una prostituta de lujo, que si había huido de la Bratvá, tras haberse practicado la cirugía estética...

—¿Y qué había de cierto en ello?

Briones niega.

—Nada. Solo eran conjeturas. La podría haber conocido en el Paralelo o en la Conchinchina. ¿A quién le importaba?

Chasquea la lengua y se cruza de brazos.

—Debo reconocer que hubo un momento en el que me propuse descubrir si había ocurrido algo más...

—¿Por qué?, ¿sospechaba algo?

—Digamos que mi instinto me decía que sí...

—¿Sobre los padres o sobre Nadia? —pregunta Portugal. El viejo exinspector frunce el ceño y sonríe sin gracia.

—Bueno, Nadia solo era una niña... —comenta con algo de reserva—. Y hasta lo que yo pude encontrar, no existían malos tratos por parte de sus padres. Tampoco encontré antecendentes que hicieran presumir algún tipo de extraño comportamiento por parte de la niña. Traté de investigar por mi cuenta también a Ferrer y a su esposa, pero todo lo que hice me llevaba a un callejón sin salida.

—¿Vio a Nadia alguna vez más después de aquella noche?

—Iba a verla de cuando en cuando a la Unidad de Psiquiatría Infantil del hospital del Mar. Aunque el caso estaba cerrado, yo quería saber si la doctora Bellver progresaba, y si había conseguido que hablara y contara algo de lo que ocurrió esa noche. —Niega—. Pero mi propio destino, o lo que fuera, me aguardaba a la vuelta de la esquina. Poco después de eso, mi mundo, y perdonen por la siniestra metáfora, se oscureció como el pozo de las almas.

Briones asiente despacio, reflexionando en sus propias palabras.

—Ya ven, un día te toca el Gordo de Navidad y, al siguiente, la muerte se te acerca por detrás y te susurra al oído.

Briones gira su cara hacia el sol del mediodía y baja los párpados a la vez que exhala un suspiro.

—Saluden de mi parte a Nadia.

25

Nadia abandona el parking, con Daniel en su cochecito. Sube por la calle Augusto Figueroa y gira por la calle de Barbieri hasta que llega a la plaza de Chueca. Es la primera que va a ver a la doctora con su hijo, y también la primera que ha obviado las medidas de seguridad que siempre ha tomado a la hora de llegar hasta allí. Ya no son necesarias. La persona que le está enviando los mensajes ya sabe a dónde va. Se pregunta si alguna de las personas con las que se cruza sería él o ella. Aunque no lo cree, porque cada vez está más convencida de que lo o la conoce. Con esa visita, espera esclarecer ese punto.

Podría soportar cualquier cosa, lo sabe. Ha hecho cosas que nunca imaginaba que hubiera podido llegar a hacer.

«Eres más fuerte y capaz de lo que crees, Nadia. Puedes levantarte y luchar, puedes y debes hacerlo. Debes seguir adelante y lo harás, sé que lo harás», le dijo una vez la doctora Bellver. Ella tenía catorce o quince años y aún le costaba poder confiar en las personas. Había pasado mucho tiempo desde entonces y tenía razón, era otra persona totalmente diferente a aquella niña encerrada en sí misma que no quería abrirse al mundo. Isabel Bellver supo entonces que conseguiría levantarse. No fue una simple frase alentadora, sabía que podía hacerlo.

Y lo hizo. Se convirtió en una persona diferente a la niña callada, cuya vida estaba poblada por el terror y el desamparo.

Entra con el cochecito en el portal, lo deja debajo del hueco de la escalera y coge a Daniel en brazos. El ascensor está estropeado. No le importa, sube los cuatro pisos; le vendrá bien.

Isabel Bellver abre la puerta y su primera expresión es de sorpresa. Hay un brillo fugaz de inquietud en su mirada. Rápidamente sonríe al ver al pequeño Daniel.

—Pero, bueno, ¡qué principito tenemos aquí!

Los invita a pasar, y aunque Bellver sigue con sus cumplidos y carantoñas hacia Daniel la tensión no desaparece de su rostro.

—¿Quieres un té? —ofrece con una sonrisa tensa—. Precisamente iba a prepararme uno, suelo tomarlo a estas horas.

—Claro.

La doctora abandona el salón y entra en la diminuta cocina. La oye abrir y cerrar cajones. El tintineo de cucharas y platos. Con la mirada nerviosa, Nadia se acerca hasta un armario pequeño con puertas y de poca profundidad, de madera oscura, que hay en la pared más cercana a la ventana que da a la calle. Bajo él hay un escritorio a juego, al lado de una maceta con un floreciente geranio. Nadia mira hacia la puerta que comunica con la cocina. No puede verla, pero escucha el sonido del agua hirviendo en un cazo. Se fija de nuevo en el armario. Sabe lo que hay dentro. Tira de la maneta, pero está cerrada con llave.

—¿Miel? —pregunta Bellver apareciendo de repente con una bandeja con una tetera y dos tazas de porcelana blanca. Distrae la mirada y sonríe, pero solo consigue una mueca disgustada.

—Sí, por favor.

Se sientan la una frente a la otra. Bellver sirve las infusiones en silencio. Finalmente, rompe el hielo.

—¿Qué te trae por aquí?

Nadia la mira fijamente y Bellver evita su mirada.

—Tenía que hacer unos recados cerca. —Bellver le tiende la taza de té—. Gracias.

—Es muy guapo —dice la doctora sonriendo al niño—. Creo que se parece a ti. Lo siento, pero no soy muy buena con estas cosas.

—Isabel, tengo que preguntarte algo.

Bellver palidece. Tampoco ha sido nunca buena ocultando cosas a los demás.

—¿Ocurre algo? —pregunta Nadia tras ver su desconcierto en la mirada.

—Nada.

Daniel quiere coger la cucharilla del té de su madre. Ella se lo entrega y el niño comienza a jugar con ella.

—Noto algo extraño, ¿qué pasa? —insiste Nadia.

La doctora trata de beber de su té, pero está tan nerviosa que es incapaz. Lo deja sobre la mesa.

—He hablado con la Policía.

—¿Qué?, ¿por qué?

Bellver agita las manos antes de explicarse.

—En realidad fueron ellos los que se pusieron en contacto conmigo primero.

Nadia palidece de inmediato. Trata de asimilar esa información. Mira a Bellver sintiendo cómo la ira bombea dentro de su corazón.

—¿Qué les has contado? No puedes hacerlo, no puedes decir nada, lo prometiste.

—Nadia, escúchame. Hay una mujer que ha sido asesinada...

—¿Y crees que he sido yo?

No puede contenerse y las lágrimas brotan de sus ojos.

—¿Crees de verdad que he matado a esa mujer?

—Nadia... yo... Hay demasiados secretos sobre ti y todo eso te provoca demasiado dolor. Creo que deberías hablar con ellos.

Entonces suena un móvil que está sobre la mesa donde toman el té y Bellver lo mira con una expresión de angustia. Suena varias veces antes de que se decida a contestar.

—¿Sí? Hola, ¿qué tal estás?

Se levanta y le hace un gesto a Nadia; sale del salón para atender la llamada. Nadia escucha su voz a solo unos metros de allí. Probablemente esté en su dormitorio. Por un instante piensa que pueda estar hablando con la Policía, aunque parezca una conversación anodina con algún amigo.

Si antes tenía dudas, ahora se han disipado por completo. Ha sido traicionada por la última persona que podía imaginar. Se limpia las lágrimas con un gesto rápido.

Es ahora o nunca.

Con Daniel en brazos, se levanta y se dirige hacia el armario con puertas de encima del escritorio. Lo mira fijamente.

Por fin da por finalizada la llamada. Aunque ha sentido un enorme alivio cuando ha sonado el teléfono, esa situación le angustia demasiado. El corazón parece que va a salírsele del pecho y no es nada bueno para ella. Hace menos de un año sufrió una arritmia que casi provoca su hospitalización. Su médico le dijo que evitara toda preocupación por el trabajo, que se desvinculara por completo. Había llegado la hora de decir adiós a esa vida y comenzar una más tranquila. Desde entonces dejó de ver a pacientes que eran especialmente problemáticos y comenzó a derivarlos a otros colegas. Había llegado la hora de disfrutar un poco de la vida.

Debía decirle adiós a Nadia.

«Se acabó. Lo siento por ella, pero esto debe terminar aquí y ahora. No puedo seguir cargando con los problemas de todo el mundo sobre mis espaldas. Ya no puedo más.»

Vuelve al salón con el discurso merodeando en su cabeza, el estómago apretado. Tiene que ser fuerte.

Pero Nadia no está. Se ha marchado sin que se diera ni cuenta. Sin embargo, hay algo más: se acerca hasta su escritorio y mira la puerta forzada del armario.

Nadia se ha llevado la agenda con las notas de todos sus pacientes.

La agente Silvia Garay mira escrupulosamente en la vida digital de Mario Silva. No halla sorpresas más allá de los gastos que espera encontrar: subscripciones de todo tipo. Un gimnasio en el centro de Madrid con todo tipo de alternativas deportivas, almuerzos y cenas en restaurantes de varias estrellas Michelin y de emergente cocina japonesa. De vez en cuando, compra joyas sencillas, pero caras —imagina que para su esposa—, y relojes, caros y nada sencillos, para él. Nada fuera de lo que común. Aunque algo llama su atención.

—No es algo cíclico, pero sacaba del cajero cifras que iban desde los doscientos a los quinientos euros. A veces dos veces por semana, a veces una.

—¿Drogas? —opina Tendero.

Garay niega.

—Apostaría a que no. Se cuida, hace deporte, y va al gimnasio. Además, sexualmente es bastante potente.

—Prostitutas.

—Quién sabe...

—Juego —dice Tendero—. ¿Has encontrado algún rastro en webs de juegos online?

—Nada que haya visto hasta ahora, pero encajaría en su perfil.

Tendero se rasca los cuatro pelos que tiene por barba.

—Tal vez le guste el juego de toda la vida. A ver si Sevilleja o Girón pueden echar un vistazo en los lugares habituales de timbas ilegales. Si es jugador alguien lo habrá visto en algún sitio.

—De acuerdo —comenta Garay—. ¿Qué tal vas con las tiendas?, ¿ha habido suerte?

Casi se le había olvidado. A falta de encontrar rastros digitales, Tendero optó por preguntar una por una en todas las tiendas de Madrid que venden ropa laboral y afines. Y no imaginaba que hubiera tantas. Por el momento no ha habido suerte. Nadie con quien ha hablado recordaba a ninguno de esos tres hombres. Por otro lado, la pista de las depuradoras se ha enfriado al no recibir noticias de que algo pudiera llegar al colector de alguna de las plantas.

—Nada por ahora —contesta con desaliento.

—¿Dónde más se puede comprar un traje de protección?

—¿Y si no es un traje? Podría ser un mono de trabajo. Eso es fácil de conseguir. Seguro que en un chino se puede comprar por pocos euros. Pero... ¿cuántos chinos habrá en Madrid? ¿diez mil, cien mil...?

—¡Hospitales! —exclama Garay.

No lo había pensado. El asesino o asesina tenía que llevar todos los complementos que hacen falta para no dejar rastro de su ADN, y eso incluye todo lo que se puede encontrar en un hospital si tienes acceso: traje de cuerpo entero, calzas, guantes, gorro, mascarilla...

—Joder, claro.

De repente, Tendero se siente más optimista.

—Por cierto, y antes de que se me olvide. Ya sé cómo llamaba la inmobiliaria que Silva tenía en Alicante. —Garay coge la libreta donde apunta sus notas—. «Proyectos y Edificaciones del Futuro, S. L.» Si tomas nota te puedo dar hasta el teléfono de una antigua empleada.

Tendero lo apunta en la agenda de su móvil.

—No sé cómo pagarte todo lo que haces por mí.

—Basta con que seas imaginativo —contesta Garay guiñándole un ojo.

Daniel ha percibido la angustia silenciosa de su madre; se ha despertado inquieto de su siesta varias veces. El niño la ha mirado sin parar de berrear, como si sintiera que la mujer de la que más depende su vida fuera ahora una persona diferente a la que poco o nada le importa un bebé quejica y llorón.

Nadia lo ha abrazado y lo ha llenado de besos. Sus lágrimas se han mezclado con las de su hijo. Le ha susurrado al oído palabras desesperadas de aliento.

«Mami siempre estará aquí, siempre estará aquí, siempre estará aquí...»

Las ha repetido como un mantra mientras la cabeza se le llenaba de pensamientos sombríos. Se ha visto a sí misma en aquella noche, cuando el fuego acabó con todo aquello a lo que podía aferrarse. Aquel pensamiento se abre paso a través de su mente. El paso del tiempo ha difuminado algunos recuerdos. El subconsciente ha tratado de borrar aquellos pensamientos que todavía hoy sigue sin aceptar. A su mente regresan las imágenes de cuando se tumbó en el suelo tosiendo sin parar al ver que toda la casa se llenaba de humo. Luego se desmayó. Vio en algún programa de televisión que en un incendio era mucho peor el humo que el fuego, pero morir abrasada no parecía ser una muerte lo que se dice demasiado dulce. Antes de eso se obsesionó con esa idea. Estuvo dándole vueltas durante un tiempo, teniendo horribles pesadillas. Su madre trató de consolarla.

—No morirás abrasada. Quítate esa idea de la cabeza, Nadia.

—A veces pienso que alguien va a morir pronto.

Y su madre se ponía seria y la miraba fijamente. Luego se lo contaba a su padre y los dos hablaban en voz baja. Su padre la miraba preocupado.

—No quiero quedarme sola —le dijo una vez a su padre.

Nadia estaba en su cama y él le remetía el edredón. Se detuvo y la miró fijamente.

—¿Quién te ha dicho que te vas a quedar sola?

Nadia se encogió de hombros.

—Si vosotros morís, me quedaré sola. Y no quiero quedarme sola.

Y Antoni tragó saliva.

—No se va a morir nadie, mi vida.

—¿Me lo prometes, papi?

Le dio un beso y apagó la lámpara de su mesita.

—Te lo prometo. Buenas noches, cielo.

—Papá —dijo Nadia antes de que Antoni saliera por la puerta—, ¿por qué pienso en esas cosas?

Y su padre no supo qué contestar, pero tenían que hacer algo. Unas semanas más tarde, Antoni no tuvo que preocuparse de nada, porque ya estaba muerto.

—Tienes que olvidar el pasado y seguir adelante —solía decir la doctora Bellver cuando por fin pudo tener una conversación con ella—. Solo te va a causar dolor. Si te encierras en ese dolor nunca podrás salir de él. ¿Quieres eso, Nadia? ¿Quieres sentir ese dolor durante el resto de tu vida?

Y Nadia negaba. No quería pensar en ello, pero no podía evitar hacerlo. La verdad de lo que ocurrió era demasiado dolorosa para aceptarla y ni la doctora, con toda la preparación que poseía, podría hacerlo. Pero quería salir de allí, quería contar su propia historia, al igual que cualquiera de los que veía paseando por la calle desde la ventana de su habitación.

«Cada uno tiene su propia vida que está viviendo en este momento mientras yo estoy aquí alejada de todo y de todos. Quiero vivir la mía. Quiero vivir mi vida.»

—Quiero tener una familia.

Le dijo un día, y la doctora Bellver asintió, satisfecha por el progreso.

Pero ahora mira su hogar y el vacío y el silencio son estremecedores. Aprieta los ojos para contener las lágrimas por el dolor al pensar en que todo eso que ha construido, todo lo que ha levantado con tanto esfuerzo y creado con tanta ilusión, no fuera más que un espejismo. No podría soportarlo.

Y eso es lo que más le aterra. Eso e ir a la cárcel. No por el hecho en sí de estar encerrada y apartada del resto. Sabe vivir así, eso no le importa.

Pero no podría vivir sin su hijo.

Antes luchaba por un ideal, ahora su hijo es real y tiene que luchar por él. Hasta el fin.

Seguro que en esos momentos la doctora Isabel Bellver está hablando con la Policía. Denunciando el robo que se ha producido en su casa y alertándolos no solo de eso. Ella les dirá que Nadia es una persona que necesita ayuda —qué eufemismo— y que puede hacerse daño a sí misma o a los demás. Puede escucharlo en su cabeza, pero no está loca. Ha ido en busca de respuestas a casa de la doctora y está segura de que las ha encontrado. En ese diario están no solo las anotaciones de Bellver, sino detalles de las conversaciones con sus pacientes. Donde expresan no solo sus miedos y su angustia, sino también sus pensamientos más perversos, sus deseos reprimidos, que a veces son inocentes, pero otras veces no.

Abre el diario sabiendo que en alguna parte de esas páginas dará con la identidad de la persona que le ha estado enviando esos mensajes.

Y que también ha asesinado a Valeria.

Los inspectores Rossi y Portugal se reúnen con el subinspector Tendero y con la agente Garay en la sala común donde comparten todo lo que han averiguado en la última jornada. La inspectora Rossi se siente especialmente atraída por Nadia. Su intuición le decía que detrás de esa apariencia de mujer de vida sencilla, pero bastante acomodada, había algo más. Debe reconocer que conocer aspectos de su pasado la ha sorprendido. Tiene algo que provoca su admiración, pero no sabe qué. No siente el mismo tipo de sentimientos hacia su marido, al que considera un manipulador, sobre todo de mujeres. Está por ver si además es un asesino.

Deciden llamar al número de Miranda Revert, la mujer que trabajó para Mario Silva en la inmobiliaria de Alicante. Tendero se erige como interlocutor y pone el móvil en modo altavoz sobre la mesa de reuniones. Al cabo de varios intentos responde la voz de una mujer de mediana edad. Tendero se presenta como agente, y la mujer, tal vez algo azorada por hablar con la Policía, duda un poco.

—Sí, estuve trabajando casi dos años en la inmobiliaria.

—¿Puede hablarnos de Mario Silva?

Resopla antes de contestar.

—Era un hombre encantador, esa es la verdad. Se le daba bien el trato con la gente, aunque no era un gestor, lo que se dice, brillante.

—¿Cuál era su labor en la empresa? —pregunta Tendero de nuevo.

—Hacía un poco de todo. Atendía el teléfono, escribía correos, redactada contratos... Lo habitual, vamos.

—¿Cómo iba la empresa?

Miranda vuelve a resoplar.

—Al principio siempre va bien —se ríe con tristeza—, pero si no haces las cosas como hay que hacerlas, todo se va la mierda más pronto que tarde.

—¿Eso fue lo que ocurrió?

—Podríamos decir que sí. No es por dármelas, pero en cuanto lo conocí supe que aquello no sería el trabajo de mi vida. Pero lo necesitaba, porque tenía dos criaturas en casa que alimentar y un marido sin trabajo. Por lo menos cobré todos los meses que estuve allí. Yo creo que, de algún modo, sentía aprecio por mí.

—¿Cree que Mario Silva era buena persona?

Miranda ríe. Su risa parece el ronroneo de un gato.

—Ya le digo que conmigo no se portó mal, pero otras personas no opinaban lo mismo que yo. —Suspira—. A ver, Mario era una persona de esas que nunca sabes cómo es en realidad, ¿me entiende?

—¿A qué se refiere?

—Pues a que siempre ofrecía una versión de alguien que nunca perdía los papeles, que siempre era amable y generoso... La verdad es que a veces me sentía confundida con tanta amabilidad. No estaba acostumbrada a que un hombre tan guapo me tratara así. Bueno, ni uno guapo ni uno feo...

Los investigadores se miran entre sí, empiezan a pensar que esa conversación no les va a aportar nada que no sepan ya.

—Entiendo —contesta Tendero—. ¿Tuvo Silva algún tipo de incidente con alguien, que usted supiera?

—Bueno —responde con prudencia—. Algo oí, pero yo, la verdad, no vi nada. En la oficina, que era donde pasaba mi jornada laboral, todo era normal... hasta que de pronto desapareció de la noche a la mañana.

—¿Qué quiere decir con que desapareció?

—Un día como otro cualquiera fui a la inmobiliaria a trabajar y cuando traté de ponerme en contacto con él su teléfono no daba tono. A los pocos días me llamó desde otro número diferente para despedirse. Me dijo (siempre me acordaré): «Miranda, ha sido un placer trabajar contigo, pero esto no está hecho para mí. No te preocupes, he ordenado que te ingresen la nómina de este mes. Puede que te den la lata un tiempo, pero no te pasará nada. Te deseo lo mejor».

—Y ya no volvió a saber más de él, ¿no?

—Nunca más.

—¿Qué cree que pudo motivar esa forma de actuar?

—No lo sé. Ya le he dicho que nunca se llegaba a conocerlo. Nunca supe en esos dos años qué le pasaba por la cabeza.

—Pero ¿dejó deudas?

—Sí, claro, pero los acreedores no pudieron hacer nada. —Suspira profundamente—. Yo creo que el crimen de una mujer que vivía en el mismo barrio de alguna manera lo trastornó.

—¿Qué crimen?

—Fue muy sonado. Asesinaron a una mujer que vivía sola. Le machacaron la cara.

Los investigadores se miran entre sí.

—¿Dónde sucedió?

—Muy cerca de donde estaba ubicada la inmobiliaria, en el barrio de Vistahermosa. ¿Les suena?

Isabel Bellver se siente exhausta.

No, no es eso: lo que se siente es aturdida. Un dolor le oprime el pecho desde que Nadia se marchó llevándose su diario. Después de eso se ha quedado sin hacer nada, con la mente en blanco, totalmente bloqueada. Ha estado tentada varias veces de llamar a la inspectora Rossi y contarle lo que ha pasado. Ha tenido el teléfono varias veces en la mano, pero al final no se ha atrevido.

«¿Y si me he equivocado?»

No deja de pensar en lo que sucedió: una mujer fue asesinada. Y esa mujer tenía una relación sexual o amorosa con el marido de Nadia. Después de todos esos años sin verla no puede asegurar si su reacción, como parece indicar, es la de un comportamiento pasivo-agresivo, o, por el contrario, de algo mucho más grave y... peligroso.

Por eso ha tenido que salir de casa. Ha estado paseando varias horas perdida por las calles de un Madrid que se iba sumiendo poco a poco en las sombras de la noche.

¿Sería capaz de matar a otra persona que se interpusiera en lo que más desea?

La pregunta flota todo el rato en su mente como un mantra maligno y perturbador. Los latidos de su corazón no han dejado de bombear deprisa, y eso, como diría su médico: «No es lo mejor para ti». Ha pensado en su perrita, Marion, a la que echa mucho de menos después de que muriera hace tan solo unas semanas. Los días sin ella son largos y solitarios. Y aunque tenía la firme convicción de no volver a adoptar otro perro, puede que mañana se pase por esa asociación de amigos de los perros y los gatos que hay en el barrio. Tal vez encuentre a algún nuevo amigo que quiera compartir su vida con esa vieja solitaria.

En una panadería que hay en su misma calle compra cruasanes para desayunar. Se despide con una sonrisa que no siente de la chica que la atiende, pensando en que debe llamar a la inspectora. Sí, lo hará nada más llegar a casa. Denunciará el robo.

Ya no lo recordaba: el ascensor está estropeado y va para dos semanas. Exhala un suspiro de fastidio. No le apetece subir todos esos peldaños empinados hasta su estudio. Sin querer, compara su vida con esa subida: fatigosa, solitaria y decepcionante.

Se quita el abrigo y lo deja en el perchero. Entra en el salón. Evita mirar hacia el armario. No ha tocado nada. Imagina a la Policía revisando los destrozos y haciéndole preguntas que no quiere contestar.

Tal vez lo mejor sea irse a la cama, aunque no sean más que las once de la noche. Pero no puede ni debe eludir sus responsabilidades ni un minuto más: debe llamar a la inspectora Rossi. Si algo horrible ocurriera esa noche, no podría vivir con ello.

Recuerda que ha dejado su móvil cargando en algún lugar, pero, con su cabeza, a saber dónde.

Enciende la luz del dormitorio y lo primero que hace es ir hacia la mesita de noche. Ve el cargador del móvil conectado a un enchufe, pero en el otro extremo no hay móvil ni nada que se le parezca.

—¿Buscas esto? —dice de repente una voz detrás de ella.

Isabel Bellver se gira con tanta rapidez que tropieza con un aparador, golpeándose en una mano. Ni siquiera siente dolor. El miedo le bombea en las sienes y, aunque todos sus sentidos se han disparado, es incapaz de moverse de donde está.

—¿Cómo has entrado? —exclama con la boca seca.

Pero esa persona no contesta. En su lugar, levanta la mano, con la que agarra un martillo con fuerza. El primer impacto lo descarga con un gruñido y extrema violencia sobre la cara de la doctora, que apenas consigue gemir. Retrocede y, al hacerlo, vuelve a tropezar con el aparador que derriba al intentar agarrarse. Una nueva y violenta descarga hunde parte del rostro de Isabel Bellver, salpicando con sangre todo a su alrededor.

Antes de que su pensamiento se apague para siempre, Isabel evoca aquellos días perfectos y soleados en los campos de La Segarra, cuando siendo una niña feliz y risueña soñaba con que algún día cumpliría su sueño de ser alguien que ayudara a los demás.

Tercera parte

Y todos los caminos que tenemos que andar son difíciles,
y todas las luces que nos guían se están apagando.

Wonderwall, Oasis

26

La estrecha calle Gravina se encuentra colapsada de curiosos y policías. Los inspectores Rossi y Portugal llegan cruzando la plaza de Chueca. Algunos vecinos impotentes los increpan al pasar; otros, lloran la atroz muerte de su querida vecina. Han recibido la noticia cuando ya se iban a sus respectivas casas. Rossi ya había conseguido desconectar, pensaba en tomar una ducha caliente, picar algo para cenar y hablar con Elena por teléfono antes de irse a la cama. No imaginaba que la vería en esas circunstancias. Portugal, sin embargo, todavía seguía sumergido en los detalles de la historia que el viejo exinspector les había contado. De algún modo, había llegado a empatizar con la vida y circunstancias de Nadia Ferrer o Nadia Valverde. Después de que Tendero les explicara lo que había ocurrido, un nudo de presagios agoreros se formó en su estómago.

El estudio de Bellver es acogedor pero pequeño, y algunos agentes de la Científica tienen que salir al rellano para que los inspectores puedan entrar. Rossi reprime un grito al ver el cuerpo ultrajado de Isabel Bellver de esa forma tan brutal. Desgraciadamente ha visto a mucha gente muerta de forma violenta, pero no los conocía. No es igual cuando conoces a la persona que está ahí, tirada, masacrada y sin rostro. Antes de concentrarse en lo que tiene que hacer, piensa en la mujer que conoció hace tan solo unas horas, y una corriente de rabia la atraviesa de la cabeza a los pies. Un aparador está tirado y la cama, ladeada, al lado de su cuerpo. Probablemente intentó agarrarse a ellos.

—Podría ser un calco del crimen de esa mujer de Valdevistas —murmura la doctora Elena Espinosa con forzado tono profesional. A su lado, alguien toma fotos del cadáver y cruza una breve mirada con Rossi.

«Huyamos de este lugar de muerte. Huyamos muy lejos, mi amor. Solo quiero tenerte entre mis brazos. Despertarme a tu lado. Amarte durante el resto de mi vida.»

Las miradas se pierden en el vacío de esa habitación que llena la muerte.

Los inspectores se esfuerzan en concentrarse. Hay más sangre que en el anterior crimen. Mucha más. En esa ocasión, el asesino o la asesina no ha sido tan cuidadoso. Portugal observa las manchas desiguales en el suelo. Hay una huella parcial de un zapato que ya ha sido señalada como una prueba que puede ser importante.

—¿No hay más? —pregunta a los presentes. Busca con su mirada el rastro que desaparece antes de abandonar el dormitorio. Como si su asesino o asesina hubiera desaparecido de repente. La respuesta que sobrevuela su mente se la ofrece un agente del equipo de Espinosa.

—Para mí que se quitó el calzado que llevaba y lo guardó, para que no pudiera ser identificado. Tuvo que ponerse unas calzas o algo para no dejar rastro. Porque no hemos encontrado nada más.

Sí, tiene razón, piensa Portugal, pero, entonces, ¿por qué no ponérselos desde el principio? ¿Un error de cálculo o una acción deliberada? Si fuera lo primero, ¿por qué no borrar esa huella que podría comprometerlo? ¿Tendría prisa por abandonar ese lugar? ¿Estaría más nervioso? Cualquier policía con experiencia sabe que los asesinos, aunque planeen sus crímenes, pueden y suelen cometer pequeños errores que, a la postre, se convierten en la tan ansiada pieza del puzle que termina por encajar, y algo le dice al inspector que ese crimen ha sido fruto del impulso.

Aparece el subinspector Tendero con el cabello mojado y la cara pálida y ojerosa. Ahora que Rossi lo observa con más atención ve que está más delgado que nunca. Las jornadas maratonianas pasan factura. Seguro que su madre le recuerda más de una vez que debería haber opositado para maestro. Aguantar a un montón de mocosos que no quieren estudiar no es una tarea fácil, pero por lo menos no tienes por qué perturbar tu alma siendo testigo de la miseria humana, día sí, día también.

Seguro que tampoco entiende que su hijo lleve lo de ser policía muy dentro. Y eso, como todas las vocaciones, suele ser una bendición y una maldición al mismo tiempo.

—He preguntado a los vecinos, pero nadie ha visto nada.

—¡Venga ya! —explota Rossi sin contenerse—. Estamos en el puto centro de Madrid... ¿Cómo es posible?

El resto de los policías la miran un instante y, luego, siguen a lo suyo.

—Entonces, ¿quién avisó?

—La vecina de abajo dice que escuchó un ruido muy fuerte. Es una mujer mayor que lleva una prótesis en la cadera y no puede apenas andar.

Rossi suelta un gruñido. Hace tiempo que no perdía la paciencia como en esta noche.

—Hay que preguntar a todo dios —insiste con vehemencia—. En la calle, en la plaza, en los bares y establecimientos que estén abiertos... Alguien tuvo que ver algo por cojones.

Tendero asiente con la mirada perdida. Rossi se da cuenta de lo brusco que suena y le golpea con cariño el brazo.

—Venga.

Tendero asiente y sale del dormitorio. Portugal coge a su compañera del brazo y salen al estrecho pasillo.

—¿Estás bien?

Rossi le lanza una mirada de crispación. Parece a punto de echarse a llorar.

—¡No, joder! —grita, y entonces da un puñetazo a la pared. Portugal trata de tranquilizarla.

—Vale, vale…

Rossi se zafa de su abrazo. Está temblando, aunque Portugal no sabe si de rabia o miedo.

—¿Quieres que te acompañe a casa?

Ella lo mira con tristeza.

—¿A casa? ¿Y tú?, ¿te quieres ir a casa?

Un agente del equipo de la Policía Científica cubierto de la cabeza a los pies con un traje EPI blanco se acerca a los inspectores.

—Creo que he encontrado algo.

Les hace un gesto para le sigan. Entran en el pequeño salón. Allí no hay rastros aparentes de sangre ni forcejeo. Todo está ordenado y limpio. El aroma a plantas e incienso se mezcla con el de la sangre. La muerte invade la vida. No puede haber nada más deprimente, piensa Portugal.

El agente, junto con los inspectores, se acerca hasta un armario pequeño cuyas puertas están abiertas de par en par; hay una concentración importante de huellas dactilares reveladas gracias al polvo reactivo.

—Creo que el asesino se llevó algo de aquí —deduce el agente.

Los inspectores miran en el interior. Hay algunas carpetas con letras en mayúscula en el lomo. Nada más. Suena el móvil de Rossi. Es el subinspector Tendero; descuelga antes de que termine el primer tono.

—Dime.

—Acabo de hablar con alguien que vio algo.

—¿Lo tienes contigo?

—Eh…, sí. —Duda un instante—. Será posible…

—¡¿Qué?! —grita.

—¡Estaba aquí ahora mismo!

Bajan los escalones de tres en tres y al cabo de menos de un minuto están en la calle. Del edificio donde vivía Bellver hasta la plaza de Chueca solo hay unos metros. Rossi y Portugal se acercan hasta donde está Tendero, que camina hacia ellos con expresión consternada.

—Estaba hablando conmigo y le he dicho que esperara, me ha dicho que sí..., pero, en cuanto me he dado la vuelta, se había marchado.

—¿Y qué te ha dicho?

—Que ha visto a una mujer salir del portal. La hora coincide con la llamada que hizo la anciana a emergencias.

—Me cagüen la puta... —murmura Portugal.

—Joven, metro setenta y cabello castaño. Dijo que, en el momento de salir, se puso la capucha de un impermeable negro que llevaba y se marchó a paso rápido dirección calle de Hortaleza.

—¿Y el testigo? —pregunta Rossi.

—Era un chaval, un repartidor de Glovo.

—¿Logró verle la cara?

Tendero asiente.

—Sí, dice que estaba buscando una dirección para hacer una entrega... —Camina hacia el principio de la calle Gravina—. Y se detuvo más o menos por aquí. Ella salió y sus miradas se encontraron un segundo. Rápidamente miró hacia otro lado y se marchó.

27

Nadia se siente exhausta. Desde que robó el diario de Isabel Bellver no ha parado de leer. Apenas sí se ha tomado unos minutos para atender a su hijo cuando la necesitaba. Después, ha pasado el resto de la noche en vela, preguntándose ¿por qué?, ¿qué motivo podría tener para hacer lo que ha hecho? A continuación, ha vuelto a releer con más atención las páginas manuscritas quc, pacicntemente, la doctora tomaba después de cada sesión con sus pacientes. Incluso ha leído las suyas. Se ha sorprendido al leer el pensamiento de Isabel plasmado en aquel diario.

«A veces pienso que Nadia nunca va a conseguir dejar atrás su pasado, y me preocupa. Pensé que estábamos en otro estadio, que habíamos avanzado, pero esta última visita me ha hecho ver que tal vez estaba equivocada.»

¿Es cierto entonces? ¿Tal vez nunca ha conseguido olvidar lo que ocurrió y lo único que ha hecho en su vida ha sido poner parches para seguir avanzando? Debe pedirle perdón, hablar con ella, solicitarle ayuda si es necesario. Tiene que advertirle de lo que ha encontrado en su propio diario. Advertirle de él antes de que cometa otro crimen.

Buenos días.

¿Aún no has visto las noticias?

Nadia se queda mirando fijamente el mensaje, apretando el móvil con fuerza. Una horrible sensación de desasosiego inunda su ser. Cruza a paso rápido el salón; Daniel está jugando sobre la alfombra y mira a su madre sorprendido. Nadia enciende el televisor y pulsa un canal de noticias 24 horas y en la gran pantalla aparece un periodista mirando a la cámara. De fondo, la plaza de Chueca, plagada de policías en el tramo que comunica con la calle Gravina, donde vive Isabel Bellver. Un creciente miedo bloquea su garganta. El periodista habla, pero no hay sonido. Se da la vuelta y camina hacia la intersección con la calle Gravina. La cámara avanza, dejando fuera de campo al periodista, que enfoca hacia el portal. Hace zoom y hay un ligero desenfoque. Dos agentes custodian la puerta de acceso al portal de la casa de su doctora. Nadia sube el volumen con el mando a distancia.

«A estas horas de la mañana, la Policía todavía sigue buscando pistas acerca de la persona sospechosa que ha sido vista abandonado a toda prisa esta finca del barrio de Chueca. Aunque las autoridades no han ofrecido todavía una rueda de prensa se espera que tenga lugar dentro de unas horas. Los vecinos, en cualquier caso, están impactados por la trágica noticia con la que se han despertado esta mañana: el asesinato de la doctora Isabel Bellver, que al parecer vivía sola en su domicilio...»

Pensé que debías saberlo antes por mí.

El sonido desaparece, Nadia solo puede escuchar el rumor sordo y cadencioso de sus latidos. La respiración pesada. No puede ser, no puede estar pasando. Y con las manos temblorosas, conteniendo la rabia, escribe:

¿Por qué haces esto?

Pasan varios segundos de espera. Puede imaginarlo leyendo ese mensaje. Al cabo de unos segundos obtiene la respuesta:

Ya te lo dije. Solo quiero ayudarte.

Tiene que contenerse. Las lágrimas pugnan por salir. Debe hacerlo, debe llamar a la Policía y contarle lo que ha descubierto. La inspectora Rossi seguro que la escuchará. Ella puede ayudarla a detenerlo.

Ahora debes tener cuidado.

Porque todo es una trampa.

Una trampa que te ha tendido la persona que crees que te quiere.

Y solo hay una persona que te quiere de verdad.

Yo.

Poco a poco, el sonido vuelve a hacerse más nítido. Nadia escucha de nuevo la voz del periodista, que, junto al cámara, se acercan a un vecino que sale en ese momento del portal. Lo abordan apenas pone un pie en la calle.

—Buenos días, señor, ¿es usted vecino de esta finca?

—Así es. Desde hace veintitrés años.

—¿Conocía a la víctima?

El hombre afirma consternado.

—La conocía. Todos la conocíamos y la queríamos mucho. Era una gran persona.

—Se habla de que hay vecinos que vieron a una persona sospechosa abandonar este portal poco antes del crimen. ¿Qué nos puede decir de esto?

El hombre se encoge de hombros y suspira antes de pronunciarse. Finalmente, hace un gesto impreciso hacia arriba.

—La señora Leonor, que no pisa la calle desde hace muchos años, porque la pobre tiene mal la cadera, dice que desde la ventana vio a una mujer.

—¿Una mujer? —pregunta incrédulo el periodista.

—Eso dice. —Se rasca la cabeza—. Una mujer joven a la que no pudo ver la cara...

Y de nuevo el sonido se desvanece. Así que ese es su plan. No puede ir a la Policía, porque la Policía cree que ella es la asesina.

Todo era una trampa en la que ha caído. Como la mosca en la tela de la araña.

¿Podría ser la mujer que vio ese testigo del que ahora no saben nada la persona que asesinó a la doctora Bellver? La descripción, según este misterioso testigo, encaja con Nadia Valverde. Ella, además, tenía una relación muy estrecha con la doctora y quizá motivos para asesinarla, pero ¿es Nadia Valverde una asesina? Aunque las primeras pruebas apuntan hacia ella, los inspectores Rossi y Portugal no lo tienen tan claro. En palabras de él, todo parece muy conveniente.

Ese nuevo crimen, desde luego, ha dado totalmente la vuelta a la investigación, por eso deben analizar los datos con mucha tranquilidad antes de actuar.

Portugal mira la hora en su reloj de pulsera. Es la hora acordada. La hora en la que un comisario de Policía de la ciudad de Alicante dijo que los llamaría por videoconferencia. Frente a la pantalla de un ordenador están él y su compañera, la inspectora Rossi. La pantalla vibra, pero no se ve nada. Portugal se exaspera ante la incertidumbre tecnológica.

—¿Qué pasa?, ¿por qué no se ve nada?

«Pues sí, qué pasa, soy un policía de los de toda la vida —piensa Portugal refunfuñando—. Me gusta hablar cara a cara con la gente, no con una pantalla de mierda.»

Por supuesto no entiende cómo todo el mundo puede ligar hoy en día por internet. Rossi le golpea con cariño el muslo mientras pulsa un botón que está en verde.

—¿Ves? Hay que darle aquí.

La imagen del comisario se muestra algo pixelada al principio, dejando un rastro cuando se mueve que le da un aspecto fantasmagórico. El comisario viste uniforme oficial y los inspectores pueden ver parte de un diploma en la pared y un trozo de bandera española en uno de los lados. Se presenta como el comisario Lorenzo Nieto, y los inspectores hacen lo propio. El comisario ya está sobre aviso y tiene delante de él un expediente que muestra a la cámara.

—Ocurrió en 2016. Yo entonces era inspector y fui parte del equipo que investigó el crimen.

—¿Tenían a algún sospechoso? —pregunta Rossi.

—Al principio, varios, pero fuimos descartándolos a medida que demostraban una coartada o no se encontraban pruebas suficientes. Desgraciadamente —niega con pesar—, no pudimos encontrar al culpable.

Rossi asiente.

—Le hemos hecho llegar la imagen de un hombre, ¿la ha visto? —pregunta de nuevo la inspectora.

El comisario se pone unas gafas que lleva colgando del cuello y coge una hoja de papel, la mira detenidamente.

—Sí.

La muestra a la cámara. En ella aparece una fotografía de Mario Silva. Es muy reciente, fue la que se le tomó cuando lo detuvieron.

—¿Conoce a ese hombre? —pregunta esta vez Portugal.

El comisario lo mira de nuevo.

—No lo he visto en mi vida.

—Residía en Alicante en el momento que se produjo el crimen. Tenía una inmobiliaria en el barrio de Vistahermosa, donde vivía la mujer asesinada.

—Entiendo —asiente el comisario—, pero les confieso que no lo conozco. Por supuesto, no estaba entre los sospechosos que se investigaron. Yo mismo interrogué personalmente a la mayoría de ellos —mira a la pantalla por encima de las gafas— y lo hubiera reconocido. ¿Es sospechoso?

Aunque así lo piensan los inspectores, son cautos en su respuesta.

—No tenemos la certeza, pero lo cierto es que no tenemos a nadie más por el momento —comenta Portugal.

—¿Nos podría contar cómo fue asesinada esa mujer? —pregunta esta vez Rossi.

—Golpeada hasta morir por un objeto contundente en el rostro y la cabeza. Presumiblemente con un martillo o una maza.

Rossi y Portugal se miran.

—Adivino que es el mismo método utilizado con la mujer de la urbanización, ¿estoy en lo cierto? —interviene el comisario al ver la expresión de los inspectores.

—Exactamente igual, y ahora además tenemos a otra mujer muerta —contesta Portugal con pesar—. Se trata de una doctora en psiquiatría, y también le han desfigurado el rostro.

El comisario asiente con rostro severo.

—¿Creen que podría tratarse del mismo asesino?

—Nunca se sabe —responde dubitativo Portugal—. Podría ser, o por el contrario podría ser otra persona que intenta hacernos creer que estos crímenes están conectados de algún modo.

—Entiendo. Si puedo ayudarlos en algo más, aquí me tienen a su disposición.

Los inspectores le dan las gracias y se despiden, y tras apagar el ordenador se quedan un rato en silencio, pensativos.

—Y ahora qué —pregunta Rossi al fin.

—Que seguimos como al principio. Vamos a necesitar un milagro para resolver este puto caso.

El subinspector Tendero llega al Hospital Universitario de la Princesa y debe reconocer que eso le ha subido la moral. Después de haber perdido de vista a aquel repartidor de Glovo la pasada noche, se ha sentido como el policía más tonto de todo Madrid. Que Garay es única, no es nada nuevo, aunque siempre consigue sorprenderlo. Durante varias horas ella ha estado llamando pacientemente a todos los hospitales de la comunidad, no solo de Madrid capital, sino de localidades cercanas como Móstoles, Leganés o Alcalá de Henares, preguntando si habían sufrido algún robo de material fungible; algunos se lo han tomado a broma y no le han hecho mucho caso, otros no sabían o no contestaban. Solo en uno le han respondido que una supervisora se enfadó mucho cuando descubrió que faltaban equipos de protección que días antes estaban guardados en el almacén.

—Hace un par de semanas desaparecieron un par de trajes EPI —dice Garay al teléfono—. Tal vez sea algo, tal vez nada. Pero tal y como están las cosas, deberías intentarlo.

—¿Cómo lo haces? —pregunta Tendero sonriendo.

—Ya sabes que no se le escapa nada a estos ojos de gata.

—Ya veo. ¿Me puedes hacer otro favor?

Tendero necesita localizar al repartidor, y la mejor manera sería contactando con alguien de la empresa de reparto. Garay se lo apunta en su libretita. Lo llamará en cuanto tenga algo.

—Después de esto no voy a dejar que me des un no por respuesta. Soy tu amiga y lo sabes. Creo que ya es hora de que hablamos tú y yo.

—Tienes razón.

—Aquí estaré, para lo que necesites, ¿vale?

Tendero sonríe para sus adentros. Sí, tiene razón, ya es hora de contarle lo que ella seguro imagina.

Después de dar por finalizada la llamada con otro ánimo y tras preguntar en la recepción, llega hasta la cuarta planta del hospital. En control le indican que Vanesa Rodríguez, la supervisora de planta, es la persona que busca. Está dentro de un despacho con las puertas abiertas, frente a un ordenador. Tendero toca en la puerta con los nudillos.

—¿Vanesa Rodríguez?

—Soy yo… —dice ella sin dejar de mirar la pantalla y sin dejar de teclear.

Tendero muestra su placa.

—Soy el subinspector Tendero, de la Policía Judicial. Ha hablado usted hace un momento con una compañera nuestra. Es sobre los EPI que dicen que echaron en falta hace unas semanas.

Rodríguez mira a Tendero con interés.

—¡Ah, sí! Un segundo y estoy con usted.

Teclea algo más y, tras imprimir unos documentos, recogerlos y entregarlos en control a una compañera, pide al subinspector que la acompañe. Son solo unos cuantos metros más allá. Se detienen en lo que parece un pequeño almacén oscuro y sin ventanas, con estanterías metálicas con cajas de diverso contenido sobre las baldas.

—Aquí se guarda el material fungible que utilizamos en planta. Es difícil controlar si faltan guantes, calzas o mascarillas. De eso suele haber bastante stock, pero no de los EPI, que vienen con cuentagotas.

Rodríguez señala unas cajas rectangulares. Se asemejan a las que se utilizaban antaño para guardas las camisas.

—¿Y dice que desaparecieron dos?

—Tres —precisa—. Esa semana casualmente teníamos en planta varios pacientes con diversos cuadros víricos. Cuando mis compañeros fueron a echar mano vieron que faltaban esos tres. No pasa nada, porque se piden al almacén y listo. Pero me dio rabia no saber quién los había cogido de forma tan desaprensiva. Pregunté a todo el mundo y nadie sabía nada.

—¿Ha habido más objetos desaparecidos?

La supervisora frunce el ceño.

—No, que yo sepa.

Tendero coge una de las cajas con el EPI. No es demasiado grande, pero llamaría la atención si alguien se la llevara bajo el brazo. Sobre todo tres.

—¿Le importaría decirme si ha visto alguna vez a alguna de estas personas?

Tendero saca su móvil y le enseña las fotos de Fernando Castañeda, Mario Silva y Michal Grabowski.

—No... —murmura Rodríguez al ver a Castañeda, y abre los ojos admirada cuando ve las fotos de Silva y Grabowski—. Lo siento, no me suena ninguno.

No tiene foto de Nadia Valverde. Debería de haberse hecho con alguna suya. Tal vez tenga cuenta en Instagram o Facebook, ahora ya que importa.

—¿Y una mujer?

—¿Una mujer?

—Sí, de treinta. Treinta y pocos. Pelo castaño y ojos claros. Metro setenta. Tez clara. Atractiva.

Rodríguez entorna los ojos, pero niega.

—Un momento, Conchi, una celadora de mi equipo me comentó que vio a una mujer merodeando en esta planta el día que echamos en falta los equipos...

Tendero no puede evitar entusiasmarse.

—¿Podemos hablar con ella?

Conchi está ayudando a una auxiliar de enfermería a sentar a un anciano en un sillón. Es una mujer alta y corpulenta, de piel y cabello muy oscuro.

—Sí —dice una vez que ha terminado y sale al pasillo junto con el subinspector y la supervisora—. Vi una mujer joven dando vueltas. Era como si no encontrara lo que buscaba. Iba a preguntarle, pero ese día fue muy ajetreado, yendo de aquí para allá, y se me pasó. —Conchi frunce el ceño—. Pero no medía metro setenta, era más alta.

—¿Cómo de alta?

—Pues... como yo, más o menos.

Tendero y Conchi tienen la misma estatura, alrededor de metro ochenta. Nadia Valverde con toda seguridad no es tan alta, incluso puede que ni llegue siquiera al metro setenta.

—¿Está segura?

Asiente con energía.

—Muy segura. Eso sí, era delgada como un palo. Además, me acuerdo de lo que llevaba: unos vaqueros ajustados, zapatillas de deporte y un impermeable oscuro. Llevaba el pelo suelto por encima de los hombros y gafas de sol.

—¿Gafas de sol? —pregunta la supervisora extrañada.

—Sí, gafas de sol —afirma con total seguridad—. Me acerqué a ella y, cuando me vio, se dio la vuelta y se marchó por allí. —Señala el final del pasillo.

—Bien, gracias, Conchi.

La celadora asiente satisfecha y vuelve a su trabajo. Tendero abandona el hospital intuyendo que por fin tienen algo. Saca su móvil y llama a Garay.

28

La inspectora Rossi conduce con la mirada fija en la calzada de la M-30 en dirección a Valdevistas. Deben hablar con Nadia Valverde lo antes posible y en persona. Las luces de Madrid titilan en el horizonte, lejanas y cercanas al mismo tiempo. A su lado, Portugal permanece en total silencio. No ha abierto la boca desde que salieron. Ella tampoco ha dicho nada. Lo primero que te enseñan al llegar al Cuerpo es que no debes involucrarte emocionalmente en las investigaciones en las que trabajas. Nunca. Porque si lo haces, acabarás jodida. Los primeros años fueron relativamente bien. No quería destacar del resto y cumplía como una profesional. Vio cosas que no le gustaban. También aprendió a no preguntar cuando la cosa no iba con ella. Después, y casi sin darse cuenta, comenzó a tomar antidepresivos. Era una forma de protegerse y aislarse al mismo tiempo, pensaba. Algunos compañeros le ofrecieron algo «más estimulante». No quiso saber nada del tema y, por ese motivo, esos mismos compañeros la fueron dejando de lado. Buscando una salida a su creciente desánimo decidió cambiar de destino y entró en la Policía Judicial. Algunos la miraban por encima del hombro por ser la hija de quien era. Le asignaron casos muy duros. Hubo días que se los pasaba llorando en la soledad de su apartamento, pensando que no estaba hecha para ese trabajo, que la vida de policía era demasiado dura y que había que entregar algo más que tu alma a cambio de un sueldo irrisorio. Comenzó a hacer cosas que nunca pensó que haría, como tomar cosas que nunca debió probar. Folló con hombres y mujeres que le repugnaban. Se dio asco a sí misma. Pensó en más de una ocasión que ella no era diferente al resto de los que quieren acortar el camino antes de tiempo. Estaba decidida. La persona que más le importaba, y por la que en realidad hacía todo aquello, no la quería. Nunca tendría su aprobación, hiciera lo que hiciese.

Y entonces apareció él. Sencillamente no encajaba en el sistema. Era ingobernable, pero todo el mundo lo respetaba. No tenía muchos amigos y era solitario, además de poseer un carácter endiablado como nunca antes había visto. Sin embargo, levantaba admiración de igual manera entre hombres y mujeres. Era Juan Portugal, el hombre del que se enamoró profesionalmente a primera vista, aunque él no sintiera lo mismo cuando le informaron de que iban a trabajar juntos. El día que comenzó a trabajar con él llegó a casa tan agotada que no se sentía en pie.

Esa noche no tuvo ningún pensamiento que oscureciera su alma. Fue algo así como ser feliz por unas horas.

Casi es medianoche cuando Nadia toca en el timbre de casa de Blanca. Puede ver a través de las ventanas del salón el reflejo azulado del televisor encendido. Pasan unos segundos eternos. Se siente observada. Seguro que está mirándola a través de la cámara del portero automático, preguntándose qué hace a esas horas allí, con ese aspecto, y con el pequeño Daniel durmiendo entre sus brazos.

Suena un zumbido suave y Nadia empuja la puerta, se desliza sin hacer ruido por el caminillo de hormigón que conduce hacia la casa. Antes de que llegue a los escalones la puerta principal se abre. Blanca lleva un chándal azul claro y el cabello recogido en una coleta. Sus ojos brillan expectantes.

—¡Nadia! —exclama bisbiseando—. ¿Qué pasa?

—No sabía a dónde ir… —murmura con la voz quebrada—. ¿Puedo pasar?

Ella asiente ensimismada y la invita a entrar.

—Claro, pasa...

—Por favor, apaga la luz. También las del salón —le pide a Blanca una vez que están en la cocina.

Esta no pregunta y hace lo que le dice. Va hacia allí y apaga el televisor y la luz de una lamparita que hay pegada al sofá. Cruzando la oscuridad, aparece de nuevo. Una franja de la luz de una de las farolas de la calle entra por la puerta trasera de la cocina que da al jardín. Blanca se sienta donde suele hacerlo siempre, de espaldas a esa puerta. Nadia sujeta entre sus brazos a Daniel, que duerme profundamente.

—¿Me vas a contar lo que pasa?

Su tono de voz es comprensivo, pero, tras él, Nadia detecta impaciencia.

—Se trata de Mario.

—¿Qué pasa con él? —La pregunta suena más brusca de lo que Blanca hubiera querido—. ¿Todavía no sabes dónde está? —matiza.

—No —contesta mirándola fijamente a los ojos—. ¿Puedo confiar en ti?

—Sí —sonríe, pero su sonrisa es forzada—, claro que sí, cielo. Ya lo sabes.

Nadia se toma su tiempo y Blanca espera pacientemente.

—Creo que fue Mario quien asesinó a Valeria.

Blanca no parece sorprendida.

—¿Y por qué crees eso?

Silencio.

—Porque he encontrado algo.

Blanca la mira con interés, sujetándose el cuello de la chaqueta del chándal en un gesto inconsciente.

—¿Cómo que has encontrado algo?

De repente, Nadia se levanta y con Daniel en brazos va hasta la puerta que está detrás de Blanca, la que da al jardín trasero. Si no fuera por el fulgor de la farola que hay unos metros más allá, solo se vería un rectángulo negro. Nadia escruta el exterior con ojos desorbitados.

—¿Nunca te ha asustado vivir aquí? Tan alejada de todo. Es como una jaula dorada donde crees que nada malo puede ocurrir —mira a Blanca—, pero el mal está por todas partes, también aquí.

Blanca, que está medio vuelta en su asiento, no contesta. Nadia mira a su hijo y sonríe. Su sonrisa parece de todo menos alegre. Se gira lentamente.

—Se trata de una trampa.

—¿Qué? —exclama Blanca con una sonrisa descreída—. ¿Qué estás diciendo?

Los ojos de Nadia se llenan de lágrimas sin poder evitarlo. Blanca se levanta y le acaricia la cara. La conduce de vuelta a la silla.

—Nadie quiere tenderte una trampa, cielo —declara con dulzura.

Y ella niega ensimismada. Entonces, la mira fijamente.

—¿Y si te dijera que hay cosas sobre él que ni imaginas?

Blanca hace un gesto despreocupado.

—No me lo creería. Mario es un buen hombre. Él no te haría daño.

Nadia asiente ensimismada, como si no hubiera escuchado a Blanca.

—Nadia.

Ella la mira.

—¿Qué has encontrado?

En lugar de contestar, Nadia baja la cabeza y abraza más fuerte a su hijo.

—Él es todo lo que tengo ahora, y no sé qué pasaría si alguien me lo quitara...

Blanca la coge del brazo con firmeza.

—¿Qué has encontrado, Nadia?

La mira con los ojos llenos de lágrimas.

—¿Cuidarías de él si a mí me pasara algo?

—No te va a pasar nada.

—¿Lo harías?

Su voz es un lamento. Le agarra fuerte de la mano.

—Ya no puedo confiar en nadie. Solo te tengo a ti. ¿Puedo confiar en ti?

Blanca mira la mano de Nadia, que aprieta la suya. La acaricia y sonríe.

—Sí, puedes confiar en mí.

Nadia sonríe, agradecida.

El móvil de Portugal suena amortiguado dentro del bolsillo de su chaqueta. A su lado, Rossi mira el pavimento oscuro. Seguro que está tan exhausta como él, pero no se ha quejado en ningún momento. Es tan terca como buena persona. Nunca se lo ha dicho, pero recibiría una bala si fuera necesario por ella. Es lo que tiene tener el corazón destrozado, que a veces te da por pensar en cosas como esa. Responde a la llamada de Garay.

—Dime, Silvia.

—¿Estás bien? —pregunta—. Te noto cansado.

—Ya me lo contarás cuando tengas mis años.

—Tengo algo sobre Mario Silva.

—Soy todo oídos.

Portugal pone su móvil en modo altavoz.

—Sevilleja y Girón estuvieron haciendo preguntas a algunos jugadores habituales de partidas de póker, y un tal Amaro, un confidente nuestro que les pasa información de vez en cuando, afirma que conoce a Silva. Es más, dice que es de los fijos en un chalet por la Alameda de Osuna, donde según él celebran timbas más bien moviditas y nada baratas.

—Eso está cerca de Valdevistas, ¿no? —pregunta Rossi.

—A unos siete minutos escasos en coche, según Google Maps —contesta Garay—. ¿Sigo?

—Sigue.

—El caso es que le han preguntado si la noche que asesinaron a Valeria celebraron alguna partida allí, y dice que sí, que acompañó a un famoso actor que está triunfando en una serie de televisión a conocer el ambiente. Según él, Silva estaba allí, y no ganando, precisamente.

—¿A qué hora fue la partida?

—Suele comenzar a medianoche, pero se suele prolongar hasta las cinco o seis de la madrugada.

—¿Sabe si estuvo toda la noche allí?

—Eso sí que no.

Pero la cuestión era que les había mentido. Él y su esposa, Nadia Valverde.

Las calles de Valdevistas están desiertas. La temperatura ha bajado bastante en las últimas horas. El aire de la noche sabe a pureza. Nada que ver con el de Madrid. Una suave brisa agita las hojas perfectamente podadas de los árboles. Las aceras negras e impolutas como el pasillo de un hospital brillan bajo la luz gaseosa de las farolas. En casa de Nadia Valverde no hay luz en ninguna de las ventanas. No les extraña que no esté en casa. Ni Nadia ni Mario contestan a sus llamadas y, en el caso de él, su teléfono está apagado o fuera de cobertura. A esas alturas no les extraña. No saben qué grado de implicación tienen los dos —juntos o por separado— con los crímenes cometidos, pero todo eso no puede ser una coincidencia.

Pulsan el timbre de su casa varias veces y, como también esperaban, no obtienen respuesta. Portugal saca su teléfono para llamar al juez de guardia. Es preciso emitir una orden para entrar inmediatamente allí, aunque antes de que haga la llamada Rossi lo agarra por el brazo.

—Mira.

Señala hacia la casa de enfrente. Hay luz en el salón. Es apenas un destello. Portugal recuerda a la mujer que vive allí. «Madura, atractiva y solitaria. Deseosa de recibir atención. Con demasiado tiempo libre y demasiada imaginación.»

Rossi barre con su mirada el resto de las casas de la calle. Todas las luces están apagadas. Es como si la muerte de Valeria Donoso hubiera provocado una desbandada general. Le recuerdan a las de esas películas donde el protagonista camina solitario por calles desiertas y fantasmales. Los dos agentes van hacia la casa de la vecina de Nadia.

—¿Quién es? —se escucha la voz de Blanca por el altavoz del portero automático.

—Discúlpennos por molestarla a estas horas —comienza Rossi—. Somos de la Policía y quisiéramos hacerle un par de preguntas. Será solo un minuto.

—Son las doce y veinte de la madrugada, ¿creen que es hora para ir haciendo preguntas? —contesta Blanca.

—Es importante, por favor —recalca Portugal ligeramente irritado—. No llamaríamos a estas horas de no serlo.

—De acuerdo —contesta Blanca tras unos segundos que resultan interminables.

Abre la puerta y los inspectores entran.

Blanca los conduce hasta la cocina. Un pequeño televisor encendido sobre la encimera emite un documental sobre algún crimen real, donde unos policías norteamericanos relatan cómo consiguieron resolver un crimen que les trajo de cabeza durante demasiado tiempo. Los detectives del documental lucen un considerable sobrepeso, llevan traje y corbata, y lo cierto es que no se parecen en nada a ellos. Blanca lleva el mismo chándal azul de antes, pero su cabello está ligeramente alborotado. Ahora que la ve de nuevo, Portugal se fija en las profundas arrugas de su rostro. Supone que se maquilló bastante antes de que la Policía tocara a su puerta aquel día. Ella permanece de pie, pero invita a los inspectores a sentarse.

—No podía dormir —dice con una sonrisa. Se encoge de hombros y hace un mohín—. En realidad, sufro de insomnio desde hace mucho.

—Solo serán unos minutos —interviene Rossi—. Queríamos preguntarle por la pareja que vive enfrente de su casa.

—¿Nadia?

—Sí, ¿la ha visto?

Blanca mira a los inspectores.

—Bueno, ayer la vi...

—No, hoy..., ¿la ha visto hoy? ¿La ha visto en las últimas horas?

—No —contesta.

—¿Tampoco ha hablado con ella por teléfono? —pregunta entonces Portugal.

—No. —Lo mira a él. Aquella voz tan profunda la perturba de nuevo, como la vez anterior—. Tampoco. ¿Por qué?

Los inspectores se miran brevemente. Rossi hace un gesto impreciso hacia la calle.

—¿Sabe si se han marchado a algún lugar? —pregunta la inspectora como si estuviera cansada de escuchar evasivas. Blanca la recuerda más simpática y amable. En ese momento la nota cansada. El inspector también parece cansado. Desde luego estos funcionarios no tienen nada que ver con su marido, que siempre llegaba tarde al trabajo por la mañana y regresaba antes de tiempo por la tarde. Siempre escaqueándose, siempre de comilonas con sus amigotes. Seguro que estos dos llevan de aquí para allá varios días tratando de encontrar a esos malos tan escurridizos.

—Mario se marchó de casa hace tres o cuatro días —contesta como sin darle importancia—. Nadia y yo somos amigas, ¿saben? Me contó que él había tenido una aventura con Valeria y lo echó de casa.

—¿Le contó algo más?

—No sé..., ¿algo cómo qué?

—Bueno, si son tan amigas, tuvo que contarle algunos detalles más, ¿no? —comenta Rossi. No hay ni rastro de amabilidad ni en su voz ni en sus formas.

—¿Qué opina de él? —pregunta Portugal de improviso.

—¿De quién?

—De Mario Silva.

Blanca hace un gesto vago.

—Que es una cabronada lo que le ha hecho. Qué voy a pensar.

—¿Le habló alguna vez de su matrimonio? —pregunta Rossi.

Aquello no va de un par de preguntas: es un interrogatorio en toda regla. ¿Debería decirles que se fueran por donde han venido? Mejor no, así que hace como que no ha escuchado la pregunta.

—¿Qué?

—Seguro que le contó que su matrimonio tenía problemas, ¿no es así?

Blanca suelta una risa.

—Todos los matrimonios tienen problemas. Estuve casada más de veinte años. ¿Creen que todo era de color de rosa? Pues no, me las tragaba como el puño día sí, día también…

—¿Y esos problemas, eran de dinero?

Rossi la interrumpe. Blanca no espera esa pregunta. Duda un instante antes de contestar.

—No, el dinero no era el problema.

Y se calla de repente. Los inspectores hacen como que no se dan cuenta.

—¿Qué quiere decir? —pregunta Rossi al rato.

Ella se encoge de hombros, se gira sobre sí misma y camina hacia la isla que está en el centro de la cocina. Se apoya en ella y comienza a reírse. Se tapa la boca con la mano.

—Perdonen, perdonen…, es que a veces soy un poco bocazas. La verdad es que no tengo ni idea de si tenían problemas de dinero o no. —Se encoge de hombros—. Yo los veía felices y pensaba que lo eran.

—Ha dicho que el dinero no era problema. ¿Por qué ha dicho eso?

Blanca mira fijamente a la inspectora Rossi. Así que ese es su juego. Va de buenaza por la vida, dando la mano y sonriendo como la reclutadora de una secta en busca de nuevos adeptos a los que embaucar. Pero en el fondo es como todos los policías: no descansará hasta obtener lo que quiere. Nunca se había dado cuenta, pero ahora ve mejor la determinación en sus ojos.

Abre la boca para soltar otra mentira descarada, pero entonces un ruido sobre sus cabezas suena con estruendo. Es como si algo hubiera golpeado el suelo en el piso de arriba. Los inspectores miran hacia el techo.

—¿Hay alguien más en casa? —pregunta Portugal.

Blanca se queda tan sorprendida como los inspectores. Responde de sopetón:

—Sí, mi hijo Joel. Debe de haberse tropezado con algo...

Después, hay un silencio prolongado.

29

—Puede que le haya ocurrido algo —exclama Rossi levantándose de la silla.

—¿Qué? —murmura Blanca con una sonrisa tensa. No puede añadir más, porque un nudo le bloquea la garganta.

Rossi señala con la cabeza el exiguo pasillo que comunica la cocina con el salón. Desde allí puede ver parte de la escalera.

—Su hijo. Puede haberse hecho daño...

—¡Ah! —exclama ella tras un instante demasiado largo—. No. Lo que pasa es que es muy patoso. Habrá ido al cuarto de baño y habrá tropezado con alguna silla.

Los inspectores no parecen muy convencidos.

—Seguro que no es nada. Suele pasarle a menudo.

—Podemos esperar —propone Portugal.

Blanca los mira fijamente.

—¿Hemos acabado entonces?

Rossi mira a su compañero, que sigue sentado, rascándose la oscura y poblada barba de tres o cuatro días.

Su móvil suena en ese momento. Portugal lo saca del bolsillo de su chaqueta con parsimonia, sin dejar de mirar a Blanca.

—¿Dígame?

—Juan, ¿te pillo en mal momento? —pregunta Garay con cautela.

—Bueno, me pillas en medio de una fiesta, aquí, tomando unos cubatas, pero puedo hablar —contesta de forma irónica levantándose despacio. Le duele todo el cuerpo. Si pudiera, se dejaría caer en la cama y no despertaría en semanas.

Garay está a punto de soltar una risa. Es cierto que su jefe es un hombre irascible y con un humor de perros, pero no cambiaría trabajar con ese hombre por nada del mundo. Blanca, por su parte, lo mira como si se hubiera vuelto loco.

—Ya me imagino —contesta.

Garay le hace un resumen de lo que, en colaboración con Tendero, ha estado haciendo en las últimas horas.

—También he estado revisando el material de las cámaras de seguridad del Hospital de La Princesa y alrededores —añade—. Creo que he encontrado algo que puede ayudarnos bastante en la investigación.

Más o menos una hora antes...

El chute de cafeína extra revitaliza el cerebro hiperactivo de Silvia Garay. Es el quinto o sexto café del día, ¿o tal vez el séptimo? Qué más da. Ha sido un día intenso de narices y todavía no ha terminado. En realidad, su turno terminó hace horas, pero es incapaz de dejar a sus compañeros colgados en pleno fregado. Mientras revisa las imágenes de las cámaras de seguridad del hospital de la Princesa piensa en la cita que tenía esa noche a las nueve en un restaurante de Malasaña con un chico. Un ligue de Tinder con el que esperaba distraerse un poco, sin más complicaciones.

A las nueve y veinticinco el citado ligue le envió un whatsapp para decirle que llevaba más de media hora esperando. «Pues es lo que hay, majo. Sí, no te lo he dicho, pero soy poli y en este trabajo las cosas suelen torcerse día sí, día también. *I'm sorry. Maybe, the next one.*»

Vuelve a lo suyo y por enésima vez piensa en Pablo. No se le quita de la cabeza, y eso que terminaron hace más de un año. «Que le den. Me dejó por otra, el muy cabrón.» Le dijo que no podía estar con alguien que no era capaz de desconectar de su trabajo. En el restaurante al que solían acudir tuvo que reprimir las ganas de llorar y de partirle la cara delante de un montón de desconocidos.

Desde entonces, ha buscado en todos los hombres que ha conocido sentir lo que sentía con él, pero ha sido inútil. Incluso se ha sentido peor después. «Que lo folle un pez.»

Bebe con amargura de su café —que ya está frío— y se centra en lo que tiene delante. Lo de encontrar un amor duradero va a tener que esperar. Vuelve a mirar las imágenes de los pasillos del hospital de la cuarta planta, donde desaparecieron los equipos EPI y aquella celadora afirmó ver a una mujer sospechosa.

Pasan muchos sanitarios y no sanitarios, familiares y algún que otro paciente tratando de estirar las piernas. Nada. Hace una media hora llamó al subinspector Tendero.

—¿Puedes localizar a la celadora que vio a la sospechosa?

—Supongo, ¿para qué?

—Para que te diga a qué hora más o menos vio a esa mujer. No la encuentro en las imágenes.

Tendero exhala un largo suspiro.

—Voy a ver qué puedo hacer...

Y devuelve la llamada a los cinco minutos.

—A las ocho menos cuarto de la noche.

Garay lo anota en su libretita.

—Te llamo si encuentro algo.

—Gracias. Si es importante, llama también a Juan o Anabel.

Pero ha pasado otra hora y sigue sin dar con esa mujer. ¿Es posible que haya cambiado su aspecto? Podría haber entrado en cualquier aseo y cambiarse de ropa. Es lo que haría ella si fuera una ladrona.

—Su puta madre —murmura malhumorada y frustrada.

Se le ocurre probar con las cámaras de la calle. Pero no las del hospital, ya que las que hay no ofrecen una visión buena y tienen baja resolución. La entrada principal del hospital está en la calle Diego de León, aunque ve que hay otra más en la calle Conde de Peñalver. Hay una cámara que cubre esa entrada y la visión es bastante buena. Va a empezar por esa. Selecciona las grabaciones a partir de las ocho y media. Todos los ladrones —y las ladronas— tienen prisa por escapar, y esta —o este— no serán una excepción. Cogería lo que necesitase y saldría pitando.

Se mira el reloj de pulsera. Le da cuarenta, cuarenta y cinco minutos.

No tiene que esperar tanto. A las ocho y cincuenta y dos sale una mujer joven, con gafas de sol y la capucha de un impermeable negro puesto sobre la cabeza. Casi se da de morros con el monitor al verla salir a la calle. También lleva una mochila a la espalda. Ahí lleva su botín. Tiene que ser ella.

Ve cómo se aleja en dirección sur. Al llegar a la calle Maldonado mira a su izquierda antes de cruzar, pero Garay ve algo extraño en su comportamiento y no sabe qué es. Es su forma de moverse, caminar... Entonces hace algo inesperado.

Sin bajarse la capucha, se estira del cabello y se quita lo que parece una peluca. Desaparece por la derecha.

Coge su móvil y marca el número de Portugal.

Más o menos una hora después...

Los inspectores se han marchado por fin. No ha podido escuchar lo que le decían en la breve conversación que ha mantenido él, pero seguro que se trata de algo importante. ¿Habrán encontrado una pista definitiva? Tal vez. O tal vez solo estén jugando al gato y al ratón. Son más listos de lo que pensaba que serían. Y mentirosos. Nunca van con la verdad por delante. Ha visto demasiadas series policíacas de ficción, y sobre todo documentales de crímenes reales que le han enseñado lo fácil que es para un criminal salir impune de un crimen. La Policía se las ve y se las desea para no solo atraparlos, sino conseguir las tan preciadas pruebas con los que llevarlos a juicio. Y la dolorosa verdad para ellos que no suele trascender es que en la mayoría de los casos los criminales se van de rositas.

Mira hacia la escalera. Seguro que está muerta de miedo. La imagina abrazando a su pequeño tesoro, temiendo perderlo. Todo lo que le ha contado es delirante, pero no inesperado. Sabía que tenía problemas mentales, que han estado bien encubiertos tras esa fachada de mujer perfecta. Debe reconocer que esa mosquita muerta lo ha sabido hacer bien: una bonita casa, un lugar agradable para vivir, dinero y un marido como Mario.

Mario.

Cada vez que escucha su nombre, aunque sea dentro de su cabeza, pierde hasta la noción de sí misma. Ya no digamos si está cerca de él. Es el hombre perfecto. Es elegante y educado. Su mirada te desnuda y su sonrisa acaba por noquearte. Cuántas noches ha soñado con sentir sus manos sobre su cuerpo. Ha cerrado los ojos y ha notado su miembro dentro de ella, embistiéndola. Abrumándola en un apabullante éxtasis sexual. Después, se ha despertado confundida, pero sola en su bonito y caro dormitorio. Y al mirar por la ventana los ha imaginado follando sin parar durante toda la noche. Ha llorado de rabia mientras se emborrachaba. Descubrir que se lo montaba con Valeria fue duro de asimilar. Aunque para él solo fuera un chochito más. Está segura de que no la quería. Mario no se enamoraría de una puta cualquiera cazafortunas. No, él tiene mucha más clase.

Se recompone y respira hondo. Tiene que subir arriba para seguir interpretando su papel. No se fía de ella. Sube las escaleras forzando un tono natural y va hasta el dormitorio de Joel. Abre la puerta despacio.

—¿Nadia? —susurra—. Ya se han ido.

Entra en el dormitorio esperando que Nadia conteste atemorizada. ¿Dónde está? Barre con su mirada el cuarto, pero no la ve.

—¿Nadia? —Sube la voz y entonces enciende la luz.

Allí no hay nadie. Nadia no está, ha desaparecido.

El subinspector Tendero, regresa a la comisaría con la sensación amarga del que siente que lo han engañado como a un recién llegado. Y ya van dos veces.

Hace escasos minutos ha hablado con un representante de la empresa donde trabaja el repartidor de Glovo. No se esperaba desde luego esa sorpresa.

—Sí, sí. Ya me lo ha dicho una compañera —dijo con voz agotada un tal Bruno Soler, representante de zona—. Pero el rider del que me habla tenía la noche libre. En su lugar está João, un chaval brasileño. ¿Ha dicho que llevaba barba? João no lleva barba.

Tendero recuerda el momento en el que se le acercó aquel repartidor. Sí, era un chaval joven con barba, de eso estaba seguro. No tendría más de diecisiete o dieciocho años. Tampoco podría precisar su estatura, porque iba en su bici cuando se acercó. Aunque calculó que podría rondar el metro ochenta.

—¿Y no es posible que otro repartidor estuviera en esa zona? —preguntó.

—Según nuestro sistema de pedidos, estaban João y Luis, pero Luis estaba cubriendo la zona de Recoletos. Ninguno lleva barba —aseguró—. João, además, habla con mucho acento. Lleva solo unos meses en España.

—No, el chico no tenía acento... —murmuró Tendero tratando de recordar su acento, que con toda seguridad era de Madrid.

—Pues no sé qué decirle...

—De acuerdo, gracias.

Aquello no tenía sentido. Retrocede en la línea de tiempo: él estaba hablando por su móvil, entonces salió del cordón policial que habían puesto al principio de la calle Gravina separando esta con la plaza de Chueca. No vio por dónde se acercaba el rider, que iba subido en su bicicleta con la aparatosa mochila amarilla a cuestas.

—¿Es usted de la Policía? —dijo.

Él se giró. Lo miró irritado cuando vio que era un repartidor. Pensó que le iba a preguntar por alguna calle o algo por el estilo.

Desde luego, no estaba de humor. Se giró de nuevo, dándole la espalda. No tenía tiempo para eso.

—He visto a alguien salir del portal. Era una mujer joven.

Algunas palabras se colaron entre la conversación que estaba manteniendo por teléfono. Volvió a girarse hacia él y lo miró con más atención.

—Espera —dijo al móvil—, luego te llamo.

—¿Qué has dicho? —preguntó, después de dar por finalizada la llamada.

El repartidor apenas lo miró. Tenía esa expresión de agotamiento por tener que acarrear en interminables jornadas laborales la pesada mochila por todo Madrid. Llevaba un casco y unas gafas deportivas ceñidas a la cara. Apenas pudo ver bien sus ojos. Pero estaba casi seguro de que eran claros, azules o verdes.

—Que he visto a una mujer salir de ese portal —dijo señalando hacia los coches patrulla y el tumulto de la gente que se había congregado al principio de la calle Gravina—. Hace treinta o treinta y cinco minutos. Lo digo por si están investigando un robo o algo así.

Tendero no dijo nada, estaba valorando si esa información pudiera valer la pena o no.

Miró hacia el principio de la calle. Un agente realizaba alguna consulta en la consola de su coche patrulla. La gente perdía el interés y seguía su camino. Varios agentes de uniforme custodiaban la entrada al edificio donde se había cometido el crimen, y alejaban a los curiosos que querían saber más. Unos periodistas que conocía tomaban un café de pie y charlaban mientras esperaban.

—¿Estás seguro de que era ese portal?

—Sí.

—¿Y cómo era esa mujer?

—Pues normal. No muy alta. Diría que tenía una bonita figura. Salió del portal y, al verme, se subió la capucha de un impermeable negro y se fue en dirección contraria. Era como si… no quisiera que la viera nadie, como si huyera.

—¿Le viste la cara?

—La verdad es que no. Estaba oscuro, apenas el perfil. El pelo sí se lo vi, era castaño.

Y Nadia Valverde tiene el cabello castaño. Y no es muy alta. Y a su juicio tiene una bonita figura, pero en ese momento no tenía una foto suya a mano.

—Vale, un momento. ¿Puedes esperar? —dijo sacando su móvil y marcando el número de Portugal.

—Claro.

Le dio la espalda tan solo unos segundos. Solo eso. Cuando se giró, ya no estaba. ¿Por qué se había marchado? En ese momento pensó que habría recibido alguna llamada urgente y, tras pensárselo, se fue sin despedirse. Tal vez creyó que lo retendrían durante horas, solo para repetir lo que ya había dicho, o tal vez lo llevasen a comisaría. Perdería toda la noche y lo sancionarían. Tal vez se arrepintió de haber sido un buen ciudadano.

Pero nunca pensó que podía haberle mentido.

Y no sabe cómo se lo tomarán sus jefes. Mal, seguro.

Lo han engañado, esa es la verdad, pero, ¿por qué?

Portugal y Rossi ya están en la sala donde Garay pasa gran parte de su jornada laboral, rodeada de ordenadores, discos duros y demás parafernalia digital. Lo mejor es soltarlo ya.

—¿Qué? —brama Portugal tras escucharlo.

Tendero aprecia mucho a su jefe. Casi todo lo que ha aprendido en ese oficio tan sacrificado y tantas veces infravalorado se lo debe a él. Aunque también ha tenido que soportar sus cambios de humor constantes y, sobre todo, su genio de mil demonios.

Rossi se rasca la frente, pero no dice nada. Ella también está enfadada, pero tiene otra forma de demostrarlo.

—Lo hecho hecho está —resume Rossi finalmente para apaciguar los ánimos—. Vamos a centrarnos en lo que tenemos.

Su móvil suena en ese instante. Descuelga y lo pone sobre la mesa. Pulsa el botón del altavoz.

—Buenas noches, inspectora, ya tenemos el resultado de las huellas dactilares encontradas en el domicilio de Isabel Bellver —dice una voz de mujer.

—Te escuchamos.

—Hemos encontrado varios juegos de huellas en la casa. La mayoría son de la dueña, pero también hemos hallado bastantes en el armario forzado del salón, y corresponden a Nadia Valverde.

—¿Alguna más?

—De momento, no. La llamo si encontramos algo más.

—De acuerdo, gracias.

Rossi pulsa descolgar y se queda pensativa. Nadie dice nada durante un rato.

—Vamos a ver lo que tenemos —dice Portugal.

Todos se acomodan de nuevo en sus sitios, frente a un televisor de medio centenar de pulgadas. Aparecen las imágenes de la mujer saliendo del hospital, en la calle Conde de Peñalver. Camina en dirección sur hacia la calle Maldonado. Al llegar a la esquina se detiene, mira a derecha e izquierda y se estira del cabello bajo la capucha en un gesto extraño. Disimuladamente se quita lo que parece una peluca. Desaparece por su derecha. Nadie dice nada. Garay teclea más órdenes en su ordenador. Pulsa la tecla intro y aparece un nuevo encuadre de una nueva cámara. A unos metros, la mujer viene hacia la cámara que está como a dos metros y medio de altura con respecto al suelo. Todos en la sala contienen la respiración cuando se acerca a la cámara. Sale fuera de cuadro por la derecha.

—¿Alguien le ha visto la cara? —pregunta Rossi.

Nadie contesta. La han visto de frente, pero la capucha y las gafas de sol han dificultado su identificación y, aunque nadie lo ha dicho, todos piensan que hay algo raro ahí.

El encuadre vuelve a cambiar, ahora es un plano amplio de la calle Príncipe de Vergara. La mujer gira hacia la derecha, se aleja dirección sur, hacia la calle de Juan Bravo. Cruza la calzada y una nueva cámara situada en la esquina capta sus movimientos.

—Atención ahora —anuncia Garay.

Avanza unos metros y entonces entra en un establecimiento: se trata de un pequeño restaurante de comida étnica.

Garay teclea unas órdenes y la línea del tiempo avanza unos minutos. Sale un hombre joven, más bien un chaval. No tendrá más de diecisiete o dieciocho años. Es alto y desgarbado, con el cabello encrespado. Nada más salir a la calle se cubre la cabeza con la capucha de una sudadera gris y se aleja dirección sur. Aunque tampoco nadie dice nada y tenga otro aspecto, es obvio que es la misma persona.

Tendero no puede creerlo.

—Es él —dice—, es el repartidor con el que hablé.

Rossi se levanta de la silla. Se frota los ojos con ambas manos. Está destrozada, y lo peor es que la noche presagia ser larga. Tiene que pedir una orden al juez para poder entrar en casa de Nadia y Mario. Se acabaron las tonterías.

—Buenas noches, su señoría —dice Rossi al móvil.

30

Nadia abre la puerta del pequeño estudio y a continuación entra con Daniel. Hace frío y todo está oscuro. Daniel gime en sus brazos al detectar la falta de comodidad y bienestar a la que está acostumbrado, pero, sobre todo, por la inquietud de su madre. Ella intenta que se tranquilice. Lo primero que ha de hacer es tratar de que su hijo se sienta cómodo y consiga dormir un poco. Se acerca hasta una ventana. La luz de una farola cercana ilumina el salón, pequeño, pero con todo lo necesario, con una cocina americana al fondo. Mira a su alrededor, recordando que fue una de las primeras inversiones que hizo al llegar a Madrid. Nadie más tiene las llaves para entrar: allí estarán a salvo. Amamanta a su hijo sin encender las luces, luego lo acuna, susurrando una melodía que suele tranquilizarlo. Su mente, sin embargo, no deja ni un solo instante de procesar. Ya sabe quién es el asesino que mató tanto a Valeria como a Isabel, pero la pregunta que se hace todo el tiempo es: ¿por qué?

Se supone que todos los asesinos tienen un motivo, pero ella es incapaz de verlo.

Suena su móvil, pero no es su iPhone, sino uno de prepago que se ha comprado por recomendación de una persona a la que ha conocido hace unas horas y a la que, paradójicamente, le está confiando su vida. Se trata de Nick.

—¿Estás seguro de que no pueden escuchar esta conversación? —le pregunta ella.

—Eso es mucho pedir —dice él—. Hoy en día, todo es posible. Pero no te preocupes por eso ahora, tengo algo.

Y después de escuchar lo que Nick tenía que contarle se ha quedado más tranquila. Suya fue la idea de ir a casa de Blanca e interpretar el papel de mujer desesperada. Que la Policía apareciera no estaba previsto, pero desde luego la ayudó a ejecutar las órdenes de Nick. Se da cuenta de que está poniendo su vida en manos de lo que podría llamarse, si no un delincuente, sí una persona que trabaja rozando —y a veces seguro que transgrediendo— la legalidad. Espera que el incentivo más habitual que se usa en estos, y en casi todos los casos, funcione.

Se tumba en la cama sin deshacer junto a su hijo. Toca su cuerpecito. Necesita descansar al menos una hora antes de ponerse en marcha de nuevo. Cierra los ojos mientras piensa en cómo va a llevarlo a su terreno.

Los inspectores Portugal y Rossi entran —y no con poco esfuerzo— en casa de Nadia Valverde, acompañados de toda una brigada y algunos agentes de intervención rápida. También los acompaña el subinspector Tendero, que al poco de hacerlo recibe una llamada del servicio de seguridad privada que gestiona la vivienda de Nadia y Mario Silva. Según ellos, no hay cámaras ni en el interior ni el exterior de la casa, pero sí sensores de movimiento. Ya dentro, los agentes se ponen en marcha sin orden previa, saben lo que tienen que hacer.

Rossi sube al piso de arriba y entra en el dormitorio de la pareja. Un par de agentes abren cajones y armarios. Revisan todo con cuidado y en silencio. Se siente decepcionada y furiosa. No puede entender cómo esa mujer ha podido cometer dos crímenes tan violentos. Uno de ellos contra la persona que la había estado ayudando todos esos años. Está muy dolida, y, aunque las pruebas todavía no son definitivas, la evidencia de los hechos le dice que Nadia robó algo que podía incriminarla de casa de la doctora Bellver y probablemente la mató cuando esta intentó ponerlo en conocimiento de la

Policía.

A la luz de los hechos es bastante plausible pensar que, o bien Nadia asesinó a Valeria al descubrir su relación con su marido, o fue el propio Mario, al sentirse acorralado por la existencia de aquel vídeo sexual. Tal vez eran cómplices. Tal vez ella estaba tratando de salvar su matrimonio, incluso sabiendo que su marido era un asesino. Fuera como fuese, el caso es que los dos han mentido a la Policía.

Sin embargo, se siente confundida. No entiende qué grado de participación tiene el joven que han visto en las imágenes de las cámaras de seguridad, que a todas luces robó el material necesario para perpetrar esos crímenes.

¿Nadia o Mario están encubriendo a alguien más?

Han preguntado a algunos colegas de la doctora Bellver sobre si podrían tener alguna idea de qué podría tener guardado en ese armario, pero ninguno ha podido responder a esa pregunta. Tampoco acerca de los pacientes que últimamente atendía y que los inspectores creen que podría ser ese tercer hombre. Han interrogado a los vecinos, pero sabe lo que pasa en ese tipo de fincas del centro de Madrid. Puedes tener como vecino a una persona al otro lado del rellano durante más de un año y no saber ni siquiera que vive allí.

No importa, sabe que están cada vez más cerca. Intuye que esa noche será la noche en que Nadia Valverde volverá a estar de nuevo encerrada.

El revuelo es inmenso. La calle está llena de policías que no han dudado en derribar la puerta de entrada de casa de Nadia y Mario. Blanca, desde la ventana de su salón, ha asistido entre inquieta y excitada por todo lo que estaba acaeciendo. Ahora sí, todo ha llegado a su fin. Van a detenerla y todo habrá acabado para ella. Tendrá que ir a la peluquería y tal vez comprarse algo mono y quizás un poco atrevido para cuando vaya a consolar a Mario. Ella sabe lo que él necesita y no dudará en dárselo. Las mujeres deben hacer muchos sacrificios para contentar a sus hombres. Cosas que solo se hacen por amor. No le importa, ella hará todo lo que sea necesario para tenerlo a su lado.

Ha llegado el momento que tanto tiempo ha esperado.

Portugal observa por la ventana que da a la calle. Los vecinos están encerrados en sus casas, y es normal, no quieren que algo tan inconveniente como un registro perturbe sus acomodadas vidas. Se fija en la casa de enfrente. Puede ver la silueta de Blanca entre las cortinas. Su instinto de investigador le dice que esa mujer no es trigo limpio, pero no puede más. Su cuerpo tarda varios segundos en responder a las órdenes que le envía su cerebro. Le gustaría resolver este caso esa misma noche y poder dormir una semana entera, pero las cosas nunca son tan fáciles, y si lo son es porque alguien quiere que así sean.

Hay revuelo en alguna parte. Camina hacia la cocina. Escucha voces que vienen de una puerta, que presume da al garaje. Ahora la escucha mejor.

—Hemos encontrado algo —dice la voz cavernosa de un agente desde abajo.

Portugal entra por esa puerta, hay una escalera estrecha con paredes negras a ambos lados. Al final, se asoma una agente, pero no dice nada. Portugal, acompañado de la agente, entra en el garaje. Es espacioso. El suelo está formado por baldosas negras. Caben al menos dos coches, pero no hay ninguno. ¿Habrán emprendido una huida desesperada con un niño pequeño? Es una locura, pero si alguien las comete a diario esos son los seres humanos.

Hay dos agentes junto a lo que parece un depósito grande y blanco. Uno de ellos comenta que es aerotermia, que lo quiere instalar en su casa, que es lo último de lo último, que su mujer dice que se ahorra no sé cuánto en la factura. Portugal no sabe de qué habla, ni tampoco le importa mucho. El otro agente se agacha y tantea bajo el depósito con la mano derecha. Desplaza una de las baldosas hacia un lado. Portugal se agacha junto al agente, pronto se congregan más en torno a ellos; una de ellas es Rossi. El agente apunta con su linterna hacia el hueco, ven lo que parece una bolsa de basura, de plástico negro. Está cerrada con un trozo de cinta americana.

—Venga, sácala —ordena Portugal.

Tiene las dimensiones de una bolsa de la basura normal, como la que cualquier persona dejaría en un contenedor. Un agente la abre con cuidado. Todos los agentes están allí, contemplando curiosos lo que van a encontrar. Al abrir la bolsa de basura lo primero que se ve es una prenda blanca con algunas manchas de sangre. Parece un EPI como los que se usan en los hospitales. El agente tantea con la mano enguantada el interior de la bolsa.

—Hay algo más.

Saca un móvil, apagado y con la tapa quitada. No tiene la batería y probablemente tampoco la tarjeta SIM. Portugal no dice nada, pero apuesta a que es el móvil de Valeria. El agente mira a los inspectores, extrae también un martillo del interior de la bolsa. La sangre seca está adherida por toda su superficie. El silencio es tan profundo que algunos se sobresaltan al escuchar el pitido de una llamada entrante. Rossi se sorprende al descubrir que se trata de su propio móvil. Mira el identificador de llamadas y aparece como número desconocido. Descuelga.

—¿Quién es?

—Soy Nadia Valverde.

Más o menos una hora antes...

Comienza a llover. No puede dormir, pero Daniel no se ha despertado en ningún momento. No deja de asomarse por entre las cortinas, pero no pasa nadie por la calle a esas horas de la madrugada. Es una calle muy tranquila. Acaba de hablar de nuevo con Nick. Entre los dos han planificado los siguientes movimientos. Es repugnante, ha dicho cuando Nick le explicó en detalle.

—La gente hace cosas repugnantes. Todos los días. A todas horas. Vivimos en un mundo peligroso —ha contestado él como si nada. Seguro que por su trabajo ve cosas que la gente normal desconoce: ellos viven en la burbuja de su propia ignorancia creyendo que el mundo es un lugar hermoso, donde todos tienen buenas intenciones.

Le ha dado las gracias, pensando que no sabe ni cómo es Nick físicamente. Seguro que no tiene la oportunidad de conocerlo en persona nunca. Así son las cosas en los tiempos que vivimos. Tratas con gente que no conoces. Les confías tu vida a extraños por teléfono como si fuera ese amigo tuyo de toda la vida.

Decidida, escribe un mensaje de texto. Pero no al número desde el que él le envía sus mensajes. No. Lo hace directamente al suyo.

Se acabó el juego.
Sé quién eres.
Y no estoy segura de que quieras ayudarme.
Contesta antes de un minuto o iré a la Policía y les contaré todo lo que sé de ti.

Nadia observa los mensajes. No hay forma de saber si los ha visto o no. Espera sin dejar de mirar la pantalla. No pasa ni un minuto cuando contesta:

Hola, Nadia.
¿De qué va todo esto? No entiendo nada.
¿Estás bien?

El corazón comienza a bombear sangre a toda velocidad. La boca se le seca y las manos le sudan. Echa un vistazo rápido a Daniel que en ese momento exhala un suspiro. «No dejes que te manipule.» Escribe un nuevo mensaje:

Tengo pruebas.

Esta vez pasa más de un minuto esperando. Aparece un nuevo mensaje cuando estaba a punto de acercarse a la ventana a mirar fuera.

¿Pruebas de qué?
No sé de qué me hablas.
Estoy preocupado.
¿Todo va bien?

Por solo un instante, duda. Es solo un brevísimo instante. Las imágenes no mienten. Las ha visto. No hay duda. Son horribles y no ha podido contener las lágrimas cuando las ha visto.

No te voy a dar una nueva oportunidad. O te reúnes conmigo dentro de una hora en el bosque que hay detrás de la urbanización o iré a la Policía.

Más tiempo de espera. Se lo está pensando. Ahora ya tiene que saber que no se trata de un farol.

Nadia. No sé de qué va todo esto, pero está bien. Iré allí.

Nadia continúa:

Sin trucos y solo.

Responde:

¡Está bien!

Ya no hay más mensajes de respuesta. La primera parte parece que ha funcionado. Ahora le toca ejecutar la segunda. Y no sabe si es peor hacerlo con un asesino que con la Policía. Marca el número que le dio la inspectora Rossi cuando se conocieron.

—¿Quién es? —responde la inspectora.

—Soy Nadia Valverde.

31

Nadia Ferrer solo es una niña de doce años. Tiene mucha imaginación y sorprende a sus profesores, amigos y padres con lo que crea. Además, dibuja francamente bien. Suele hacer retratos de sus profesores a lápiz, que luego, orgullosos, cuelgan en los pasillos del colegio. Le gusta Andreu, un chico de doce años que va a su misma clase. Es muy delgado y anda algo encorvado. No es musculoso ni destaca jugando al fútbol, pero le gusta a rabiar. No sabe por qué. Supone que el amor es enamorarse de esa persona de la que nunca pensabas que lo harías. Núria, su mejor amiga, dice que va muy deprisa. Ella dice que no se quedará colgada nunca de ningún chico, que los chicos solo traen problemas y que es mejor ir a tu aire y vivir sin ataduras. Según lo que cuenta Núria, sus padres se odian, pero aun así siguen viviendo juntos. Nadia solo quiere que llegue el día siguiente para ir al colegio, para ver a Andreu, a Núria y a los profesores. Para seguir aprendiendo y, si tiene tiempo, dibujar algún retrato. Solo quiere ser una niña más. La verdad es que está mejor fuera que dentro de casa, aunque eso no se lo ha contado a nadie. Ni a Núria, su mejor amiga. Se pregunta si los padres de Núria, aunque se odien entre sí, la quieren. Hay algo extraño en su casa; sus padres no se odian, se llevan bien, pero hay algo raro, algo que no se cuentan. Antes no le daba importancia, pero conforme se iba haciendo mayor se dio cuenta de que sus padres no hablan mucho entre sí. No sabe por qué, pero mamá siempre está triste, y nota a papá abatido.

Nadia cree que le pasa como a ella; que prefiere estar fuera de casa que dentro. Nadia cree que su padre no sabe cómo solucionar lo que le pasa a su madre.

Esa noche, antes de que ocurriera lo que terminó pasando, Nadia intuyó que algo no iba bien. Su madre estaba más rara que de costumbre; decía cosas sin sentido y su padre hizo como que no la escuchaba. Cerró los ojos, deseando con todas sus fuerzas que el sueño se apoderara de ella lo antes posible. Quería que fuera otro día para salir de casa.

Escuchó ruidos de pasos en el pasillo. Mamá se levantaba muchas noches porque no podía dormir, así que no le dio importancia. Pero esa sensación extraña y maligna no desaparecía. Sentía un cosquilleo en la tripa y náuseas.

Su madre abrió la puerta de su dormitorio y entró sin hacer ruido. Nadia cerró los ojos y se hizo la dormida. Podía sentir la mirada de su madre desde arriba. Notó cómo se sentaba en su cama y le acariciaba el cabello.

—Cariño, ¿estás despierta?

Nadia cerró más fuerte los ojos, trató de no hacer ningún ruido que la delatara. Exhaló un suspiro, pero su madre se dio cuenta enseguida.

—Sé que estás despierta.

Le agitó los hombros muy suavemente. Insistió de nuevo. Nadia se dio la vuelta despacio y, al abrir los ojos, fijó su mirada en los ojos azules de su madre. Ella sonrió y movió la cabeza para un lado. Sonrió de nuevo. Nadia conocía perfectamente esa sonrisa. Su pulso se aceleró y trató de respirar despacio. El corazón parecía un tambor en su pecho. Su madre llevaba un vaso de agua en una mano y, en la otra, una pastilla blanca. Se la ofreció.

—Últimamente no estás durmiendo muy bien, tesoro —dijo—. Tómate esto, te ayudará a descansar.

—Estoy bien, mamá —replicó.

—No, no estás bien. Tómatela.

Le tendió la pastilla y el vaso de agua.

Nadia miró la pastilla y luego a su madre, que seguía sonriendo. Nadia quería salir corriendo de esa habitación, ir hasta el dormitorio y despertar a su padre para decirle que su madre no estaba bien. Que no podía seguir ocultando a los demás que había intentado suicidarse varias veces. Que no era feliz. Que aquello, como él aseguraba cuando la veía llorar desconsoladamente, no iba a terminar bien.

Nadia cogió la pastilla y se la echó en la boca. Bebió del vaso de agua.

Satisfecha, su madre le acarició el cabello y dejó escapar una lágrima que se quitó de inmediato.

—Mamá... —imploró.

Su madre se levantó y le puso el dedo índice en los labios.

—Ahora descansa, mi amor. Mañana desaparecerán todos los problemas.

Su madre salió del dormitorio cerrando la puerta y, nada más hacerlo, Nadia se escupió en la mano la pastilla que le había dado su madre y que escondió debajo de la lengua. Tenía un sabor amargo y ácido a la vez. Por el olor supo de qué pastillas se trataban: eran las que tomaba para dormir. Su padre dijo en una ocasión que eran tan fuertes que ni una bomba sería capaz de despertarla.

Abrió la puerta de su dormitorio con mucho cuidado. Toda la casa estaba en silencio. Tenía que ir hasta el dormitorio y avisar a su padre. No sabía qué, pero algo trágico iba a ocurrir. Cruzó el pasillo que comunicaba su dormitorio con el de sus padres. Miró hacia la escalera que daba a un amplio vestíbulo. Escuchó ruidos en la cocina. Avanzó a hurtadillas y entró en el dormitorio. Su padre dormía, pero no estaba su madre en la cama. Lo zarandeó.

—¡Papá! ¡Despierta!

Él respondió con un resoplido. Vio entonces la caja de comprimidos en la mesita: eran los mismos que su madre le había dado hace tan solo unos minutos, junto con la taza de manzanilla que su padre siempre se tomaba antes de dormir.

Y entonces lo notó en el ambiente. Al principio solo fue un leve olor, como cuando se prende una cerilla cerca. Poco a poco, el olor se hizo más intenso. Nadia negó con la cabeza y volvió a zarandear a su padre.

—¡Despierta!

Pero era inútil, su padre dormía profundamente. Seguro que su madre había disuelto en la infusión más de un comprimido del potente sedante que ella usaba habitualmente para olvidarse de que estaba viva.

Mientras tanto, el olor a humo se hacía más patente. Comenzó a toser, el ambiente comenzaba a cargarse. Abrió la puerta del dormitorio y el humo, que tenía la presencia de inofensiva niebla, desdibujó los contornos que minutos antes se perfilaban perfectos. Cuando quiso avanzar hacia la escalera para ir en busca de su madre sintió que algo la golpeaba en la parte trasera de la cabeza.

Cayó al suelo entre esa neblina lenta y mortal. Antes de que sus ojos se cerraran vio la figura de su madre como un espíritu gaseoso y mortecino.

—Todo acabará pronto, mi amor. Cierra los ojos.

No pudo mantenerlos por más tiempo abiertos. Su mundo se desvaneció, pudo ver, mientras sus ojos se llenaban de lágrimas, a su madre entrar en el dormitorio y cerrar la puerta con llave.

El calor del fuego a su alrededor la despertó. Todo estaba ardiendo y apenas podía respirar. Las puertas del dormitorio de sus padres ardían como si fueran de papel. Comenzó a toser. Cada vez que trataba de inhalar algo de aire en su lugar entraba el humo a raudales en sus pulmones. Volvió a pegarse al suelo, aunque estaba muy caliente. Avanzó, arrastrándose. Sentía cómo el suelo quemaba su estómago, brazos, rodillas y muslos. Siguió avanzando unos metros más que parecían kilómetros y llegó a la escalera. Sin pensárselo dos veces se tiró rodando por ella. El fuego allí era más intenso, solo podía ver llamas envolverlo todo. Debía salir de allí, pero no dejaba de toser, y cada vez tenía más humo en sus pulmones. Sentía que le faltaba la respiración. No conseguiría llegar. No podría salir de allí. Se decía que iba a morir allí mismo, a unos pasos de la libertad de aquel infierno. Justo cuando estaba a punto de conseguirlo se desmayó. Instantes antes de eso vio una especie de silueta moverse cerca de ella.

Nadia ha pensado miles de veces en esa silueta, que ella creyó que era un ángel y que, en perspectiva, lo fue para ella. Aunque en forma de bombero. Aún recuerda su sonrisa detrás de la máscara ignífuga que protegía su rostro del fuego y el calor. Sus brazos fuertes bajo el áspero uniforme la llevaron lejos del horror del fuego. Así que sí, en definitiva, ese bombero era su ángel de la guarda y lo siguió pensando hasta después de hacerse adulta. Después, vino ese amable inspector de Policía que era tan alto como un gigante y que no dudó en envolverla con su abrigo para, más tarde, acompañarla hasta el hospital donde conocería a la doctora Bellver. Le preguntaron cómo estaba, pero ella no respondió. Está en shock, hay que tener paciencia, esto va a ser lento, dijo ella. El inspector gigante que era la personificación de la bondad la miró con esa mirada alicaída suya. Agachó su enorme corpachón para ponerse a su altura y sonrió con tristeza. Prométeme que te vas a poner bien, ¿eh?, dijo. Pero Nadia no podía abrir la boca para responder. Como le ocurrió a su padre entonces, ella tampoco fue capaz de contarle al mundo que su madre estaba loca.

El recuerdo de esa noche viene de vez en cuando a su mente. Hay días en los que, ocupada en sus quehaceres, no piensa en ello. Otras veces, algo que ve o escucha le recuerda a la mirada de su madre de aquella noche. Muchas veces ha pensado si ella podía haber heredado ese mismo tipo de demencia. ¿Sería capaz de despertarse en medio de la noche y asesinar a su marido y a su hijo, para luego quitarse la vida? No, ella no sería capaz. Sabe dónde está el límite entre la razón y la locura. Porque lo sabe, ¿no?

El aire es frío y un viento enfurecido agita las ramas de los árboles. Nadia permanece dentro de su coche sin perder de vista el camino por el que se llega hasta aquel pequeño bosque. La tranquilidad que envuelve la noche se le antoja irreal. Las sombras de la noche ocultan el miedo. A lo lejos, un cambio en la dirección de la luz de una de las calles de la urbanización revela movimiento. Segundos después, una figura se recorta fugazmente contra el haz amarillento que desprenden las farolas. Su pensamiento se llena de imágenes atroces. Lo ve con la capucha de aquel impermeable negro, asesinando a Valeria. Y ahora sí que puede verlo. Le sonríe, con la sangre resbalándole por el rostro.

Se pregunta qué lo ha empujado a hacer lo que ha hecho. ¿Cuáles son esos motivos oscuros que se ocultan tras esa inocente apariencia? Sabe por experiencia que la oscuridad más horrible se puede esconder detrás de unos ojos bondadosos.

«Ahora descansa, mi amor. Mañana desaparecerán todos los problemas.»

Nadia tiene que espantar de su cabeza a esa voz que la ha torturado durante tanto tiempo. Es el momento de ser fuerte. Desciende del coche. El frío agudiza sus instintos más sensitivos. El viento ulula entre los árboles, agitando las trémulas ramas negras. Él desciende el desnivel del pequeño terraplén levantando una pequeña polvareda que el viento agita. Camina despreocupado, tal vez demasiado. Se detiene a unos metros de ella. Viste una sudadera gris y lleva la capucha puesta. Se la quita dejando a la vista su cabello encrespado. Entonces, se gira inquieto y su mirada se muestra velada por el temor. Por un instante Nadia ve al niño que es. Piensa en lo que ha hecho, le cuesta mucho verlo de otra forma.

—Hola, Nadia, ¿por qué me has citado aquí? ¿Qué está ocurriendo?

Es la voz de un niño, sin aparente maldad. Nadia trata de reprimir las lágrimas, pero ha de ser fuerte. Él vuelve a mirar a su alrededor como si temiera que alguien fuera a salir de entre la oscuridad en ese instante para echarse encima.

—¿Y Daniel?, ¿dónde está?

El solo hecho de escuchar el nombre de su hijo en su boca hace que el miedo le oprima el estómago. No quiere imaginar qué ha podido hacerle cuando estaba a solas con él. Reprime unas lágrimas y la ira amenaza su sensatez.

—¿Por qué? —murmura—. ¿Por qué lo hiciste? —inquiere Nadia.

Joel se agita con las manos en los bolsillos. Agita la cabeza negando, como si de repente se hubiera enfadado.

—¿De qué me hablas? —replica el adolescente, confundido.

—Ya lo sabes, Joel. Asesinaste a esas mujeres.

—No es cierto. Yo no he matado a nadie.

—La doctora Bellver. Sé que estabas recibiendo terapia.

Y entonces Nadia saca de la chaqueta que lleva el diario que le robó a Isabel Bellver. Joel lo mira como si eso no significara nada, y tampoco parece sorprendido.

—Claro que estaba recibiendo terapia. Se la recomendaste tú a mi madre, ¿no lo recuerdas, Nadia? Le dijiste que ella te había estado tratando hace años y que era una muy buena terapeuta. Y lo era —completa en un susurro apesadumbrado.

—¡Estás mintiendo! ¡Jamás he hablado con tu madre de eso! —exclama Nadia—. ¿Es así cómo empezó todo, Joel? ¿Viste mi nombre en su diario y decidiste que así comenzaría esto?

Ella le mira fijamente.

—¿Empezar el qué?

—Estos dos crímenes. ¿Por qué lo haces, Joel? ¿Qué te he hecho yo?

Joel la mira fijamente y niega como si no quisiera decir algo de lo que pudiera arrepentirse.

—¡Basta! —protesta el joven—. He dicho que ya está bien. Te he seguido el juego porque me preocupas, pero todo tiene un límite. Te aprovechaste de mí solo porque soy un crío…

Joel comienza a sollozar. Nadia está a punto de acercarse a consolarlo, pero entonces Joel saca del bolsillo de sus vaqueros un teléfono móvil.

—¿Quieres escucharlo? —pregunta él.

—¿Escuchar qué?

—Cómo me utilizaste.

Y Joel pulsa un botón para reproducir lo que parece una pista de audio. Al principio se escucha muy débil, luego Joel sube el volumen a tope. Se escucha una voz, es la del propio joven.

—Nadia, creo que esto no está bien…

—Shhh. Es muy fácil, amor. Solo tienes que cogerlos prestados y ya está. Es muy fácil y nadie se dará cuenta. En un hospital nadie se fija en eso, todo el mundo va a lo suyo.

Es la voz de Nadia, que al escucharse se queda sin palabras. Se escuchan gemidos y el sonido de un beso en los labios.

—Hazlo y te enseñaré algo que te volverá loco. —De nuevo es la voz de Nadia. Más sonidos de besos—. ¿Quieres probarlo o no?

—¿Y para qué los necesitas? —pregunta Joel cohibido.

—No quieras saberlo, mi pichón.

Joel para la grabación y esta se detiene. Mira a Nadia con ojos llorosos y niega varias veces con la cabeza.

—Joel —comienza Nadia—. Sabes que esa grabación es falsa. No sé cómo lo has hecho, pero eso nunca ocurrió.

—Lo siento, Nadia, pero no puedo dejar que sigas con esta locura. Tenía miedo de ti y de lo que pudieras llegar a hacer. Nunca imaginé que pudieras ser capaz de aquello. —Joel asiente—. Y ahora parece que yo también soy tu cómplice. Pero no puedo dejar que sigas. Esto se acabó.

Las palabras se desdibujan y los contornos se vuelven difusos. El suelo bajo sus pies se tambalea y el fuego vuelve a surgir. Como aquella noche, puede sentir el calor abrasador sobre su piel, el humo a su alrededor. La horrible muerte que espera. Los ojos tranquilos y azules de su madre.

«Ahora descansa, mi amor. Mañana desaparecerán todos los problemas.»

Las lágrimas inundan sus ojos y abrasan como el fuego de aquella maldita noche.

—Debes entregarte a la Policía, Nadia. Tienes que confesar lo que hiciste. —Unas lágrimas comienzan a rodar por la mejilla de Joel, que, impotente, se las limpia de un manotazo—. Asesinaste a Valeria porque estabas celosa de ella. Dijiste que la matarías, que borrarías esa cara de la faz de la Tierra porque ella se había acostado con tu marido. Yo intenté disuadirte, pero fue inútil.

La figura sin rostro destroza a golpes aquella bonita cara convirtiéndola en un amasijo sanguinolento, deforme y horripilante, hasta que su rostro desaparece por completo. El corazón le late deprisa por el enorme esfuerzo físico. La adrenalina surca sus venas a toda velocidad, como un bólido de carreras. Nadia puede verse a sí misma cometiendo el crimen. Matando a golpes a esa zorra de Valeria. Quería quitarle lo que más quería, quería destruir a su familia. Y no iba a permitirlo.

—No iba a permitirlo, —dice Nadia en un hilo de voz.

Joel la mira en silencio, es incapaz de decir nada, solo consigue negar, dándole la razón.

—Ella quería robarme lo que más quería. Tuve que hacerlo. Tuve que matarla.

Y Nadia levanta la mirada vidriosa hacia él. Se mira las manos, así permanece un largo rato. Hasta que Joel se acerca más a ella y la abraza.

—No te preocupes, todo irá bien —murmura él.

Nadia asiente mansamente. Dos lágrimas enormes corren por sus mejillas.

—Sí, todo irá bien —musita.

Joel la abraza con más fuerza. Es un abrazo de confianza, reconfortante. Así están varios segundos, lo único que se escucha es el viento agitando las ramas de los árboles.

Entonces, un leve pitido rompe el ruido de fondo. Joel mira a su alrededor buscando de dónde proviene, hasta que el pitido vuelve a reproducirse y se da cuenta de que es un sonido de alerta de su propio móvil. Extrañado, se separa de ella y coge su dispositivo. Antes de pulsar en la notificación mira a Nadia.

—Es un mensaje tuyo —replica Joel extrañado.

Pero no responde, solo se limita a mirarlo fijamente todavía con los ojos llorosos. Joel pulsa en el mensaje, que tiene un vídeo adjunto, y vuelve a mirar a Nadia. Pero esta vez no hay ningún asomo de comprensión en su mirada, sino más bien de todo lo contrario. Reproduce el vídeo donde aparece el propio Joel, caminando por el pasillo de la planta de arriba de su casa:

«No me lo puedo creer. Estoy... muy cabreado. Sí. Así me siento. Me ha despreciado. Esa es la verdad, para qué enmascararlo. No puedes hacerme esto, Nadia. Te quiero más, mucho más que ese imbécil de tu marido. —Su mirada está anegada por el odio más intenso. Entra en su habitación y cierra la puerta. Se sienta en la cama y exhala un suspiro. Mira a la cámara con ojos desorbitados—. Pero esto no va a quedar así. No pienso dejar que te salgas con la tuya...»

La imagen se agita violentamente y el vídeo cesa en ese momento. Joel exhala un gemido y se agita nervioso.

—¿Qué cojones es esto?

Nadia lo mira sin expresión. Las lágrimas han desaparecido de su rostro.

—Creo que necesitas ayuda, Joel. He visto todos los vídeos que grabaste. Todos.

Joel quiere replicar a las escasas pero contundentes palabras de Nadia. Y de repente, antes de que pueda hacerlo, una rama cruje en algún lugar no muy lejano y el rostro de la inspectora Rossi surge de entre las sombras. A su lado camina el inspector Portugal. Varios agentes uniformados aparecen unos metros más allá. Todos llevan su pistola reglamentaria en la mano y lo apuntan a él.

—Joel, no te muevas de donde estás —ordena Rossi avanzando hacia él.

—¡No irán a creer esta mierda! —Suelta una risa socarrona—. ¿No han oído hablar de la inteligencia artificial? ¡Puedes crear vídeos tan reales que nadie notaría la diferencia!

—¿La misma que has utilizado tú para crear ese audio falso? —argumenta Rossi.

Antes de que los inspectores lleguen hasta él, Nadia se acerca más a Joel y lo agarra por los hombros, acercando su cara a la suya. Susurra:

—¿De dónde sacaste lo del crimen de esa mujer de Alicante?

Joel la empuja con fuerza, y Nadia está a punto de trastabillar y caer de espaldas.

—¡Nadia, apártese, por favor! —ordena Rossi.

—¿Dónde lo encontraste? ¿Fue por casualidad? —insiste mientras la inspectora coge a Nadia y la aparta hacia un lado, a la vez que Joel niega repetidamente.

—¡Fue ella! —grita—. Ella me obligó a grabar esos vídeos. ¡Soy inocente!

La inspectora Rossi se coloca frente a Joel, que sigue negando, consternado, como si todo eso no fuera más que un mal sueño. Ella levanta las manos con un gesto para que se tranquilice.

—Joel, escúchame. Solo queremos que nos acompañes para aclarar todo esto, solo queremos eso. ¿De acuerdo?

Joel fija la mirada ensimismada en la inspectora. Asiente primero más despacio y, luego, más convencido.

—Sí, hay que aclarar todo esto —afirma—. Porque yo no he hecho nada.

—Seguro que no. Pero tenemos que hablar, ¿de acuerdo? Ahora vamos a ir todos juntos muy despacio y con tranquilidad, ¿te parece?

—Claro —murmura él, para luego sonreír.

Rossi asiente entonces con una sonrisa forzada y trata de cogerlo del brazo, pero entonces todo ocurre muy deprisa: Joel hace un gesto inesperado y saca una pistola de su bolsillo. Portugal ahoga un grito. Estira su mano, pero no puede evitar que Joel acerque esa pistola al estómago de su compañera Rossi y dispare a bocajarro.

Última parte

¿Qué le decimos al Dios de la muerte? Hoy no.

Syrio Forel en *Juego de tronos*,
de George R. R. Martin

32

Anabel Rossi viaja en el asiento de atrás mientras observa cómo sus hermanos se pelean a su lado. Todavía son unos chiquillos que no saben divertirse de otra forma. Conduce su padre, mirando la autovía fijamente. Su madre va a su lado. Le acaricia el cabello por detrás. Sus hermanos gritan todo el rato y la madre los manda callar, pero solo obedecen cuando lo ordena el padre. Anabel ha buscado su mirada a través del espejo retrovisor interior todo el tiempo. Pero no la ha mirado ni una sola vez. Tiene ganas de vomitar, pero se contiene y no dice nada. Hay un largo silencio, lo único que lo llena es el suave murmullo del motor. Entonces el padre enciende la radio. Le gusta conducir con el sonido de la radio de fondo. Regresan de pasar las vacaciones de verano en Suances. Allí tienen una casa que era de la familia de su padre y que en el reparto familiar heredó él. En Suances, todo el mundo lo conoce y lo respeta. Su padre es un hombre importante, pero a él, lejos de los focos de la vida pública y judicial, lo que más le gusta es la vida tranquila y hogareña. Cuando llegan, los amigos ya lo están esperando para jugar la partida de dominó en un café con vistas al mar. Le gusta organizar comidas con la familia y los amigos. Es un hombre muy querido.

—Tu padre encerró a un montón de etarras. Me lo contó una vez el mío —le dijo un niño mientras se bañaban en la playa de La Concha.

Anabel se encogió de hombros. Para ella, solo era su padre y jamás lo había oído hablar en casa de trabajo.

Anabel adora a su padre, y siendo muy niña se juró a sí misma que nunca haría nada que lo disgustara. Pero en la vida real disgustamos más de lo que quisiéramos a los que más queremos y nos quieren. Luego, nos lamentamos y juramos que nunca más volveremos a hacerlo, y sin embargo no pasa mucho tiempo hasta que volvemos a quebrantar ese juramento.

Tenía trece años, y esas vacaciones nunca las olvidaría Anabel por diferentes motivos. Allí conoció a Sandra. Esta tenía catorce años y también había venido de vacaciones a Suances con su familia. Ellos vivían en León, su padre era teniente de la Guardia Civil, y su madre, funcionaria de prisiones. Sandra era muy ingeniosa y estaba todo el rato inventando y contando chistes verdes, a los cuales llamaba «de follisqueo». Era alta y tenía el cuerpo bastante desarrollado para su edad. Siempre que tenía ocasión decía:

—Tengo las tetas más grandes que las de mi madre, y creo que no le hace gracia. Me las mira con envidia.

Cuando se ponía un bikini negro que le quedaba francamente bien, le gustaba exhibirse delante de todos. Los chicos babeaban al verla pasar, y cuando eso ocurría ella la miraba y le guiñaba un ojo. Anabel sonreía, pero por dentro se quería morir.

Un día, su padre le dijo que iban a venir a comer a casa los padres de Sandra. Anabel no supo si alegrarse o asustarse, más bien lo segundo. Sandra también vino con ellos, además de con un hermano pequeño que tenía y al que solía llamar cariñosamente «imbécil de los cojones». Después de comer, los adultos salieron al jardín a relajarse y a tomar algo. Se rieron mucho y hablaron de todo menos de trabajo. Sandra quería que Anabel le enseñara su habitación, y subieron al piso de arriba, donde estaba. Una vez allí, Sandra miró a su alrededor y, sonriendo, cerró la puerta. Anabel sintió un nudo en el estómago cuando se acercó a ella.

—Sé que te gusto —le susurró al oído—. Tú también me gustas a mí. Mucho.

Se besaron. Fue un beso tierno acompañado de campanas y chiribitas al abrir los ojos. Los labios de Sandra sabían a la tarta de chocolate que habían comido de postre. Estaba tan cerca de ella que sentía el rápido palpitar de su corazón. Ambas respiraban con fuerza, superficialmente. En ese momento, Anabel descubrió lo que era el verdadero deseo. Sandra le cogió la mano y se la puso en su entrepierna.

—¿Quieres tocarme el coño?

Anabel quería tocárselo y comérselo entero, ya de paso, pero no respondió, la agarró por la cintura y la empujó sobre la cama. Se puso sobre ella y le metió la mano bajo los pantalones mientras se besaban.

La puerta se abrió entonces de golpe y apareció su padre.

—Ana Isabel...

Se le borró la sonrisa blanda que exhibía y miró la escena como si estuviera presenciando un crimen. Parpadeó y cerró la puerta de nuevo.

Jamás volvió a ver a Sandra después de aquel día. Pero sí a su padre, claro. Después de aquello, todo se acabó. La vida continuó como siempre. Pero había nacido una brecha entre ellos que día a día se ensanchó cada vez más. Ha pensado mucho en aquel día, y desde entonces ha llorado ríos de amargura. Ha llamado a su padre en la oscuridad de mil noches sin obtener respuesta, y de nuevo, esa noche, lo ha vuelto a hacer. Ha susurrado su nombre.

—Papá..., papá...

Alguien la mira desde arriba. Tiene la mirada desorbitada y se agita nervioso.

—Todavía está consciente...

Siente como si fuera otra quien es transportada en una camilla por varias personas que llevan batas verdes con manchas de sangre.

Anabel quiere escuchar su voz entre ese pequeño tumulto. Una lágrima se mezcla entre la sangre, y la oscuridad de nuevo lo cubre todo.

33

No le han dado explicaciones. Su madre ha ido a verlo y entre lágrimas lo ha envuelto entre sus brazos. Parece ser que a ella tampoco le han dicho mucho más. ¿Y este es el tan cacareado Estado garantista? Solo es un chiquillo y lo tienen encerrado en una celda cuadrada y sin calefacción. Su madre le ha prometido que va a salir de allí pronto. Va a hablar con un abogado, antiguo amigo de su padre, que al parecer es muy bueno, aunque han pasado ya varias horas y sigue allí, encerrado e indignado.

No puede dejar de pensar en lo que ha pasado, aún no lo puede creer. Esa hija de la gran puta lo ha jodido pero bien. Lo ha engañado con sus lágrimas de mierda y su aspecto frágil, lo tenía todo perfectamente planeado. No sabe cómo ha podido ocurrir. Entonces, ¿para qué sirve que alguien tenga escondidas en su casa las pruebas de un crimen?, ¿eso no cuenta? Unos vídeos grabados por un adolescente inestable no pueden ser prueba suficiente para detenerlo. ¿O sí?

No tenía que haberlo hecho. Aun así, ese abogado tan bueno que lo va a sacar de allí seguro que encuentra la forma de darle la vuelta a todo. Porque para eso están: para encontrar la forma en que los criminales como él se libren de ir a la cárcel.

Pero ¿y si no es así? ¿Y si al final es condenado? ¿Pueden condenar a un adolescente a la cárcel? ¿Pueden aplicarle la prisión permanente revisable? Cada vez que piensa en todas esas cosas cree que va a volverse loco.

No puede acabar así. Solo tiene diecisiete años. El curso que viene se va a la universidad. Tiene un proyecto de vida, un futuro: quiere ser ingeniero informático. Va a trabajar en Silicon Valley, y sueña con convertirse en el próximo Steve Jobs. Va a revolucionar el mundo de la informática. ¡No pueden robarle su futuro!

Golpea la puerta de acero y grita, pero nadie le hace caso. Es cuestión de tiempo. El abogado vendrá y lo sacarán bajo fianza. Y si las cosas se ponen feas, escapará. Huirá del país si es necesario. Pero eso es una solemne tontería. No tiene dinero y lo cogerían enseguida. No. Tiene que seguir actuando, hacerles creer que él solo es una víctima más, que todo lo planeó ella desde el principio. Solo tiene que pensar en el modo de hacerlo. Ahora más que nunca, tiene que ser el más listo de la clase.

Nadia.

Ella es la culpable de todo. La odia. Pero al mismo tiempo la quiere con todas las células de su cuerpo. Su amor por ella era puro y absoluto, pero ella lo rechazó. La amó desde el mismo instante que la vio. Recuerda aquel día grabado en su mente, cuando ella llegó junto al inútil de su marido a ver el chalet. Después, su madre los invitó a tomar café y el flechazo fue instantáneo. Cuando se marcharon, no podía dejar de pensar en ella. Sentía un mareo constante y el estómago vacío. Un desasosiego continuo atribulaba su ser. Estaba enamorado. Nunca había sentido tal cosa. Era un sentimiento absoluto hacia otra persona, algo indescriptible. Pocas semanas después se mudaron a Valdevistas, y la obsesión por ella llegó hasta tal punto que comenzó a investigar en su vida. Quería saber todo sobre ella: dónde había nacido, si tenía hermanos y padres, dónde había estudiado, cómo había conocido al imbécil de su marido… La gente común no sabe que con un poco de insistencia y la ayuda de algunas webs —que no entiende que no estén clausuradas todavía por un juez— se puede conseguir información personal de cualquiera. No estamos hablando del número de DNI y de la fecha de nacimiento. Estamos hablando de todos los datos importantes y concernientes de cualquier individuo: desde los académicos a informes médicos o financieros. Y todo ello por unos pocos euros. Increíble pero cierto.

Así fue cómo descubrió que había nacido en Barcelona, que sus padres murieron en un incendio y que ella salió ilesa milagrosamente, pero que ese trauma la tendría confinada en un centro de enfermos mentales durante varios años de su juventud. Y que al mudarse a Madrid se cambió el apellido, además de que era rica. Muy rica.

Por supuesto, también indagó en su marido. Seguro que ocultaba algo. Era el típico guaperas del que las mujeres se enamoran perdidamente, pero, quitando esa envoltura, no hay nada. Y no le defraudó: había estado envuelto en un escándalo en su ciudad natal con un vídeo sexual, además de que sospechosamente desapareció de la noche a la mañana poco después de que encontraran asesinada a esa mujer en el mismo barrio donde tenía su inmobiliaria. ¿La Policía se había tomado las molestias de investigarlo? Ni siquiera lo habían contemplado, y mucho menos lo habían interrogado. Por no decir su afición a gastarse el dinero de su mujer, bien en negocios inútiles, bien en el juego. En principio ese era su plan: que ella supiera con quién estaba casada, quería que abriera los ojos. Pero ella estaba demasiado cegada para verlo. Y lo peor vino después, cuando lo rechazó. No hubo palabras. Pero sus gestos hablaron por sí mismos. Su mirada, como queriendo decir: «solo eres un crío, chaval, y yo necesito un hombre de verdad. Un hombre que me haga temblar de la cabeza a los pies, que haga que el corazón me estalle cuando esté con él. ¿Sabes de lo que hablo?». Sin duda fue el peor día de su vida. Lloró desconsoladamente al comprender que nunca la tendría, que aquel sentimiento tan profundo y hermoso había sido pisoteado sin miramientos. Volcó toda su rabia en aquellos vídeos, verbalizando lo que sentía. Se sentía mejor al volver a verlos, la doctora Bellver hubiera estado de acuerdo: «si te ayuda, hazlo, Joel». No sabía nada de él. Ni de lo que sentía ni de lo que era capaz, pero de poco sirvieron. La rabia por la humillación sufrida no desaparecía. Era el momento de dar un paso más. Y descubrió entonces que no existe mayor placer que el de la venganza.

Y la suya todavía no ha terminado.

El sopor que siente es como tener una toalla húmeda y pesada sobre su cabeza. Los ojos parecen rellenos de paja. El resto de su cuerpo navega en una ingravidez absoluta. Consigue abrir los ojos muy despacio y, al hacerlo, siente como si le clavaran diminutos alfileres sobre los párpados. Los brazos y las piernas están como adheridos a la superficie de la cama. La boca, seca como papel de estraza. De repente, se siente terriblemente angustiada: quiere hablar, gritar. Solo consigue que unas lágrimas silenciosas broten de sus ojos.

Unos pasos fuera se aproximan y la puerta se abre. Es Elena Espinosa, que la mira, primero con sorpresa. Anabel trata de sonreír, pero solo consigue hacer pucheros. Se acerca a ella y la besa en los labios. Anabel cree que no habrá sido una experiencia agradable besar esos labios acartonados.

—Dios mío, Dios mío... —Es lo único que Elena consigue decir entre un mar de lágrimas desatadas mientras le acaricia la cara.

Anabel la mira ensimismada, como si estuviera atrapada en el cuerpo de otra persona y nadie le hubiera explicado qué ha pasado. Todo sucedió tan rápido que solo recuerda el dolor de la bala atravesando violentamente su cuerpo. Y la sorpresa, y el estupor, y la rabia. Después, nada.

Y ahora, ¿qué ocurre? ¿Por qué no puede moverse?

—Elena...

—Estás viva —contesta ella con voz ronca, asintiendo. Tragándose las lágrimas y la impotencia.

Estar viva es importante. Lo es todo, sin duda. Pero quiere mover su cuerpo. Quiere volver a ser la persona que era antes. El pánico que siente en ese momento es una sensación atroz, demoledora.

—No puedes moverte —dice Elena con toda la serenidad que puede—. Ha sido una operación muy complicada...

Pero ella niega, incapaz de dar crédito. El miedo le obstruye la garganta, arrasa su organismo. Llega hasta su alma.

—No puede...

Elena comprende entonces.

—Está todo bien, no te preocupes. No puedes moverte debido a la operación, pero está todo bien.

Anabel clava sus ojos en los de Elena, aferrándose a esas palabras como a un salvavidas en alta mar. Aun así, no puede evitar dejar de llorar. Tiene tanto miedo.

Elena la consuela en silencio.

Cerca de una hora más tarde aparece Portugal. Cuando no se afeita, su barba es tan cerrada y tupida que parece pintada sobre su rostro. Solo necesita cuatro o cinco días para parecer otra persona. Ella siempre ha bromeado con él a ese respecto. Nada más conocerlo, le soltó:

—Macho, tienes pelo hasta en el carné de identidad.

Y él la miró serio, pero luego sonrió. Presentía que era el comienzo de una hermosa amistad. No se alejaron y luego fundió a negro, pero fue bonito mientras duró. Y esperaba que durase mucho más.

Él se sienta en la cama y la coge de la mano libre, la que no tiene la vía intravenosa. Menea la cabeza.

—Estás hecha un asco.

Anabel suelta una risa seca y los ojos se le humedecen. Acaricia su rostro barbudo, duro como cerdas de alambre. Quiere a ese hombre, lo quiere y quiere tenerlo en su vida. No para de repetirse que es una mujer afortunada por no estar a esas horas muerta sobre una fría mesa de autopsia, pero el miedo sigue ahí, socavando su alma.

En las horas siguientes una legión de visitantes aparece y desaparece. Silvia Garay y Salvador Tendero llegan juntos y no pueden evitar llorar al verla de esa guisa. Tendero ha traído flores que ha puesto en un jarrón vacío, al lado de la ventana. Siempre tan correcto, piensa ella. Se hacen a un lado y se marchan en silencio cuando llega más gente.

Anabel se emociona y busca el contacto de Elena o Juan, que en todo momento la acompañan. Los médicos también la visitan. No pueden enmascarar la verdad y le dicen las cosas como son: ha podido morir y estará en el dique seco una larga temporada. La rehabilitación será extensa y difícil. Anabel trata de asumir su nueva realidad, pero nadie puede asumir su nueva realidad cuando tu vida cambia drásticamente.

—¿Por qué a mí? —se dice en voz alta.

—Porque eres policía, por eso —contesta su compañero—. Una buena policía, además. Y a veces un poco tocapelotas, que todo hay que decirlo.

Ella suelta una risa llena de mocos. Elena la mira y ve todo el amor en su mirada. No sabe si finalmente están saliendo o no. Piensa esa clase de cosas, entre el miedo a la incertidumbre, pero Elena la anima todo el rato y hace planes de futuro con ella. Anabel se ríe, pero cuando no está ella, llora.

—Estaré aquí, mi amor. No me marcharé.

—¿Estamos saliendo o qué?

No ha podido contenerse y por fin lo ha soltado. Elena la ha besado con ternura y le ha dicho que la quería muchísimo, y que sería muy feliz si quisiera construir su vida junto a la suya. Los presentes han aplaudido emocionados.

Minutos más tarde, la puerta se abre y aparece un hombre alto. Lleva un traje negro, camisa azul claro y corbata también negra. Desde que murió Paloma, Diego viste siempre de negro. Algo murió dentro de él entonces. Aquellos días de felicidad se esfumaron para siempre y solo dejaron su recuerdo, al que apenas puede ya aferrarse. Su sola presencia provoca respeto entre los presentes. Él asiente cortésmente con una mueca por sonrisa y entonces mira a su hija, postrada en la cama. Sus miradas se encuentran.

—Papá...

Las palabras casi se traban en la garganta antes de salir, y Diego se acerca a su hija para abrazarla.

—Mi niña...

Sus lágrimas se mezclan con las de su padre y, por primera vez desde hace mucho tiempo, el corazón de Anabel se llena de alegría y esperanza.

Blanca se tiene que detener en medio del pasillo y sentarse en un banco de plástico cuando su cabeza comienza a dar vueltas y más vueltas. Una agente de Policía le pregunta si está bien, si quiere un poco de agua. Blanca, con la sonrisa más amable que puede esbozar, le contesta que sí lo está, pero le gustaría agarrarla del pescuezo y apretar hasta que se le salieran los ojos de sus órbitas. No tiene nada contra de ella, no es eso. Está furiosa con el sistema. El mismo que ha privado a su hijo de la libertad, de la que unas pocas horas antes podía disfrutar dándola por sentada.

Cuando se marchaba, Joel le ha implorado entre lágrimas que lo sacase de allí. Le ha jurado mil veces que todo es mentira, que se trata de un montaje rocambolesco que se ha sacado la Policía de la manga para culparlo. Ella, todo lo convincente que ha podido, le ha dicho que lo cree y que lo va a sacar lo antes posible. Aunque la realidad es bien distinta. El abogado que ha contratado, un amigo de correrías de su difunto esposo, niega varias veces con la cabeza con gesto muy serio.

—Blanca, no te puedo engañar con esto. Lo tiene muy difícil. Hay grabaciones de vídeo donde habla a la cámara de lo que pretende hacer. ¡Dice a quién va a matar y cuándo va a hacerlo! —alega como si fuera, que lo es, algo del todo imperdonable. Suspira meneando la cabeza—. Es que a quién se le ocurre. Estos críos de hoy en día se graban haciendo barbaridades ¡y encima los comparten! ¡Manda cojones!

Después se quita las gafas y se frota los ojos en aquel despacho lleno de libros de derecho y diplomas por todas partes que huele a madera encerada y a pis de viejo.

—Por no hablar de que la Policía ha encontrado su ADN en el traje que escondió en casa de vuestra vecina —murmura mirando hacia otro lado, para después exhalar un hondo suspiro que viene a decir más o menos: además de asesino es un imbécil de tres pares de cojones. ¡Menudo cerebrito!

—Pero tienes que hacer algo, solo es un chiquillo. ¡Y los chiquillos como él no van a la cárcel!

—Joel va a cumplir dieciocho años el mes que viene, así que irá a juicio con todas las de la ley. Además, el juez que nos ha tocado está encantado con este caso, que por otro lado forma parte de su cruzada particular, ya que su hija fue asesinada por un violador hace dos años. Ese tipejo además lo grabó en vídeo y lo compartió con sus amigos, que aplaudieron esa machada. Resulta que el violador era menor de edad y, en su defensa, el abogado argumentó que lo obligaron. Un error técnico lo libró de acabar donde merecía. Desde entonces, este juez vive solo para que ni uno solo de estos niñatos se libre de la justicia.

El abogado se frota los ojos, cansado tal vez de defender tanta desfachatez e inmundicia.

—Tiene que haber una forma —incide Blanca cada vez más indispuesta.

El abogado, tras ponerse las gafas y mirarla por encima de ellas, responde sin ganas.

—Podríamos alegar enajenación. Con eso conseguiríamos que no fuera a la cárcel. Tal vez con un poco de suerte logremos que vaya a un Centro de Inserción Social.

—¿Qué es eso?

—Una cárcel para enfermos mentales.

Tras escuchar aquello, a ella se le han revuelto las tripas y a punto ha estado de vomitar encima de aquel escritorio suyo tan bonito y caro. El abogado, tal vez imaginando ese mismo supuesto, ha tenido la bondad de acompañarla fuera.

—Vamos a hacer todo lo que podamos. Intentaré un acuerdo con la fiscalía, pero te recomiendo que te prepares para lo peor.

¿Lo peor? Lo peor ya había llegado. El rostro y nombre de su hijo estaban por todas partes. Es un asesino: el asesino de Valdevistas. El adolescente que asesinó a dos mujeres y disparó a una inspectora de Policía a bocajarro. No puede poner la televisión, ni escuchar la radio, ni mucho menos ver las redes sociales donde todo el mundo vomita su ración de odio e insultos sobre él, deseándole una tortura a la altura de las circunstancias. Por eso no puede dejar que todo eso acabe así. Joel es todo lo que tiene y, sin él, ya no le queda nada en la vida, mientras que esa zorra se ha quedado con todo. La odia con todas sus fuerzas.

No puede seguir viéndola cada día. Restregándole con su vida y familia perfecta que ha ganado. Antes se corta las venas. Por eso tiene que marcharse no solo de Valdevistas, sino de Madrid. Aún no sabe dónde, pero muy lejos. Y en esa habitación fría de hotel donde se encuentra sentada en el borde de una cama se limpia las lágrimas por lo que está a punto de cometer.

Llega al centro donde Joel está detenido. Ha sobornado con facilidad al funcionario que lo vigila durante ese turno. Por la noche hay menos vigilancia, le dijo. Quinientos euros por hacer la vista gorda durante unos minutos es un chollazo, y además le hace un enorme favor a esa madre angustiada.

—Cinco minutos —murmura el funcionario, que tiene ojos de vampiro y dientes de rata. Le abre la celda. Hay otro funcionario en una esquina que en ese instante mira para otro lado. Seguro que se reparten el dinero más tarde. Joel está tumbado en posición fetal en un catre estrecho y metálico.

—Cariño...

Su hijo se gira al escuchar la voz de su madre. La mira con extrañeza y con una rabia desaforada que todavía no ha desaparecido de sus ojos. Blanca observa esa mirada, ¿es la mirada de alguien perturbado? Tal vez sí, tal vez su precioso bebé sea después de todo un despiadado asesino capaz no solo de matar a alguien, sino de disfrutar del proceso. Intenta eliminar de su mente esos pensamientos, así como las lágrimas que quieren brotar.

—¿Cómo has entrado?

—He sobornado a un funcionario —dice como si fuera toda una hazaña, forzando una sonrisa. Entonces abre su bolso y saca un paquete de bollitos con lágrimas de chocolate—. Te he traído tus favoritos.

Joel sonríe por primera vez y le arrebata los bollitos de la mano a su madre.

—Gracias, mamá. Si vieras la mierda que me dan de comer estos hijos de puta.

Abre un envase y casi se traga de un bocado uno de los bollitos, y el otro dulce desaparece tres o cuatro segundos después.

—¿No tienes más?

—No, pero te traeré más si quieres.

Joel asiente. Tiene una mancha de chocolate en la comisura del labio inferior. Blanca comienza a recordar imágenes de su niño cuando solo tenía dos, tres, cinco años. Era tan bueno, tan tímido. Le dieron todo lo que unos padres le podían dar. ¿Qué ocurrió?, ¿dónde estuvo el error?, ¿qué hicieron mal?, ¿acaso su hijo se convirtió en un monstruo porque sus padres le dieron todo aquello para que fuera feliz?

—Tienes que sacarme de aquí, mamá. No puedo ir a la cárcel, ¿lo entiendes? ¡No pueden joderme la vida como me la quieren joder!

—Lo sé, hijo —confiesa, fingiendo que cree a pie juntillas en todas sus palabras—. Y tengo buenas noticias: el abogado me ha dicho que mañana vas a salir en libertad condicional, ¿no es estupendo?

Joel sonríe, pero en su sonrisa no hay felicidad. Ahora se da cuenta de que tenía que haber hecho algo cuando saltaron las alarmas y la doctora Bellver le advirtió de su anómalo comportamiento. Sí, ella no quiso escuchar. La doctora estaba equivocada. Su hijo se curaría por sí solo con cariño. Había estado demasiado ensimismada en sus problemas y no le había prestado la suficiente atención. Ya da igual. Está todo decidido.

—Sí que lo es, mamá.

Blanca se acerca a él y lo abraza con fuerza. Él apenas mueve sus brazos. Ella lo besa en la mejilla. Lo va a echar tanto de menos.

—Ves cómo te dije que todo saldría bien.

Joel asiente con impaciencia y de nuevo ve ese brillo velado en sus ojos.

Abandona el centro de detención sin mirar atrás. Una lluvia fina pero persistente la recibe a la salida. De repente, todo parece más gris y deprimente. Sabe que así será a partir de ese momento. Su espléndida y monótona vida ha desaparecido para siempre. Ya no es una persona privilegiada, sino una persona marcada. Camina con paso rápido y firme por las aceras mojadas. El veneno, según ha dicho quien se lo ha vendido, actuará dentro de unas pocas horas y no dejará rastro en el organismo. El médico diagnosticará que ha muerto debido a un infarto. «No te preocupes —ha asegurado—, será una muerte sin dolor.»

34

Daniel duerme en su cuna y Nadia lo mira embelesada. Los pensamientos negativos poco a poco se van diluyendo. Los recuerdos de todo lo acaecido hace tan solo unos días parecen formar parte de algo muy lejano, o de otra vida vivida. Ya no importa.

Mario se está duchando y ella se prepara para hacer la cena. No quiere pensar, pero por un momento todo lo que más amaba podía haber desaparecido, así, sin más. Se ha imaginado siendo detenida mientras alguien a quien no conocía se llevaba a su hijo. Se ha imaginado siendo esposada y conducida por la Policía mientras los vecinos observaban en silencio. Mientras, Joel, al lado de su madre, observaba la escena sin decir nada. La suerte se ha puesto de su lado en esa ocasión y debe dar las gracias, porque no siempre es así.

Blanca ha desaparecido de la noche a la mañana. Se ha marchado sin despedirse. Un camión de mudanzas ha venido para empezar a vaciar el chalet después de que la Policía Científica lo registrara de arriba abajo. No sabe si han encontrado algo o no, pero sí ha transcendido la noticia de que un mendigo encontró ropa ensangrentada en el fondo de un contenedor de basura cerca del barrio de Chueca. La Policía cree que podría ser la misma que se utilizó en el crimen de Isabel Bellver. A esas horas todo el mundo se pregunta qué ha podido empujar a un chico de diecisiete años a cometer tales crímenes. Dos mujeres han muerto, y ha disparado a una inspectora de Policía a quemarropa con la frialdad de un sicario consumado. Espera que la inspectora salga adelante. Sabe lo traumático y duro que resultará para ella y lo lamenta profundamente. Le gustaría poder hablar con Rossi para darle las gracias algún día. Si no hubiera aceptado su plan, probablemente no estaría allí en ese momento.

Mario sale de la ducha y se seca su negro cabello con una toalla. Los últimos acontecimientos han teñido sus sienes de canas. La mira y sonríe como si no hubiera pasado nada. Apenas han hablado después de que todo acabara. Recuerda cuando descubrió lo que estaba pasando. Después de asimilar la horrible verdad se juró a sí misma que lucharía hasta el final por lo que más amaba. Aquellas horas en el apartamento donde se ocultó fueron cruciales. Trazó el plan en el que su marido tenía que tomar parte, eso sí, debía aceptar su nuevo rol. Lo llamó y le dijo que lo perdonaba. Él no perdió la oportunidad y regresó a su lado con el rabo entre las piernas, lamentando lo ocurrido y jurando que cambiaría.

—Cometí un error y lo siento, lo siento muchísimo. Te juro que seré otro. Por ti, por nosotros —imploró entre lágrimas cuando apareció en aquella gasolinera en la que lo había citado.

—Lo sé —contestó ella sentada al volante de su todoterreno urbano. Mario la miró perplejo mientras Daniel, bien asegurado en su sillita, dormía como un bendito en el asiento trasero—. Pero ahora tienes que hacerme un favor.

—Cariño, ¿qué está pasando?

Ella lo miró con ojos entornados.

—Sé todo sobre ti.

Y se sobresaltó, claro. Vio cómo el sudor le empapaba la frente. Cuando iba a protestar, Nadia prosiguió.

—Me refiero al juego. Tienes un problema y voy a ayudarte. —Sonrió y le acarició la cara—. Al fin y al cabo, soy tu esposa.

Mario asintió sin terminar de creérselo.

—Debo mucho dinero —balbuceó.

—El dinero no es un problema. Ya lo sabes, amor.

Y él sonrió, aunque parecía que estaba llorando.

Entonces le pidió que se llevara su coche con Daniel dentro, pero que no fueran a casa: había reservado una habitación en un hotel del centro de Madrid con otra identidad.

—A partir de ahora las cosas se harán a mi manera —ordenó Nadia, y Mario, obediente, cabeceó.

—Lo que tú digas, cariño.

Nadia cogió el Mercedes de Mario y sus caminos se separaron en la noche.

Unas pocas horas antes, pero poco después de que Nick le dijera que tenían aquello que necesitaban, llamó a la inspectora Rossi con el teléfono móvil prepago. Cuando contestó no estaba de muy buen humor.

—¿Quién es?

—Soy Nadia Valverde.

—¿A qué coño está jugando? —bramó tras escuchar su voz.

—¿Quiere escuchar lo que tengo que decirle, inspectora?

—No, quiero que me diga dónde está.

¿Dónde estaba aquella agente tan amable y comprensiva que conoció la primera vez? Cómo le gustaba esa mujer. Le contó su plan. Rossi no la interrumpió en ningún momento, y se limitó a escuchar pacientemente. Seguro que pensaba que esa mujer deliraba.

—¿Me toma por imbécil? —exclamó cuando terminó.

—Sabe que no.

—Estamos en su casa y hemos encontrado el EPI que utilizó para asesinar a Valeria, así como el arma del crimen y su móvil. ¿Qué me dice a eso? —dijo Rossi con vehemencia—. Por no hablar de las huellas que están por toda la casa de la doctora Bellver, ¿también puede explicarlo?

Debía reconocer que le sorprendía, pero no del todo, ya que imaginaba que Joel habría preparado algo para terminar del incriminarla.

—¿Qué se llevó de casa de la doctora? Y no me venga con gilipolleces. Conteste.

—Un diario. Lo necesitaba para confirmar mis sospechas.

—Un diario donde están esas pruebas maravillosas que señalan al culpable, supongo.

—Sí y no. Las pruebas que necesita son unos vídeos y archivos informáticos que demuestran que Joel Castro asesinó a Valeria y a Isabel Bellver por venganza. Quería incriminarme.

—¿Por qué?, ¿qué le hizo?

Ella no había hecho nada, esa era la verdad, y cuando comenzó todo eso no sospechó en ningún momento de él. Nunca se dirigió a ella, ni le hizo ninguna proposición amorosa. Ella solo lo veía como un adolescente retraído. ¿Cómo iba ella a saber que él estaba tan enamorado? Ver los vídeos donde primero hablaba de su intenso amor hacia ella, para más tarde hablar de la venganza que iba a llevar a cabo, solo porque según él lo había humillado, supuso un enorme shock para ella. Lo apreciaba de verdad.

—Cuando los vea, lo entenderá —dijo—. Además, hay unos audios manipulados que probablemente va a utilizar contra mí. Puedo demostrar que son falsos.

Rossi exhaló impaciente al otro lado de la línea un suspiro, pero Nadia sabía que solo era una puesta en escena. Ella intuía que la Policía había descubierto de alguna manera que Joel estaba involucrado en los crímenes, pero no era suficiente para presentar un caso sólido.

—Joel solo es un adolescente —contraargumentó Rossi sin convencimiento.

—Joel es un asesino y lo sabe tan bien como yo —afirmó Nadia con rotundidad—. Deme un correo y le enviaré todo.

Rossi no dijo nada. No sabía si porque estaba pensando en si era demasiado bueno para ser verdad o si se trataba de un farol. Le dio su dirección de correo electrónico.

—Y ahora, dígame dónde está.

—No, las cosas se harán a mi manera. Dentro de una hora donde le he indicado.

—¡Ni hablar! Le...

Y colgó. Ahora le tocaba a ella y tenía por delante un duro desafío. No sabía si podría representar su papel convincentemente. Era una apuesta muy arriesgada a cara o cruz.

Condujo hasta el bosque donde había quedado con él, pero antes se detuvo para enviar un mensaje desde su móvil prepago.

Nadia: Te he transferido lo pactado.
Aquí termina nuestra relación.

Nick: Recibido.

Borró los mensajes de Nick, destrozó el móvil prepago y lo hizo desaparecer tirándolo al fondo de una acequia por la que pasó. Esperaba que todo funcionara tal y como le había prometido Nick; solo le quedaba fiarse de su palabra. Recordó cómo lo conoció cuando Alonso, el socio de Mario, le habló de él la noche que decidió comenzar con su plan.

—¿Nadia?, ¿eres tú?

—Sí, ¿podemos hablar?

Se produjo un largo silencio.

—¿Sobre Mario? —contestó él con cautela.

—Sí, pero me gustaría que lo habláramos a solas. ¿Puedes venir a casa?

—Claro.

Una hora más tarde apareció atildado y perfumado como el que va a su boda. Sonrió y le puso la mano en la cintura más de lo necesario. No podía creérselo, pensaba que lo había citado para echar un polvo. No podía decirle que su sola presencia le repugnaba porque lo necesitaba. Cuando le contó el motivo, Alonso se quedó sin palabras, y era mucho decir, porque no podía mantener la boca cerrada durante mucho tiempo.

—¿Y esto lo sabe Mario?

—Todo lo hago por él, ¿puedes ayudarme? —suplicó acariciándole el dorso de la mano—. Pero no quiero que te comprometas por nada. Te daré diez mil euros. Ahora mismo.

Se le abrieron los ojos como platos y se hizo de rogar.

—Es que lo que me pides...

—Por favor.

—Bueno —dijo al fin—. Te doy su número y tú te aclaras con él. No quiero follones, y menos ahora.

—Y, por favor, ni una palabra de esto a nadie y menos a Mario.

Alonso se marchó con una sonrisa y diez mil euros más en su cuenta bancaria. La empresa que fundara con su marido estaba en bancarrota y deseaba hacer borrón y cuenta nueva lo antes posible. Seguro que pronto se sacaría de la manga algún que otro negocio con el que volvería a arruinarse. Pero ese ya no era su problema. Nadia agradeció que no hubiera insistido con el tema del sexo. Estaba dispuesta a todo por descubrir la verdad sobre su marido, y se hubiera follado a ese imbécil si hubiera hecho falta.

Sin pérdida de tiempo, llamó a un individuo apodado Nick, que según Alonso era uno de los mejores hackers de España.

—Necesito que accedas al ordenador de una persona de manera remota, ¿es posible?

—Claro, pero no será barato —dijo Nick tras escuchar su propuesta. Le dijo su tarifa, que era desorbitada.

—De acuerdo, pero necesito que lo hagas inmediatamente.

—Imposible, tengo mucho jaleo. Para dentro de seis, siete días mínimo.

—Te pagaré diez mil euros extra ahora mismo si lo haces hoy.

Y el tipo aceptó sin rechistar tras escuchar el tintineo del dinero en su bolsillo. Nick le explicó entonces lo que ella tenía que hacer antes.

—¿Puedes acceder a donde está ese ordenador?

—¿Te refieres al lugar físico?

—Eso es. No es necesario que esté encendido. Solo tienes que seguir unas sencillas instrucciones.

Nadia creyó que era demasiado sencillo para ser verdad, pero aceptó sin preguntar. Tenía que ir a casa de Blanca poniendo cualquier excusa. Eso era fácil, lo difícil sería poder acceder a la habitación de Joel. Que apareciera la Policía esa noche en casa de Blanca facilitó la misión.

—¿Y si no hay nada? —preguntó más tarde Nick.

Entonces podría significar que Joel se había sacado lo del crimen de aquella mujer de Alicante de la chistera, y que, por tanto, no tenía ninguna relación con su marido. Era lo que más deseaba.

—Tú haz tu trabajo y avísame cuando tengas algo.

Horas más tarde, Nick le envió un par de mensajes a su móvil prepago.

Nick: Está todo en su ordenador. Llámame cuando puedas.

—Retorcido es poco —dijo el hacker una vez que ella lo llamó—, pero no me sorprende. Es increíble lo que estos chavales son capaces de hacer, sin pensar en las consecuencias. Deberían ver alguna que otra serie policíaca para saber qué es eso llamado prueba incriminatoria.

Nick le explicó que Joel se había grabado a sí mismo una serie de vídeos, a modo de diario personal, contando primero cómo había florecido su amor por ella, lo que sentía al verla, los planes de futuro con su amada, y finalmente, y tras darse cuenta de que aquello no iba a llegar a nada después de un supuesto rechazo amoroso, primero la tristeza y luego la rabia y la planificación de su venganza.

Al parecer, y según Nick, Joel, que solía pasar su tiempo en foros de la Deep Web, había compartido sus frustraciones y algunos vídeos en dichos foros. En los comentarios de algunos usuarios que Nick pudo ver, más de uno lo animaba a tomarse «una merecida venganza contra esa puta desagradecida».

Nadia tuvo que sentarse para poder digerir lo que Nick le contaba.

—¿Estás seguro? —preguntó ella.

—Muy seguro.

Nadia seguía sin poder creérselo. Si no hubiera dos crímenes de por medio habría actuado de otra manera. Incluso le habría brindado su ayuda, pero aquello no era lo que había ocurrido: Joel era un psicópata, un enfermo que estaba utilizando su despecho amoroso como excusa para incriminarla en esos crímenes.

—Además, hay algo muy curioso —agregó Nick—. El chico ha manipulado audios donde apareces tú, manteniendo una conversación comprometedora.

Nadia se quedó sin palabras por un instante.

—Pero eso no es verdad. Yo nunca he hablado con él salvo de cosas triviales...

—Lo sé —la tranquilizó—. Como ya te digo, es una conversación manipulada. La Policía conoce también este software y lo que es capaz de hacer.

—¿Puedes enviármelo todo?

—Por supuesto.

—¿Has encontrado algo más?

—¿Te refieres a Mario Silva?

—Sí.

Nick le explicó que había encontrado varias carpetas con información de ella y de Mario de todo tipo: académica, de la Seguridad Social, etc. También varios documentos y enlaces referentes al crimen cometido hace varios años en Alicante. Nadia sintió un escalofrío al pensar en lo vulnerables que todos éramos en realidad. Nick había entrado en un ordenador cualquiera, solo con un mínimo de información y sin dejar rastro. Eso quería decir que podía entrar en su propio ordenador o móvil sin que ella se diera cuenta, o hasta que fuera demasiado tarde. ¿Podría chantajearla más adelante si descubría que podía sacar una tajada mucho mayor? No quería pensar en eso. Aunque quizá Nick, si era inteligente, y ella así lo presuponía, se limitaría a hacer su trabajo y olvidarse del tema, por el bien de todos.

—Quiero que lo elimines todo, ¿puedes hacerlo?

—Todo lo de su ordenador y de todas las nubes y servicios de almacenaje online que he encontrado, sí, pero no puedo responsabilizarme si ha hecho copias en dispositivos externos como discos duros o pen drives.

—Perfecto. ¡Hazlo!

Y sintió como si le quitaran un enorme peso de encima. Al investigar tanto su vida como la de Mario, Joel llegaría a ese crimen de Alicante por casualidad. A fin de cuentas, el crimen se había cometido en el mismo barrio donde Mario tenía su inmobiliaria. Desde luego que no había pruebas contra él, pero podría utilizarlo para dañarlo y para sembrar dudas en ella. Debía reconocer que le había funcionado.

—Ahora hay que enviarle a la Policía todo lo referente a los vídeos y los audios falsos.

—No hay problema. Voy a subirlo todo a un servidor donde podrán descargarlos.

Más tarde, dejó que la inspectora tuviera tiempo para revisar todo ese material, y después habló con ella de nuevo.

—No nos ha dado tiempo a revisarlo en profundidad, pero vale, está bien —dijo al fin la inspectora—. Lo haremos a su manera. Estaremos allí.

Y Nadia lo agradeció. Sinceramente, no esperaba que la Policía aceptará su plan.

Viendo a Mario jugar con Daniel piensa en la oscuridad que hay dentro de algunas personas. ¿Supo Blanca alguna vez que su hijo era un monstruo? ¿Descubrió la verdad, pero prefirió callar? ¿No vio pequeños indicios de que algo horrible estaba sucediendo? En los pequeños detalles se encuentra la verdad. Ignorarlos puede ser un grave error que a veces se puede pagar con la vida. Deberá estar más atenta a partir de ahora.

Hace tan solo unas horas Mario apagó disimuladamente el televisor del dormitorio cuando ella entró en él. Sin embargo, le dio tiempo a escuchar que hablaban sobre unos cadáveres calcinados que la Guardia Civil había encontrado dentro de un coche en una zona remota y de difícil acceso. Según el periodista, los cadáveres correspondían a un conocido mafioso italiano de la Costa del Sol apodado Nero. Además del mafioso había dos cuerpos más: los de dos hombres enormes.

La Guardia Civil cree que ese crimen podría ser debido a un ajuste de cuentas entre bandas rivales. Es el pan de cada día, afirmó un portavoz de la Benemérita.

—¿Qué veías, amor? —preguntó ella al entrar en el dormitorio con una sonrisa despreocupada.

—Nada —sonrió él—. El tiempo, va a llover todo el fin de semana.

Y se acercó a ella con esa sonrisa que tanto le gustaba.

—Ha estado muy bien lo de esta mañana —susurró, besándola en el cuello.

—Sí —respondió ella mirándolo a los ojos.

—Podríamos repetirlo cuando Daniel duerma.

Y ella se dejó envolver por sus brazos.

—Lo estoy deseando.

No le ha contado a Mario que sabe lo de esa aplicación que usa para saber a través de su móvil los movimientos que realiza. De momento prefiere no hacerlo. Desea dejar las cosas como están, porque ella es paciente, muy paciente. Sabe esperar su momento. La doctora Bellver supo interpretar parte de lo que era en realidad, pero ya no existe. Ha sentido mucho su muerte. Ella la ayudó a volver a la vida. Aunque tal vez nunca la entendió del todo, o quizá no quiso profundizar, no quiso ir más allá.

O no se atrevió.

Tal vez, como muchas personas hacen, decidió ignorar las señales.

Y, sin duda, es algo que no se debe hacer si se estima la propia existencia, porque puede representar la diferencia entre vivir o morir.

Epílogo

El silencio y las sombras reciben a Juan Portugal al llegar a casa. Está exhausto. Prácticamente no ha dormido en cuatro o cinco días. La rabia que siente se encarga de mantenerlo en pie. La mirada de su compañera, después de haber recibido aquel disparo, se clava en la suya. No se aparta de su mente ni un solo instante. Incluso con los ojos abiertos. Golpea con furia una puerta y se destroza los nudillos en el intento. Se lava la sangre bajo el agua del grifo de la cocina. A duras penas se aguanta las lágrimas. Anabel Rossi es prácticamente toda su familia, y no podría seguir adelante si le ocurriera también algo a ella.

—Juan, no me dejes morir así…

Y él no podía responder. El miedo le atenazaba la garganta, el estómago y el alma. Mientras el subinspector Tendero reducía a ese mocoso asesino de mierda, él la sujetaba, viendo cómo la vida se le escapaba sin que pudiera hacer nada. Condujo como un loco hasta el primer hospital que encontró, sin apartar la mirada del asiento trasero donde Anabel perdía sangre sin parar.

—¡Háblame! —gritaba—. ¡Anabel! ¡Háblame!

El médico de urgencias le dijo que habría muerto desangrada si hubieran tardado un poco más o hubiesen esperado la llegada de una ambulancia. Él asintió con lágrimas en los ojos y el cuerpo cubierto de la sangre de su amiga.

Pero estaba viva.

Sí, está viva. Se repite una y otra vez esas palabras como si no lo creyera. Saldrá adelante. Con miedo y traumatizada seguramente, pero seguirá aquí, en esta carrera que no nos lleva a ninguna parte, pero que nadie quiere abandonar antes de tiempo.

Se permite cerrar los ojos. No puede más. Se acurruca en posición fetal sobre el sofá del salón, en una posición en la que sus ojos miran un retrato de él junto a su Lola. Abrazados y sonrientes, dentro de un vagón en el metro de Nueva York. Una amable anciana judía, que venía de celebrar el *Rosh Hashaná* con su familia de Brooklyn, les hizo aquella foto con una cámara desechable. Después, cenaron en el Katz's, el restaurante donde se rodó la famosa escena donde Meg Ryan fingía tener un orgasmo en *Cuando Harry encontró a Sally.* Lola, que era una gran cinéfila, recordaba hasta los más mínimos detalles de aquella memorable escena. Comentaba con aspavientos lo que había cambiado aquel lugar con respecto a la película. Durante esa cena, planearon parte de su futuro. Los dos querían tener hijos. Y con el tiempo, tal vez también se comprasen una casa a las afueras. Ella le enseñaría más cosas de cine y él trataría de involucrarse menos en el trabajo. Estaría bien.

Cinco meses después de aquello ella estaba entubada y en coma en una cama de hospital de la que jamás se despertaría.

—Buenas noches, amor. Todo va bien —murmura Portugal mientras se deja caer sobre el sofá de su salón completamente agotado—. Nuestra *Ani* ha salido de esta... Está bien...

A pesar de que siente que la cabeza le va a estallar, el sopor se impone sobre todo lo demás. Espera que los analgésicos le hagan pronto efecto. Necesita desconectar del dolor por unas horas. Necesita no pensar más. Una lágrima rueda muy despacio mejilla abajo. La echa tanto de menos.

Debe de ser mediodía, o tal vez primeras horas de la tarde, cuando el móvil vibra sobre la mesa donde lo ha dejado. Debería haberlo apagado, pero no puede hacerlo. No hasta que Anabel esté totalmente fuera de peligro, si eso es posible. No, no es posible. Sabe que no lo es. Esas cosas no pasan en la vida real, solo en la ficción. Pero se contentará con verla sonreír, que no es poco.

Se incorpora como puede con el dolor todavía zumbando dentro de su cabeza. El sueño lo ha atontado más que otra cosa, y ahora su cabeza es una amalgama de certezas e incredulidades. Veloso fue el primero que le dijo que necesitaba tomarse un descanso, como en las películas. Pero él no es Harry el Sucio, solo es un inspector solitario y con mala leche del barrio de Carabanchel.

Tal vez sea Tendero o Garay. Quizá tengan algo importante que decirle. Ellos también se han acojonado lo suyo cuando han visto a Anabel postrada en la cama con el rostro pintado de miedo. Y después, todos han llorado. Se ha dado cuenta en ese instante de que su vida sin Lola se resume a su trabajo.

Bueno, se dio cuenta hace tiempo.

No quiere olvidarla. No quiere que se vaya de su pensamiento. No quiere traicionarla de esa manera. No quiere pensar en que habrá un mañana.

No sin ella.

Coge el móvil y mira el mensaje que acaba de recibir. Tiene que leerlo dos, tres, cuatro veces. Suelta el móvil sobre la mesa como si estuviera candente y vomita todo lo que lleva dentro.

Con las manos temblorosas vuelve a mirar el mensaje:

Hola, soy un amigo y me gustaría ayudarte.

Sé quién atropelló y envió a tu mujer a la muerte.

¿Te gustaría saberlo?

Agradecimientos

Inventar historias es el mejor trabajo del mundo, pero para hacerlo bien, tienes que estar rodeado del mejor equipo. Y yo tengo la suerte de estar con los mejores. Una vez llegado al final del camino (al menos el que se refiere a que este libro esté en tus manos, que no es poco), toca agradecer el esfuerzo, cariño y compromiso de quienes se han involucrado de principio a fin. A Fernando Paz, por ser un editor dedicado y cariñoso. Gracias de corazón. A mi querida agente literaria Maru de Montserrat, porque es admirable el amor, perseverancia y ahínco que depositas en tu trabajo. Sabes que sin ti, nada sería igual. A Mercedes Castro, por ayudarme a abrir la mente y, con ello, a conseguir que mi novela sea mucho mejor y más coherente. A Ana Sánchez y Marina Mena, por su incansable labor para conseguir que todo llegue a buen puerto. A los dos Albertos, a Cristian, por tratar de lograr lo imposible: difundir mi obra a todos los rincones. A todo el equipo de AdN, que se esfuerza por conseguir libros estupendos. A toda la gente de International Editors, por ser parte clave en mi desarrollo como autor. A Pep Carrió, por el increíble diseño de la cubierta del libro. A Viky Huerta, que me enseñó a conocer una pequeñísima parte del laberinto que es la mente humana. A mi amigo Rafa Martín, por sus valiosos consejos sobre investigación policial y procesal. A los libreros, por su grandísima labor y, por extensión, a todos los profesionales del sector editorial que se involucran para que este libro llegue a tus manos y puedas disfrutarlo. Ellos, como tú y como yo, son personas que aman los libros. A todos los amigos que me han apoyado; a mi familia, a mis hermanos, a mis padres, allá donde estén; a los lectores que me siguen y a los que espero conquistar. Y, por último a mi mujer María José, por su infinita paciencia, comprensión y amor, y a Rebeca, mi pequeño trozo de cielo en la tierra. A todos y a todas, mil gracias por estar ahí.